ISBN 978-0-265-16754-0
PIBN 10388796

This book is a reproduction of an important historical work. Forgotten Books uses
state-of-the-art technology to digitally reconstruct the work, preserving the original format
whilst repairing imperfections present in the aged copy. In rare cases, an imperfection in
the original, such as a blemish or missing page, may be replicated in our edition. We do,
however, repair the vast majority of imperfections successfully; any imperfections that
remain are intentionally left to preserve the state of such historical works.

1 MONTH OF FREE READING

at

www.ForgottenBooks.com

By purchasing this book you are eligible for one month membership to ForgottenBooks.com, giving you unlimited access to our entire collection of over 700,000 titles via our web site and mobile apps.

To claim your free month visit:

www.forgottenbooks.com/free388796

English
Français
Deutsche
Italiano
Español
Português

www.forgottenbooks.com

Mythology Photography **Fiction**
Fishing Christianity **Art** Cooking
Essays Buddhism Freemasonry
Medicine **Biology** Music **Ancient
Egypt** Evolution Carpentry Physics
Dance Geology **Mathematics** Fitness
Shakespeare **Folklore** Yoga Marketing
Confidence Immortality Biographies
Poetry **Psychology** Witchcraft
Electronics Chemistry History **Law**
Accounting **Philosophy** Anthropology
Alchemy Drama Quantum Mechanics
Atheism Sexual Health **Ancient History**
Entrepreneurship Languages Sport
Paleontology Needlework Islam
Metaphysics Investment Archaeology
Parenting Statistics Criminology
Motivational

DU MÊME AUTEUR

LETTRES DE MON MOULIN.
LE PETIT CHOSE.
TARTARIN DE TARASCON. (Librairie Dentu.)
CONTES DU LUNDI.
ROBERT HELMONT. (Librairie Dentu.)
LES FEMMES D'ARTISTES.
LES AMOUREUSES.
FROMONT JEUNE et RISLER AINÉ.
LE NABAD.

THÉATRE

LE SACRIFICE.
L'ARLÉSIENNE.
LISE TAVERNIER.
LES ABSENTS.
LA DERNIÈRE IDOLE. ⎫
L'ŒILLET BLANC. ⎬ en collaboration.
LE FRÈRE AINÉ. ⎭

r. Aureau. — Imprimerie de Lagny.

ALPHONSE DAUDET

JACK

MŒURS CONTEMPORAINES

DEUXIÈME VOLUME

DIX-SEPTIÈME ÉDITION

PARIS

E. DENTU, ÉDITEUR

LIBRAIRE DE LA SOCIÉTÉ DES GENS DE LETTRES

PALAIS-ROYAL, 15-17-19, GALERIE D'ORLÉANS

1879

JACK

DEUXIÈME PARTIE
(Suite)

IV

LA DOT DE ZÉNAÏDE
(Suite)

C'est dans la salle du bas, chez les Roudic. La lumière est éteinte. Eclairés seulement du reflet d'incendie que projette un grand feu de charbon croulant dans la cheminée, un homme et une femme sont groupés tout au fond. Au mouvement capricieux de cette flamme, le visage de la femme se couvre de rougeurs subites qui semblent de la honte. L'homme est à genoux. On ne voit rien de lui qu'une belle chevelure toute bouclée qui se renverse en arrière, une taille vigoureuse et souple cambrée dans une pose d'adoration, de prière.

— Oh ! je t'en supplie, dit-il tout bas, je t'en supplie si tu m'aimes...

Que peut-il avoir à lui demander encore ? Que peut-elle lui donner de plus ? Est-ce qu'elle n'est pas à lui tout entière, à toute heure, et partout, et malgré tout ? Il n'y avait qu'une chose qu'elle eût respectée jusque-là, c'était la maison de son mari. Eh bien, le Nantais n'avait eu qu'un signe à faire, un mot à écrire : » Je viendrai cette nuit... laisse la porte ouverte, pour la décider à lui livrer cette dernière ressource de son honneur, à perdre cette espèce de tranquillité que communique, même à la plus coupable, l'intérieur qui n'a jamais été souillé.

Non-seulement elle avait laissé la porte ouverte, comme il le demandait, mais une fois les autres couchés, elle s'était recoiffée, parée de la robe qu'il aimait, des boucles d'oreilles qu'il lui avait données ; elle avait essayé de se faire bien belle pour cette première nuit d'amour. Que lui fallait-il donc encore ? Probablement quelque chose de bien terrible, d'impossible, quelque chose que certainement elle ne possédait pas. Sans quoi, comment aurait-elle résisté à l'étreinte passionnée de ces deux bras serrés autour d'elle, à la prière éloquente de ces yeux allumés d'une fièvre de convoitise, et de cette bouche appuyée sur la sienne ?

Cependant elle ne cédait pas ; elle si faible et si molle. Elle trouvait une force de résistance devant l'exigence de cet homme, un accent de révolte et d'indignation e : « Oh ! non... non... pas ça... C'est

. »

— Voyons, Clarisse, puisque je te dis que c'est pour deux jours. Avec ces six mille francs je payerai d'abord les cinq mille que j'ai perdu, et puis de ce qui reste je regagne une fortune.

Elle eut, en le regardant, une expression, d'égarement, de terreur, puis un soubresaut de tout son corps :

— Non, non, pas cela.

L'on eût dit qu'elle répondait bien moins à lui qu'à elle-même, à une pensée tentatrice enfouie sous sa résistance. Alors il redoubla de tendresse, de supplications ; et elle essayait de s'éloigner de lui, de fuir ces baisers, ces caresses, cet enlacement passionné où il endormait d'ordinaire les scrupules, les remords de la faible créature.

— Oh ! non, je t'en prie, n'y pense plus. Cherchons un autre moyen.

— Je te dis qu'il n'y en a pas.

— Mais si, écoute. J'ai une amie très riche à Châteaubriand, la fille du receveur. J'ai été au couvent avec elle. Je vais lui écrire, si tu veux. Je lui demanderai ces six mille francs comme pour moi.

Elle disait tout ce qui lui passait par l'esprit, la première chose venue, pour échapper à l'obsession de sa prière. Il s'en doutait bien et secouait la tête :

— C'est impossible, dit-il, il me faut l'argent demain.

— Eh bien ! sais-tu ? tu devrais aller trouver le directeur. C'est un homme très bon qui t'aime bien. Peut-être que...

— Lui ? Allons donc ! Il me renverra de l'usine. Voilà ce que j'y aurai gagné. Quand je pense pourtant que ce serait si simple. Dans deux jours, rien que deux jours, je remettrais l'argent.

— Oh ! tu dis ça...

— Si je le dis, c'est que j'en suis certain. Sur quoi veux-tu que je te le jure ?

Et voyant qu'il ne la convaincrait pas, qu'elle se renfermait à la fin dans ce mutisme barré où les faibles se retranchent contre eux-mêmes et contre les autres, il laissa échapper une sinistre parole :

— J'ai eu bien tort de t'en parler. J'aurais mieux fait de ne rien te dire, de monter là-haut à l'armoire et de prendre ce qu'il me fallait.

— Mais, malheureux, murmura-t-elle en tremblant, car cette peur lui vint qu'il pourrait faire ce qu'il disait, tu ne sais donc pas que Zénaïde regarde son argent tous les jours, qu'elle le compte, le recompte... Tiens ! encore ce soir je l'entendais qui montrait sa cassette à l'apprenti.

Le Nantais tressaillit.

— Ah ! vraiment ?...

— Mais oui... la pauvre fille est si heureuse... Il y aurait de quoi la tuer... D'ailleurs la clef n'est pas sur l'armoire.

S'apercevant tout à coup qu'en discutant elle perdait de l'intégrité de son refus, que chacun de ses arguments pouvait fournir une arme, elle se tut. Le pire, c'est qu'ils s'aimaient, qu'ils se le disaient en croisant leurs regards, en unissant leurs lèvres, dans les intervalles de ce triste débat. Et c'était horrible ce duo dont l'air et les paroles se ressemblaient si peu.

— Qu'est-ce que je vais devenir? répétait à chaque instant le misérable. S'il ne payait pas cette dette de jeu, il était déshonoré, perdu, chassé de partout. Il pleurait comme un enfant, roulait sa tête sur les genoux de Clarisse, l'appelait: « Sa tante..., sa petite tante... » Ce n'était plus l'amant qui suppliait, c'était un enfant à qui Roudic avait servi de père et pour qui toute la maison n'avait que des gâteries. Elle pleurait avec lui, la pauvre femme, mais sans vouloir céder. A travers ses larmes, elle continuait à dire: « Non... non... cela ne se peut pas, » en se cramponnant aux mêmes mots comme un noyé à l'épave qu'il a saisie et qu'il serre dans ses mains crispées. Soudain il se leva:

— Tu ne veux pas?... Alors c'est bon. Je sais ce qu'il me reste à faire. Adieu Clarisse. Je ne survivrai pas à ma honte.

Il s'attendait à un cri, à une explosion.

Non.

Elle vint droit à lui:

— Tu veux mourir. Eh bien, moi aussi. J'en ai assez de cette vie de crime, de mensonge, où l'amour obligé de se cacher se cache si bien qu'on ne sait plus le retrouver. Allons, viens!

Il la retint :

— Comment ! tu voudrais... Quelle folie ! Est-ce possible ?

Mais il était à bout d'arguments, de contrainte, agité par une colère sourde devant la révolte subite de cette volonté. Une ivresse de crime lui montait au cerveau.

— Ah ! c'est trop bête, à la fin, dit-il en s'élançant vers l'escalier.

Clarisse y fut avant lui, se planta sur la première marche :

— Où vas-tu ?

— Laisse-moi... laisse-moi... Il le faut.

Il bégayait.

Elle s'accrocha à lui :

— Ne fais pas ça, je t'en prie.

Mais l'ivresse montait, il n'écoutait plus rien.

— Prends garde... si tu bouges, je crie... j'appelle.

— Eh bien, appelle. Tout le monde saura que tu as ton neveu pour amant et que ton amant est un voleur.

Il lui dit cela de tout près, car ils parlaient bien bas dans cette lutte, saisis malgré eux de ce respect du silence et du sommeil que la nuit porte avec elle. A la rouge lueur du foyer qui s'en allait mourant, il lui apparut tout à coup tel qu'il était réellement, démasqué par une de ces émotions violentes qui laissent voir les mouvements de l'âme, en décomposant tous les traits. Elle le vit avec son grand nez ambitieux, aux narines dilatées, sa bouche mince, ses yeux bigles à force de regarder les cartes. Elle songea à tout ce qu'elle avait sacrifié à cet homme, et comme elle s'était faite belle pour cette nuit d'amour, la première qu'ils passaient ensemble.

Oh! l'horrible, l'épouvantable nuit d'amour!

Subitement elle fut prise d'un profond dégoût de lui et d'elle-même, d'un abandon de toutes ses forces. Et pendant que le malfaiteur grimpait l'escalier, s'en allait à tâtons dans la vieille maison paternelle dont il connaissait tous les recoins, elle retombait sur le divan, enfonçant sa tête dans les coussins pour étouffer ses sanglots et ses cris, ne plus rien voir, ne rien entendre.

L'IVRESSE

Il n'était pas encore six heures du matin.

Dans les rues d'Indret il faisait pleine nuit. Çà et là, à des vitres de boulangers, de marchands de vin, quelques lumières fumeuses apparaissaient dans le brouillard comme derrière un papier huilé, avec cet étalement blafard du rayon qui ne peut percer. Dans un de ces cabarets, près du poêle allumé et ronflant, le neveu de Roudic et son apprenti étaient assis et causaient en buvant.

— Allons, Jack, encore une tournée.

— Non, merci, monsieur Charlot. Je n'ai pas l'habitude de boire. J'ai peur que ça me fasse du mal.

Le Nantais se mit à rire :

— Allons donc ? Un Parisien comme toi... tu plaisantes... Hé ! *minzingo*, deux verres de blanche et que ça ne traîne pas.

L'apprenti n'osa pas refuser. Les attentions dont il était l'objet de la part d'un si bel homme le flattaient énormément. Il y avait de quoi. Ce dessinandier, si fier, si dédaigneux d'habitude, qui en dix-huit mois ne lui avait pas adressé trois fois la parole, le rencontrant par hasard ce matin-là dans Indret, lui avait fait l'honneur de l'aborder comme un camarade, de l'emmener avec lui au cabaret et de le régaler de trois petits verres de couleurs différentes. C'était si extraordinaire que Jack, pour commencer, éprouvait quelque méfiance. L'autre avait un air si singulier, il lui demandait avec tant d'obstination : « Rien de nouveau chez les Roudic ?... Rien de nouveau vraiment ? »

L'apprenti pensait en lui-même :

— Toi, si tu crois que je vais me charger de tes commissions comme Bélisaire...

Mais cette mauvaise impression n'avait pas duré longtemps. Dès la seconde tournée de blanche, il s'était senti plus à l'aise, plus rassuré. Après tout, ce Nantais ne paraissait pas un mauvais homme, bien plutôt un malheureux égaré par ses passions. Qui sait? Il ne lui manquait peut-être qu'une main tendue, un conseil d'ami pour le remettre dans la bonne voie, le faire renoncer au jeu, l'obliger à respecter la maison de son oncle.

A la troisième tournée, Jack, saisi d'une subite effusion, d'une chaleur de cœur extraordinaire, offrit son amitié au Nantais, qui l'accepta avec reconnaissance, et, devenu son ami, il crut pouvoir lui donner quelques conseils :

—Voulez-vous que je vous dise une chose, Nantais ?... Eh bien !... croyez-moi... ne jouez plus.

Le coup était droit et il dut porter, car le *dessinandier* eut un mouvement nerveux dans les lèvres (l'émotion sans doute) et avala son verre d'eau-de-vie précipitamment. Jack, voyant l'effet qu'il produisait, ne
s'en tint pas là :

— Et puis, tenez, il y a encore une autre chose que
je veux vous dire...

Heureusement que la voix du cabaretier l'interrompit, car pour le coup le Nantais aurait eu beaucoup de
peine à cacher ses impressions.

— Hé! les gas ! voilà la cloche.

Dans l'air froid du matin, un tintement monotone et
sinistre se mêlait à un mouvement de foule muette, à
des tousseries, à des claquements de sabots, le long
des rues montantes.

— Allons, dit Jack, il faut partir.

Et comme son ami avait payé les deux premières
tournées, il tint absolument à régler la troisième, heureux de tirer un louis de sa poche et de le jeter sur le
comptoir en disant : « Payez-vous. »

— Bigre! un jaunet... fit le marchand peu habitué
à voir de pareilles pièces sortir des poches d'un apprenti. Le Nantais ne dit rien, mais il tressaillit... Est-
ce qu'il serait allé à l'armoire, celui-là, aussi? Jack
triomphait de voir leur étonnement.

— Et il y en a d'autres! dit-il en tapant sur sa

cotte; puis se penchant à l'oreille du dessinandier :

— C'est pour un cadeau que je veux faire à Zénaïde.

— Vraiment? fit l'autre en souriant méchamment.

Le cabaretier n'en finissait pas de tourner et de retourner sa pièce avec une certaine inquiétude.

— Mais dépêchez-vous donc! lui dit Jack. Vous allez me faire manquer le drapeau.

En effet la cloche sonnait encore, mais lentement, en espaçant ses coups comme si elle manquait de voix pour les derniers appels. Enfin, la monnaie rendue, ils sortirent tous les deux, bras dessus bras dessous.

— Quel dommage, mon vieux Jack, que tu sois forcé de rentrer à la boîte. Le bateau de Saint-Nazaire ne passe que dans une heure. J'aurais été si heureux de rester encore un peu avec toi ! Ça me fait vraiment du bien de t'entendre. Ah ! si j'avais toujours été conseillé comme cela !

Et tout doucement il entraînait l'apprenti du côté de la Loire. Celui-ci se laissait faire. Après la chaleur épaisse du cabaret, le froid de la rue l'avait saisi, arrivant sur la troisième tournée. Il marchait comme étourdi, butait à chaque pas, et, le givre étant très-glissant, s'appuyait de toutes ses forces au bras de son nouvel ami pour ne pas tomber. Il lui semblait qu'il venait de recevoir un grand coup sur la tête, ou bien qu'on lui serrait le crâne dans un chapeau de plomb. Mais cela ne dura que quelques minutes.

— Attendez donc, dit-il. Il me semble qu'on n'entend plus la cloche.

— Pas possible !

Ils se retournèrent. Un petit jour blanc déchirait le ciel, l'éclairait au-dessus de l'usine. Le drapeau avait disparu. Jack fut terrifié. C'était la première fois que pareille chose lui arrivait. Mais le plus désolé des deux était encore le Nantais.

— C'est ma faute, c'est ma faute, disait-il. Il parlait d'aller trouver le directeur pour le supplier, lui expliquer qu'il était seul coupable. A son tour l'apprenti fut obligé de le rassurer.

— Bah ! laissez donc, je n'en mourrai pas pour avoir été marqué une fois absent sur la planchette de contrôle. Ça va nous permettre de rester plus longtemps ensemble. Je vous accompagnerai jusqu'au bateau, et je rentrerai pour la cloche de dix heures. J'en serai quitte pour une saboulée du grand Lebescam.

C'était justement cette saboulée qui lui faisait peur. Mais ce sentiment-là ne résista pas à la joie, à la fierté qu'il éprouvait de marcher au bras du Nantais et à la conviction qu'il avait de le ramener à des sentiments honnêtes. C'est dans ce sens qu'il lui parlait en descendant vers le fleuve sous les grands arbres tout blancs de givre, et il mettait tant d'action à ses paroles, qu'il ne sentait pas le froid noir de cette matinée, ni la bise qui soufflait terriblement, coupante comme une lame. Il parlait du brave père Roudic, si bon, si aimant, si confiant, de Clarisse qui, avec tout ce qu'il fallait pour être heureuse, faisait pitié par sa pâleur, et ces yeux égarés qu'elle avait à certains moments.

— Ah ! si vous l'aviez vue ce matin, quand je suis parti. Elle était si blanche, elle avait l'air d'une morte.

Comme il parlait ainsi, l'apprenti sentit le bras du Nantais tressaillir sous le sien, ce qui lui prouva bien qu'il restait encore du cœur chez ce garçon.

— Elle ne t'a rien dit, Jack ? Bien vrai, elle ne t'a rien dit ?

— Rien, pas un mot. Zénaïde lui parlait, elle ne répondait pas. Elle n'a pas mangé. J'ai peur qu'elle soit malade.

— Pauvre femme !... dit le Nantais avec un soupir de soulagement que l'enfant prit pour de la tristesse et qui le remplit de pitié.

— En voilà assez pour une fois, pensait-il, il ne faut pas que je l'accable.

Ils approchaient du quai. Le bateau n'arrivait pas encore. Un épais brouillard couvrait le fleuve d'une rive à l'autre.

— Si nous entrions là, dit le Nantais.

C'était une baraque en planches avec des bancs à l'intérieur pour servir d'abri aux ouvriers en attendant les passeurs, les jours de mauvais temps. Clarisse la connaissait bien, cette baraque ! Et la vieille, qui avait installé dans un coin son petit commerce d'eau-de-vie de grain et de café noir, avait vu bien des fois madame Roudic attendre la barque de passage et traverser la Loire par des « temps de chien. »

— Ça pique, à ce matin, les gâs ! Vous ne prenez pas une goutte ?

Jack voulut bien prendre un goutte, mais à condition de la payer, et même il fit signe à un matelot de faction qui grelottait au pied du sémaphore de venir boire avec eux. Le matelot et le Nantais avalèrent leur eau-de-vie comme une muscade. L'apprenti les imita ; mais ce qu'il n'aurait pas pu imiter, c'est ce sourire de gourmandise, ce « Ah ! » de satisfaction qu'avait le marin en s'essuyant la bouche d'un revers de manche. Terrible goutte ! Il semblait à Jack qu'il venait d'absorber tout le mâchefer de la forge. Soudain un coup de sifflet déchira le brouillard. Le bateau de Saint-Nazaire ! Il fallut se séparer ; mais on se promit de se revoir.

— Tu es un brave garçon, Jack, et je te remercie de tes bons conseils.

— Laissez donc ! ça n'en vaut pas la peine, répondit Jack serrant vigoureusement la main du Nantais, et très étonné de se sentir aussi ému que s'il quittait pour toujours un ami de vingt ans. Surtout, Charlot, vous savez ce que je vous ai dit. Ne jouez plus.

— Oh ! non, plus jamais, dit l'autre en se dépêchant de s'embarquer, pour que son jeune ami ne le vît pas éclater de rire.

Une fois le Nantais parti, Jack n'eut pas la moindre envie de retourner à l'usine. Il se sentait au cœur une allégresse inusitée, dans les veines un bouillonnement, un besoin de crier, de courir, de gesticuler. Même le brouillard blanc répandu sur la Loire, traversé de grands navires noirs qui glissaient au milieu ainsi que des ombres chinoises, lui semblait gai, attirant, comme s'il se fût senti des ailes pour le franchir. Ce qui lui paraissait sinistre, au contraire, c'est tout ce train de marteau, de chaudronnerie, ce ronflement sourd qu'il connaissait trop bien et qu'il avait grande envie de fuir. Après tout, qu'il fût absent tout un jour ou seulement quelques heures, la saboulée de Lebescam n'en serait pas plus rude. Alors cette bonne idée lui vint.

— Puisque je suis en route, si j'en profitais pour aller jusqu'à Nantes acheter le cadeau de Zénaïde.

Le voilà dans le bateau du passeur, puis à la Basse-Indre, puis à la gare, transporté, lui semblait-il, comme par enchantement, tellement tout lui était facile et léger à accomplir ce matin-là. Mais à la gare il n'y avait pas de départ avant midi. Comment passer le temps? La salle d'attente était froide et déserte. Dehors le vent soufflait. Jack entra dans une auberge plus fréquentée par les ouvriers que par les paysans, bien qu'elle fût en pleine campagne, et portant pour enseigne ces mots écrits en noir sur la façade recrépie : «LA, S'IL VOUS PLAIT, » le cri qui retentit dans la forge quand le fer est chaud et qu'on appelle les compagnons pour le battre. Enseigne menteuse comme toutes les enseignes, car il ne s'agissait pas de forger ici.

Quoiqu'il fût encore de bonne heure, il y avait du monde presque à toutes les tables éclairées de petites lampes à pétrole, dont la fumée malsaine se mêlait à celle des pipes pour épaissir l'atmosphère. *Là, s'il vous plaît*, buvait dans des coins ce qui hante les cabarets en semaine, à l'heure du travail, le rebut, la lie des ateliers, tout ce qui trouve l'outil trop lourd et le verre léger. *Là, s'il vous plaît,* on ne voyait que des visages sordides, des bourgerons paresseux souillés de vin et de boue, des bras lassés du sommeil de l'ivrogne, tous les irréguliers, les lâches, les ratés du travail que le cabaret guette aux environs de l'usine, qu'il attire avec sa devanture traîtresse où des bouteilles alignées colorent et déguisent les poisons de l'alcool. Suffoqué par la fumée, étourdi par un brouhaha confus, l'apprenti hésitait à prendre place sur les bancs à côté des autres, quand il s'entendit appeler dans le fond.

— Ohé ! l'Aztec, par ici.

— Tiens ! voilà Gascogne.

Gascogne était un ouvrier d'Indret renvoyé de la veille pour cause d'ivrognerie. Près de lui, à la même table, se trouvait assis un matelot, ou plutôt un novice de seize à dix-sept ans, dont la tête imberbe et déjà flétrie, à la bouche veule et détendue, sortait de sa large collerette bleue avec une désinvolture d'effronterie. Jack se joignit à cette aimable société.

— Tu tires donc une bordée, toi aussi, ma vieille, dit Gascogne avec cette familiarité de compagnonnage qui unit les mauvais ouvriers... Comme ça se trouve ! Tu vas prendre une tournée avec nous.

Il accepta, et ce fut entre eux un assaut de politesses et de flacons de toutes les couleurs. Le novice surtout plaisait à Jack. Il portait son joli costume d'un air si fendant et si crâne ! Et puis tant d'aplomb, une telle audace, ne craignant ni Dieu ni gendarmes. A son âge, il avait fait deux fois le tour du monde, et il parlait des Javanaises et de Java comme si ç'avait été en face de l'autre côté de la Loire. Ah ! que l'apprenti eût volontiers troqué son gilet de tricot, son bourgeron, sa cotte, contre le chapeau de toile cirée crânement renversé sur la tête rase du novice et cette ceinture lâche d'un bleu fané par le soleil et l'eau de mer. Un vrai métier, au moins, celui-là, plein d'aventures, de dangers et d'espace. Le marin s'en plaignait pourtant :

— « Trop de bouillon pour si peu de viande... » disait-il à chaque instant.

Jack était ravi de l'expression, la trouvait extrêmement spirituelle :

— Trop de bouillon pour si peu de viande !... Oh ! ces matelots, quels gaillards.

— C'est comme à Indret, ajoutait Gascogne. En voilà une baraque!... Et il se répandait en imprécations contre le directeur, les surveillants, des tas de propre à rien qui se croisaient les bras tandis qu'on s'éreintait pour eux.

— Le fait est qu'il y aurait, beaucoup à dire... fit Jack, à qui revinrent subitement des phrases banales du chanteur Labassindre sur les droits de l'ouvrier et la tyrannie du capital. Il avait la langue déliée comme les jambes, ce matin-là, le vieux Jack. Peu à peu, son éloquence fit taire tous les bavardages du cabaret. On l'écoutait. On chuchotait près de lui : « Il est joliment futé, ce gamin ; on voit bien qu'il vient de Paris. » Il ne lui manquait, pour faire plus d'effet, que de posséder le creux de Labassindre, et non pas cette voix de jeune coq enroué, cette voix d'adulte où les douceurs de l'enfance détonnaient dans de précoces gravités et qui lui arrivait de très loin en ce moment, comme s'il eût envoyé ses mots à plusieurs atmosphères au-dessus de sa tête. Bientôt ce qu'il disait devint si confus, si indistinct, même pour lui, qu'il parla d'abord sans s'entendre, puis ressentit une impression d'envolement et de roulis comme s'il était lancé à la suite de ses idées et de ses mots dans la nacelle d'un ballon dont le mouvement lui faisait mal au cœur et l'étourdissait tout à fait.

... Une sensation de fraîcheur sur le front le rendit à lui-même. Il était assis au bord de la Loire. Com-

ment se trouvait-il là à côté de ce matelot qui lui
mouillait les tempes? Ses yeux, péniblement rouverts,
papillotèrent au grand jour; ensuite il aperçut, en
face de lui, la fumée de l'usine, et, tout près, un pê-
cheur debout dans son bateau, hissant la voile et se
préparant au départ.

— Eh bien ! ça va-t-il un peu mieux? dit le novice
en tordant son mouchoir.

— Mais oui, très bien, répondit Jack tout grelottant, la tête lourde.

— Alors, embarque !

— Comment? fit l'apprenti très étonné.

— Mais oui. Nous allons à Nantes. Tu ne te rappelles donc pasque tu as loué un bateau à ce marinier,
tout à l'heure, au cabaret. Voilà Gascogne qui revient
avec les provisions.

— Les provisions !

— Tiens, ma vieille, je te rends ta monnaie, dit le
forgeron chargé d'un grand panier d'où sortaient le
chanteau d'un pain et des goulots de bouteilles...
Allons, hop ! En route, garçons. Le vent est bon.
Dans une heure nous serons à Nantes ; et c'est là qu'on
en tirera une vraie bordée.

Jack eut alors, pendant une minute, une vision très
nette de ce qu'il allait faire, du gouffre où il roulait. Il
aurait voulu sauter dans la barque du passeur amar-
rée non loin de là, retourner à Indret, mais il eût fallu
pour cela un effort de volonté dont il n'était pas capable.

— Viens donc ! lui cria le novice... Tu es encore un peu pâlot, le déjeuner te remettra.

L'apprenti ne résista plus, s'embarqua avec les autres. Après tout, il lui restait encore trois louis, plus qu'il n'en fallait pour acheter ses vêtements et un petit souvenir à Zénaïde. Son voyage à Nantes ne serait donc pas perdu. D'ailleurs, c'était un effet de l'état dans lequel il se trouvait de passer par les impressions les plus contraires et de la tristesse la plus noire à un contentement inexpliqué.

Maintenant assis avec les autres au fond du bateau, il déjeunait de bon cœur, mis en appétit par la brise piquante et salée qui faisait filer la barque sous un ciel bas, un vrai ciel breton, la tenait penchée de côté comme un oiseau qui rase l'eau d'une aile.. Les cordages criaient, la voile se gonflait de toutes pièces, et les deux bords déroulaient, au clapotement des vagues, des paysages riverains et familiers, des silhouettes de pêcheurs, de laveuses, de bergers dont les moutons sur l'herbe rase semblaient de loin de gros insectes. Jack voyait toutes ces choses, et son imagination surexcitée dénaturait, poétisait les aspects autour de lui. Il lui revenait des souvenirs de lectures, des aventures de mer, des récits d'expéditions lointaines, auxquels le voisinage du matelot, la rencontre de gros navires que la barque évitait en passant, n'étaient pas étrangers. Pourquoi dans ce rappel de sa mémoire une vignette anglaise d'un vieux Robinson Cruosé qu'il

avait eu, étant tout petit, se présentait-elle obstinément à son esprit avec sa page jaunie et usée, son
Robinson couché dans un hamac, un pot de genièvre
à la main, au milieu de matelots ivres, de débris de
ripaille, et au-dessous cette inscription retenue depuis
dix ans : « *Et dans une nuit de débauche, j'oubliai toutes
mes bonnes résolutions.* » Peut-être y avait-il en ce moment des bouteilles vides roulant dans la barque, du
vin répandu, des gens couchés parmi les restes d'un
repas. Jack n'en savait rien positivement, mais des
vols de mouettes égarées par le vent et tourbillonnant
au sommet de la voile augmentaient son illusion de
voyage au long cours : car il avait le visage levé, ne
voyait plus rien que le ciel, des flocons de nuées grises
se succédant sans relâche au-dessus de sa tête et
fuyant avec une vitesse fatigante, dont le vertige commençait à le gagner.

Il changea de position, rappelé à la vie réelle par les
chansons de ses deux compagnons, qui criaient des
refrains de bord : « *Et bitte et bosse ! — Et quelle noce !* »
Ah ! s'il avait pu faire comme eux ; mais il ne savait
que des rondes d'enfant comme « *Mes souliers sont rouges* », et il aurait eu honte d'une pareille ignorance.
Puis il se sentait gêné par un regard braqué sur le sien.
Debout en face de lui, crachant de temps en temps dans
sa main pour mieux tenir la barre, le patron le fixait
de ses deux yeux clairs qui paraissaient déteints dans
sa face bronzée et tannée. Jack aurait voulu faire taire

ce regard méprisant qui lui disait : « Tu n'as pas honte, méchand gamin » ; mais ces vieux loups de mer, habitués à guetter le grain, à le voir venir en ombres glissantes sur le bleu des vagues, ont des prunelles solides que rien ne fait baisser. Pour endormir cette surveillance gênante, Jack voulait obliger le patron à boire. Il lui tendait un verre qui tremblait dans sa main et une bouteille d'où il s'entêtait à faire tomber le vin enfui jusqu'à la dernière goutte : « Allons, patron, un coup de vin... »

Le patron fit signe qu'il n'avait pas soif.

— Laisse le donc tranquille ce vieux Lascar, dit tout bas le novice à son ami, tu ne te rappelles donc pas qu'il n'avait pas envie de nous conduire... C'est sa femme qui l'a décidé... Lui trouvait que tu avais trop d'argent, que ça n'était pas naturel.

Ah ! mais, si vous croyez que Jack va se laisser traiter de voleur... Vous saurez qu'il en a tant qu'il en veut de l'argent. Il n'a qu'à écrire à... Heureusement il se souvient dans le désordre de ses idées que sa mère lui a défendu de prononcer son nom à propos de ces cent francs, et il se contente d'affirmer que cet argent est bien à lui, que ce sont ses économies, qu'il va acheter des vêtements avec et tâcher d'avoir un petit cadeau pour Zé... Zé... Zénaïde !

Il parlait, il parlait... Mais personne ne l'écoutait. Gascogne et le matelot étaient en train de se disputer. L'un voulait descendre à Châtenay, un grand faubourg de Nantes qui s'étend en longueur au bord de l'eau, délabré, usinier et sombre, avec des hangars alternés de guinguettes ou de pauvres jardins noircis de pluie et de fumée. L'autre voulait que l'on continuât jusqu'à Nantes ; et dans la dispute qui s'échauffait, on se menaçait de « se démolir la figure à coups de bouteilles, de s'ouvrir le ventre à coups de couteau, ou simplement de se dévisser la tête pour voir ce qu'il y avait dedans. »

Le comique, c'est qu'il se disaient ces aménités tout près l'un de l'autre, obligés de s'accrocher au rebord de la barque pour ne pas tomber ; car la brise était forte et le petit bateau sillonnait le fleuve avec son flanc. Pour exécuter leurs terribles menaces, il aurait fallu qu'ils eussent les mains libres et un peu plus de large. Mais Jack ne voyait pas les choses ainsi, les prenait très au sérieux au contraire, et désolé de la discorde survenue entre ses deux camarades, essayait de les calmer, de les réconcilier.

— Mes amis... mes bons amis... je vous en prie.

Il avait des larmes dans la voix, dans les yeux, sur les joues, une sensibilité extraordinaire, comme si toutes ses autres sensations se fussent fondues, délayées, dans une immense envie de pleurer. Peut-être était-ce de voir tant d'eau autour de lui. Enfin la querelle s'apaisa, subitement, comme elle était venue, Châtenay et sa dernière maison ayant filé le long des rives. On entrait dans Nantes. Le patron amena la

voile, et prit les rames pour se guider plus sûrement
dans l'encombrement tumultueux du port.

Jack voulut se lever pour jouir du coup d'œil ; mais
il fut obligé bien vite de s'asseoir, tout étourdi. C'était,
comme le matin, une impression de hauteur et de balancement dans le vide. Seulement cette fois il ne perdit pas connaissance. Tout tournait autour de lui. De
vieilles maisons sculptées, à balcons de pierre, se mêlaient à des mâts de navires, les poursuivaient, les
engloutissaient, disparaissaient elles-mêmes, rempla-
cées par des voiles grandes tendues, des tuyaux noirs
et fumants, des coques luisantes, rouges ou brunes. A
l'avant des vaisseaux, sous les beauprés, des figures
pâles, élancées et drapées, montaient et descendaient
au mouvement des vagues, et, parfois, ruisselantes
d'eau, avaient l'air de pleurer de fatigue et d'ennui.
Du moins Jack se figurait cela. Entre ces quais res-
serrés et massifs, sous ce ciel bas emportant le regard
d'autant plus loin qu'il l'empêchait de s'élever, les
navires lui faisaient l'effet de prisonnier, et les noms
écrits à leur flanc lui paraissaient redemander le soleil,
le libre espace, les rades dorées des pays transatlantiques.

Alors il pensa à Mâdou, à ses fuites dans le port de
Marseille, à ses cachettes improvisées au fond des
cales, parmi le charbon, les marchandises, les bagages.
Mais cette idée comme les autres ne fit que traverser
son esprit, s'en alla avec les « Oh ! hisse » des mate-

lots halant sur des cordes, le grincement des poulies en haut des vergues, les coups de marteau des chantiers de construction.

Tout à coup, Jack n'est plus dans le bateau. Comment cela s'est-il fait? Par où est-il descendu? Le rêve a de ces lacunes; et Jack vit dans un rêve agité. Ses deux compagnons et lui s'acheminent sur un quai interminable, longé d'une voie ferrée, encombré de marchandises de toutes sortes qu'on est en train de charger ou de débarquer, ce qui fait à chaque pas des obstacles, des passerelles à enjamber. Il trébuche dans des balles de coton, glisse sur des tas de blé, se cogne aux angles des caisses, respire partout où il passe des odeurs violentes ou fades d'épices, de café, de graines ou d'essences. Il perd ses camarades, les retrouve, les reperd encore, et subitement se surprend en train de faire une longue dissertation sur les graines oléagineuses au brigadier Mangin, qui le regarde avec inquiétude et tire sa petite moustache blonde d'un air gêné. Car c'est une chose singulière, Jack se voit agir; il se dédouble. Il y a en lui un Jack qui est comme fou, qui crie, gesticule, marche de travers, dit et fait mille sottises, et un être raisonnable, mais muet, bâillonné, impuissant, qui est condamné à assister à la dégradation de l'autre, sans pouvoir rien que regarder et se souvenir. Ce second Jack, clairvoyant et conscient, s'endort pourtant quelquefois, pendant que l'insensé continue ses divagations, et voilà pourquoi il y a de grandes solutions de continuité dans cette journée turbulente, des lacunes, des absences, des vides que la mémoire ne saurait combler.

Vous figurez-vous la confusion du Jack raisonnable en voyant son « double » s'en aller dans les rues de Nantes, armé d'une longue pipe, affublé d'une ceinture de matelot toute neuve, roulée autour de son bourgeron ? Il voudrait lui crier : « ... Mais, imbécile, tu n'as pas l'air d'un marin. Tu as beau avoir une pipe, une ceinture, le chapeau en toile cirée de ton novice, tu as beau marcher entre tes deux camarades en roulant les épaules et bégayer d'un air sacripant : Trop de bouillon pour si peu de viande, sacrés mille noms de noms ! Tu ressembles tout au plus à un enfant de chœur qui aurait bu le vin des burettes, avec ta ceinture bleue mal nouée, trop haute, et ta figure innocente malgré tout.... Regarde. On se retourne et l'on rit quand tu passes. »

Mais incapable de rien exprimer, il ne peut que penser cela au-dedans de lui et doit suivre son incommode compagnon, cahoté à tous ses zigzags, à tous ses caprices. Il l'accompagne dans un grand café très doré, garni de glaces où les images se reflètent en ayant l'air de tomber. Le Jack, qui a encore des yeux, regarde en face de lui, parmi les gens qui entrent, qui sortent, un groupe sordide et lugubre au milieu duquel est son double bien pâle, sale, souillé de ces boues qu'éclaboussent autour d'eux des pas pesants, mal affermis. Un garçon s'approche des trois sacripants. On les met dehors, on les rend au froid de la rue. A présent ils errent par la ville.

Quelle ville!... Comme elle est grande!... Des quais, toujours des quais bordés de vieilles maisons à balcons de fer. On passe un pont, puis un autre, encore un autre. Que de ponts, que de rivières qui se croisent, se mêlent, mettent un fatigant mouvement de flots dans toutes les visions troubles de cette course sans frein ni but! C'est si triste à la fin de courir ainsi que Jack se retrouve pleurant à chaudes larmes sur un petit escalier étroit et glissant qui joint l'eau noire d'un canal, y enfonce ses dernières marches. C'est une eau sans remous ni courants, épaisse, moirée et lourde, chargée de teinturerie, et qui claque sous les battoirs d'un grand bateau non loin de là. Gascogne et le matelot jouent à la galoche sur la berge. Jack est désolé. Il ne sait pas pourquoi. Il s'ennuie. Et puis il a si mal au cœur!... « Tiens! si je me noyais... » Il descend une marche, puis une autre. Le voilà au ras de l'eau. L'idée qu'il va mourir l'apitoie sur lui-même.

— « Adieu, mes amis... » dit-il en sanglotant. Mais ses amis sont si fort occupés de leur partie de bouchon, qu'ils ne l'entendent pas.

— Adieu, mes pauvres amis... Vous ne me verrez plus... Je vais mourir.

Les pauvres amis, toujours aussi sourds, discutent sur un coup douteux. Quel malheur pourtant de mourir ainsi, sans dire adieu à personne, sans qu'on essaye de vous retenir au bord du gouffre. C'est qu'ils le laisseraient parfaitement se noyer, ces monstres! Ils sont là-haut à crier, à se menacer comme le matin. Ils parlent encore de s'ouvrir le ventre, de se dévisser la tête. On s'attroupe autour d'eux. Des sergents de ville arrivent, Jack a peur, remonte les marches, et se sauve... Le voilà le long d'un grand chantier. Quelqu'un passe près de lui, courant et tibutant. C'est le matelot, tout débraillé, sans chapeau, sans cravate, son grand col arraché sur la poitrine.

— Et Gascogne?

— Dans le canal... Je l'ai envoyé rouler d'un coup de tête... V'lan!...

Et le matelot s'en va bien vite, car il a les sergents de ville après lui. Les idées de Jack sont tellement tournées au lugubre, qu'il trouve presque naturel que le novice ait noyé Gascogne, comme si le meurtre était le dernier échelon d'une échelle sinistre où il a posé le pied et qui descend dans le noir. Pourtant, il voudrait retourner sur ses pas, s'informer de ce malheureux. Soudain, on l'appelle.

— Hé! l'Aztec.

C'est Gascogne, sans chapeau, sans cravate, essoufflé, éperdu.

— Il a son compte, ton matelot... D'un coup de savate, v'lan! dans le canal... La police est à mes trousses... Je me sauve... bonsoir.

Lequel est le tué des deux? Lequel est l'assassin? Jack ne cherche pas, ne comprend plus ; et je ne sais comment cela se fait, les voilà encore réunis tous les trois dans un cabaret où ils s'attablent devant une énorme soupe à l'oignon, dans laquelle on renverse plusieurs litres. Ce breuvage singulier s'appelle « faire chabrol. » On fait chabrol, on doit le faire plusieurs fois, dans des cabarets différents, car les comptoirs, les tables boîteuses se succèdent dans ce rêve vertigineux où le Jack qui raisonne a presque renoncé à suivre l'autre. Ce ne sont que pavés humides, caves sombres, petites portes ogivales surmontées d'enseignes parlantes, de tonnes, de verres mousseux, de raisins en treille. Tout cela s'assombrit à mesure jusqu'au moment où la nuit des bouges s'allume, où des chandelles plantées dans des bouteilles éclairent une vision hideuse de négresses enguirlandées de gaze rose, de matelots dansant la gigue, accompagnés par des harpistes en redingote. Là, Jack, excité par la musique, fait mille folies. Maintenant il est grimpé sur une table, en train d'exécuter une danse surannée qu'un vieux maître à danser de sa mère lui a apprise quand il était enfant :

> A la Monaco
> L'on chasse et l'on déchasse.

Et il chasse, et il déchasse, puis la table croule, et il roule avec elle parmi des débris, des cris, un tumulte effroyable de vaisselle brisée.

Affaissé sur un banc, au milieu d'une place déserte, inconnue, où se dresse une église, il a encore la mesure de son pas dans l'idée : « *A la Monaco, l'on chasse et l'on déchasse.* » C'est tout ce qui reste de la journée dans sa tête vide, aussi vide que son gousset... Le matelot? Parti... Gascogne? Disparu... Il est seul à cette heure du crépuscule où la solitude se sent dans toute son amertume. Le gaz jaune s'allume isolément par flambées aussitôt reflétées dans la rivière et les ruisseaux. Partout l'ombre flotte, comme une cendre amoncelée sur le foyer du jour encore vaguement éclairé. Dans cette ombre, l'église noie peu à peu ses contours massifs. Les maisons n'ont plus de toits, les navires plus de huniers. La vie descend au ras du sol à la hauteur des rayons tombant de quelques rares boutiques.

Après les cris, les chants, les larmes, le désespoir, la grande joie, Jack arrive maintenant à la terreur. A la page lugubre du triste livre qu'il a lu tout le jour, il y a écrit : Néant. Sur celle-là : Néant et Nuit... Il ne bouge plus, n'a pas même la force de s'enfuir pour échapper à cet abandon, à cette solitude qui l'épouvante, et resterait là étendu sur ce banc, comme ils font tous, dans un anéantissement qui n'est pas le sommeil, si un cri bien connu, cri sauveur, cri de délivrance, ne l'arrachait à sa torpeur :

Chapeaux ! chapeaux ! chapeaux !

Il appelle : « B'lisaire.... »

C'est Bélisaire. Jack essaye de se dresser, de lui expliquer qu'il a tiré « une bor... bor... bordée ; » mais il ne sait s'il y parvient. En tout cas, il s'appuie sur le camelot dont la démarche est au diapason de la sienne, aussi clopinante, aussi pénible, mais soutenue au moins par une vigoureuse volonté. Bélisaire l'emmène, le gronde doucement. Où sont-ils ? où vont-ils ? Voilà les quais éclairés et déserts... Une gare... C'est bon un banc pour s'allonger...

Quoi donc ? Qu'est-ce qu'il y a ? qu'est-ce qu'on lui veut ? On le réveille. On le secoue. On le bouscule. Des hommes lui parlent très fort. Ses mains sont prises dans des mains de fer. Ses poignets attachés avec des cordes. Et il n'a pas seulement le courage de résister, car maintenant le sommeil est plus fort que tout. Il dort dans quelque chose qui a l'air d'un wagon. Il dort ensuite dans un bateau où il fait bien froid, mais où il ronfle tout de même, roulé au fond, incapable de mouvement. On le réveille encore, on le porte, on le tire, on le pousse. Et quel soulagement il éprouve, après ces pérégrinations sans nombre dans un somnambulisme éperdu, à s'étendre sur la paille où il vient de rouler, à dormir enfin tout son soûl, garanti de la lumière et du bruit par une porte solide et deux verrous tirés, énormes et grinçants.

LA MAUVAISE NOUVELLE

Au matin, un bruit terrible qui se faisait au-dessus de sa tête réveilla Jack en sursaut.

Oh ! le réveil lugubre de l'ivresse, l'ardente soif, le tremblement, la gêne des membres las, comme serrés dans une armure lourde qui les blesserait de partout, puis la honte, l'angoisse inexprimable de l'être humain se retrouvant dans la brute et si dégoûté de sa vie souillée qu'il se sent incapable de recommencer à vivre. Jack éprouva tout cela en ouvrant les yeux, avant même d'avoir repris possession de sa mémoire, et comme s'il avait dormi dans l'obsession d'un remords.

Il faisait encore trop nuit pour distinguer les objets. Pourtant il savait bien qu'il n'était pas dans sa mansarde. Il ne voyait pas luire au-dessus de lui la vitre de sa lucarne, toute bleue d'espace ; et le pâlissement de l'aube lui arrivait de deux hautes fenêtres qui coupaient la clarté en une multitude de tâches blanches sur le mur. Où était-il ? Dans un coin, pas loin de son grabat, s'entre-croisaient des cordes, des poulies, de gros poids. Soudain le bruit effrayant qui l'avait réveillé tout à l'heure recommença. C'était comme un grincement de chaîne qui se déroulait, puis la sonnerie profonde d'une grosse horloge. Cette horloge, il la connaissait. Depuis deux ans bientôt, elle réglait l'emploi de tout son temps, lui arrivait avec le vent d'hiver, la chaleur de l'été, quand il s'endormait le soir dans sa petite chambre d'apprenti, et cognait, le matin, de ses notes lourdes au carreau mouillé de sa lucarne en lui disant : « Lève-toi. »

Il était donc à Indret. Oui, mais d'habitude cette voix de l'heure venait de plus haut, de plus loin. Il fallait qu'il eût la tête bien fatiguée pour que les bruits y résonnassent si fort, avec ces vibrations persistantes. A moins qu'il ne fût dans la tour même de l'horloge, dans cette chambre haute qu'à Indret l'on appelait la « séquestre » et où l'on enfermait quelquefois les apprentis indisciplinés. C'est là qu'il était, effectivement. Pourquoi ?... Qu'est-ce qu'il avait fait ?...

Alors le faible rayon de jour qui se glissait dans la pièce et lui en découvrait peu à peu l'aspect, pénétra aussi dans sa mémoire et en éclaira successivement tous les replis. Il essayait de reconstruire sa journée de la veille, et tout ce qu'il en apercevait le remplissait d'épouvante. Ah ! s'il avait pu ne plus se souvenir.

Mais avec une implacable cruauté, son second « moi », réveillé tout à fait, lui rappelait toutes les fo-

lies qu'il avait faites ou dites dans la journée. Cela
sortait de la confusion du rêve, morceau par morceau.
L'*autre* n'avait rien oublié, et, qui plus est, donnait
des preuves à l'appui : un chapeau de matelot qui avait
perdu son ruban... une ceinture bleue... des débris de
pipes, de tabac dans ses poches avec des restes de monnaie infime. A chaque nouvelle révélation, Jack avait
des rougeurs dans l'ombre, des exclamations de colère
et de dégoût, les mouvements désespérés de l'orgueil
devant la honte irréparable. A une de ces exclamations
plus fortes que les autres, un gémissement lui répondit.

Il n'était pas seul. Il y avait quelqu'un avec lui, une
ombre assise là-bas sur la pierre d'une de ces profondes
embrasures d'autrefois, taillées dans toute l'épaisseur
des murailles.

— Qui est ça ? se demandait Jack avec inquiétude ;
et il regardait se découper sur la blancheur du mur
passé à la chaux cette silhouette grotesque et immobile
qui avait des affaissements de bête, des angles irréguliers et ressortants. Un seul être au monde était assez
difforme pour un pareil reflet : Bélisaire... Mais qu'est-
ce que Bélisaire serait venu faire là ?... Pourtant Jack
se rappelait vaguement qu'il avait été protégé par le
camelot. Sa courbature lui remettait en mémoire une
lutte au milieu d'une gare dans un éparpillement de
chapeaux et de casquettes dispersés par un grand vent.
Tout cela confus, trouble, hésitant, et comme bar-
bouillé de lie.

— Est-ce vous, Bélisaire?

— Oh ! oui, c'est moi, fit le camelot d'une voix rauque, avec un accent désespéré.

— Mais, au nom du ciel, qu'est-ce que nous avons
donc fait, qu'on nous enferme ici comme deux malfai-
teurs.

— Ce que d'autres ont pu faire, je n'en sais rien, et
ça ne me regarde pas. Mais je sais bien que moi je n'ai
fait de tort à personne, et que c'est une vraie méchanceté de m'avoir mis mes chapeaux dans un état pareil.

Il s'arrêta un moment, encore secoué de sa terrible
bataille, regardant son désastre devant lui dans la nuit
noire, toute sa cargaison piétinée, foulée, disparue.
Cet affreux spectacle qu'il avait constamment sous les
yeux depuis la veille l'empêchait de sentir le sommeil,
la fatigue de son corps garrotté de chaînes et de cordes, jusqu'au supplice habituel du *brodequin* auquel
sa destinée errante et sa difformité le condamnaient.

— Est-ce qu'on me les payera, dites, mes chapeaux?... Car enfin, moi, je n'y suis pour rien dans
ce qui arrive. Vous leur direz bien, au moins, que
ce n'est pas moi qui vous ai aidé à faire cette chose-là.

— Quelle chose?... Qu'est-ce que j'ai fait?... demanda Jacques avec assurance ; mais il songea que
parmi tant de folies qui ne lui étaient pas toutes pré-
sentes à l'esprit, il avait pu en commettre une plus
grave que les autres, et il questionna Bélisaire cette
fois plus timidement:

— Enfin, de quoi m'accuse-t-on ?

— Ils disent... mais pourquoi me faites-vous parler ? Vous vous en doutez bien de ce qu'ils disent.

— Mais non, je vous jure.

— Eh bien, ils disent que c'est vous qui avez volé...

— Volé ?... Et quoi donc ?

— La dot de Zénaïde.

L'apprenti, dégrisé complétement, eut un cri d'indignation et de douleur.

— Mais c'est une infamie. Vous ne croyez pas cela, n'est-ce pas, Bélisaire ?

Bélisaire ne répondit pas. C'était la certitude de tout le monde à Indret que Jack était coupable, et les gendarmes qui les avaient arrêtés la veille, en s'entretenant de l'affaire devant le camelot, l'avaient persuadé à son tour. Toutes les preuves étaient contre l'apprenti. Au premier bruit répandu dans l'usine du vol commis chez les Roudic, on avait pensé à Jack qui manquait justement à l'appel du matin. Ah ! le Nantais avait bien calculé son coup en l'éloignant de l'atelier... Depuis le cabaret de la grande rue d'Indret jusqu'à la gare de la Bourse, à Nantes, où le coupable et son complice avaient été arrêtés au moment où ils prenaient leurs billets pour se sauver on ne sait où, la trace du vol se suivait, se continuait sous les pas de l'apprenti, reconnaissable à l'or répandu, gaspillé tout le long de la route, à ces pièces de vingt francs changées à tout propos. Et quelle preuve convaincante que cette débauche de tout un jour, cette ivresse qui suit le crime d'ordinaire comme un remords boiteux et déguisé !

Le doute n'existait donc pour personne. Un seul point restait inexplicable, la disparition complète de ces six mille francs dont on n'avait trouvé aucune trace, ni dans les poches de Bélisaire chargées de quelques francs, produit de sa vente journalière, ni dans celles de l'apprenti au fond desquelles sonnaient des monnaies bizarres, rouillées, monnaies de cabarets marins où viennent se désaltérer tous les équipages du monde. Evidemment ce n'était pas dans les bouges du port qu'ils avaient pu, même en dix heures, dépenser tout l'argent qui manquait à la cassette de Zénaïde. Le gros morceau devait être caché quelque part.

Où ?... C'est ce qu'il fallait savoir.

Aussi, dès que le jour parut, le directeur fit descendre les coupables dans son cabinet, deux véritables criminels, couverts de boue, blêmes, déchirés, frissonnants. Encore Jack avec la grâce de la jeunesse, sa petite frimousse intelligente et fine, gardait, malgré l'état de son costume et sa hideuse ceinture bleue, quelque chose d'intéressant, de distingué. Mais Bélisaire, épouvantable, plus laid de tous les horions reçus dans la bagarre, les marques de sa résistance écrites partout sur sa figure, sur ses vêtements, en balafres, en déchirures, était rendu plus terrible encore par l'expression d'atroce souffrance que ses pieds gonflés, serrés toute la nuit, mettaient sur sa face terreuse plaquée de rouge

et grimaçante, expression qui fermait sa bouche
épaisse, y imprimait le mutisme humain, voulu, lamentable, qu'on observe sur le mufle des phoques. A
les voir tous les deux l'un à côté de l'autre, le sentiment
général se trouvait bien confirmé, qui voulait que l'apprenti, cet enfant si doux, si timide, n'eût été que l'instrument de quelque misérable dont les conseils
l'avaient perdu.

En traversant l'antichambre du directeur, Jack aperçut plusieurs visages qui lui firent l'effet d'apparitions,
comme si les imaginations d'un affreux cauchemar
avaient pris corps et s'étaient dressées en face de lui.
L'assurance qui lui faisait encore porter la tête haute
devant le crime dont on l'accusait, l'abandonna à cet
instant. Le marinier qui l'avait conduit, des cabare-
tiers d'Indret, de la Basse-Indre, même de Nantes, lui
rappelaient toutes les étapes de sa journée de la veille.
Il la revécut en une minute avec tous ses souvenirs
pénibles et grotesques, repassa par toutes les pâleurs
de son ivresse, toutes les rougeurs de sa honte.

Quand il entra dans la Direction, il était humble,
plein de larmes, prêt à se courber pour demander
grâce.

Il n'y avait là que le directeur, assis devant la fenêtre dans son grand fauteuil de bureau, et le père
Roudic, debout auprès de lui, son petit béret de laine
bleue à la main. Les deux surveillants qui avaient
amené les criminels restèrent au fond contre la porte,

ne quittant pas de l'œil le camelot, malfaiteur dangereux, capable de tous les crimes. Jack, en voyant le
contre-maître, avait eu le mouvement presque instinc-
tif d'aller vers lui, la main tendue comme à un ami, à
un défenseur naturel; mais la physionomie du père
Roudic avait un air de sévérité, de tristesse surtout,
qui le tint à distance pendant tout le temps de son
interrogatoire.

— Écoutez-moi bien, Jack, dit le directeur. Par
égard pour votre jeunesse, pour vos parents, pour les
bonnes notes que vous avez eues jusqu'à ce jour et,
je dois vous le dire, par égard surtout pour l'honneur
de la maison d'Indret, j'ai obtenu qu'au lieu de vous
conduire à Nantes on vous laissât ici et qu'on attendît
quelques jours avant de commencer l'instruction. Ainsi
donc, à l'heure qu'il est, tout se passe entre vous
Roudic et moi; et il ne tient qu'à vous que la chose
n'aille pas plus loin. On vous demande seulement de
rendre ce qui vous reste...

— Mais, monsieur...

— Ne m'interrompez pas, vous vous expliquerez
tout à l'heure... de rendre ce qui vous reste des six
mille francs volés, car enfin vous n'avez pas pu dépenser six mille francs dans une journée, n'est-ce pas? Eh
bien, donnez-nous ce que vous avez encore, et je me
contenterai de vous renvoyer à vos parents.

— Excusez, fit Bélisaire, avançant timidement sa
grosse tête avec un sourire aimable plissé d'autant de

rides qu'il y a de petites vagues sur la Loire par les
vents d'est... Excusez.

Au coup d'œil méprisant et glacial que lui jeta le
directeur, il s'arrêta embarrassé, se grattant la tête.

— Qu'avez-vous à dire ?

— Dame !... Comme je vois que l'affaire du vol est
arrangée, je voudrais bien, si c'est un effet de votre
bonté, qu'on parle un peu de mes chapeaux maintenant.

— Taisez-vous, drôle. Je ne comprends pas que
vous ayez l'audace de dire un mot. Comme si nous ne
savions pas que le vrai coupable, c'est vous, malgré vos
airs doucereux, et que jamais cet enfant, sans vos mauvais conseils, n'aurait commis une action pareille.

— Oh !... fit le malheureux Bélisaire en se tournant
vers l'apprenti comme pour le prendre à témoin. Jack
voulut protester. Le père Roudic ne lui en laissa pas
le temps :

— Vous avez bien raison, monsieur le directeur.
C'est cette mauvaise fréquentation qui l'a perdu.
Avant, il n'y avait pas d'apprenti plus honnête, plus
fidèle à son devoir. Ma femme, ma fille, tout le monde
l'aimait à la maison. Nous avions confiance en lui. Il
a fallu, bien sûr, qu'il rencontrât ce misérable.

Bélisaire, en s'entendant traiter ainsi, avait une
mine si effarée, si désespérée, que Jack, oubliant pour
une minute l'accusation qui pesait sur lui-même, prit
bravement la défense de son ami.

— Je vous jure, monsieur Roudic, que ce pauvre garçon n'est pour rien dans tout ceci. Quand on nous a arrêtés hier, il venait de me rencontrer errant dans les rues de Nantes, et comme je... je n'étais pas en état de me conduire, il allait me ramener à Indret.

— Vous auriez donc fait le coup tout seul? demanda le directeur d'un air incrédule.

— Mais je n'ai rien fait, monsieur. Je n'ai pas volé. Je ne suis pas un voleur.

— Prenez garde, mon garçon, vous entrez dans un mauvais chemin. Il n'y a qu'un aveu complet et la restitution de l'argent qui puissent vous mériter notre indulgence. Quant à votre culpabilité, elle est trop évidente. N'essayez pas de la nier. Voyons, malheureux enfant, vous étiez seul avec les dames Roudic dans la maison cette nuit-là. Avant de se coucher, Zénaïde a ouvert son armoire devant vous, elle vous a montré la place même de sa cassette. Est-ce vrai? Puis, au milieu de la nuit, elle a entendu remuer votre échelle, elle vous a parlé. Naturellement, vous n'avez pas répondu; mais elle est bien sûre que c'était vous, puisqu'il n'y avait que vous dans la maison.

Jack, atterré, eut pourtant encore la force de répondre :

— Ce n'est pas moi. Je n'ai rien volé.

— Vraiment? Et tout cet argent gaspillé, semé sur votre route?

Il allait dire : « C'est ma mère qui me l'a envoyé. »

Mais il se rappela les recommandations qu'elle lui avait faites : « Si on te demande d'où te viennent ces cent francs, tu diras que ce sont tes petites économies. » Et en effet, avec cette foi aveugle, cette vénération qu'il gardait pour les commandements de sa mère, il répondit : « Ce sont mes petites économies. »

Elle lui aurait commandé de dire : « C'est moi qui ai volé, » que, sans hésitation, sans discussion, il se fût avoué coupable. C'était un enfant comme cela.

Au mot d'économies, le directeur s'indigna tout à fait.

— Comment voulez-vous nous faire croire qu'avec les cinquante centimes de paye que vous touchez par jour, vous avez pu mettre de côté les deux ou trois cents francs qu'au train dont vous meniez les choses, vous avez dû dépenser dans la journée ?... N'essayez donc pas de ces mauvais moyens. Vous feriez bien mieux de demander pardon à ces braves gens, à qui vous avez porté un coup terrible, et de réparer bien vite le tort que vous leur avez fait.

Alors le père Roudic s'approcha de Jack, et lui posa la main sur l'épaule :

— Jack, mon petit gars, dis-nous où est l'argent. Songe que c'est la dot de Zénaïde, que j'ai travaillé vingt ans de ma vie, que je me suis privé de tout pour économiser une somme pareille. Ma consolation, c'était qu'un jour, le bonheur de mon enfant serait acheté de ma fatigue et de mes privations... Je suis bien sûr

qu'en faisant le coup tu ne pensais pas à tout cela,
sans quoi tu ne l'aurais pas fait; car je te connais, tu
n'es pas méchant. Non, ça été un moment de folie.
La tête t'aura tourné de voir tant d'argent ensemble,
avec la facilité de le prendre. Mais maintenant tu as
dû réfléchir, et c'est seulement la honte d'avouer qui te
retient... Allons, Jack ; un peu de courage... Pense
que je suis vieux, qu'il n'y a pas moyen que je
regagne toute ces pièces blanches, et que ma pauvre
Zénaïde... Allons ! dis-moi où est l'argent, petit gars.

Très troublé, très rouge, le bonhomme essuyait son
front après ce grand effort d'éloquence. Vraiment il
fallait être un coupable bien endurci pour résister à
une prière aussi touchante. Bélisaire lui-même était si
ému qu'il en oubliait sa propre catastrophe, et pendant que Roudic parlait, il faisait à l'apprenti une foule
de petits signes qu'il croyait mystérieux, mais que sa
physionomie traduisait avec l'exagération la plus
comique : « Allons, Jack, rendez-lui donc ses écus, à
ce pauvre homme. » C'est qu'il comprenait bien les
sacrifices de ce père, lui, le camelot, dont la vie était
un crucifiement perpétuel pour les siens.

Hélas ! si Jack l'avait tenu, cet argent, avec quelle
joie il l'aurait jeté dans les mains du père Roudic,
dont le désespoir lui serrait le cœur. Mais il ne l'avait
pas, et ne pouvait que dire :

— Je ne vous ai pas volé, monsieur Roudic. Je jure
que je n'ai rien pris.

Le directeur se leva impatienté.

— En voilà assez. Pour résister à des paroles comme celles que vous venez d'entendre, il faut avoir une âme bien scélérate, et si elles ne vous ont pas arraché la vérité, tout ce que nous vous dirions n'y parviendrait pas. On va vous reconduire là-haut. Je vous donne jusqu'à ce soir pour réfléchir. Si ce soir vous ne vous êtes pas décidé à opérer la restitution qu'on vous demande, je vous abandonne à la justice : elle saura bien vous faire parler.

Ici, un des surveillants, ancien gendarme, homme perspicace et sûr, s'approcha de son chef et lui dit à voix basse :

— Je crois, mon directeur, que si vous voulez tirer quelque chose de l'enfant, il faut le mettre à part de l'autre. J'ai vu le moment où il allait tout dire; c'est le camelot qui l'en a empêché en lui faisant tout le temps des signes.

— Vous avez raison. Il faut les mettre à part.

On les sépara donc, et Jack fut ramené tout seul dans la chambre de l'horloge. En sortant, il avait vu la figure ahurie, terrifiée, de Bélisaire qu'on conduisait les menottes au poing ; et la pensée de ce pauvre diable, aussi malheureux et encore moins coupable que lui, vint ajouter à ses tortures.

Que la journée lui sembla longue!

Il essaya d'abord de dormir, d'enfoncer sa tête dans la paille pour échapper au désespoir qui l'envahissait.

Mais l'idée que tout le monde le croyait criminel, que lui-même avait donné prise à tous les soupçons par sa conduite honteuse de la veille, le secouait à chaque instant de violents soubresauts... Comment prouver son innocence ? En montrant la lettre de sa mère et que l'argent dépensé venait d'elle. Mais si d'Argenton le savait !... Ce manque de perspective qui met dans les jeunes cerveaux les petites raisons avant les grandes, lui faisait abandonner tout de suite ce moyen de salut. Il voyait une scène épouvantable aux Aulnettes, et la pauvre Charlotte en pleurs...

Mais alors, par quels moyens se justifier ? Et pendant que couché sur sa botte de paille, encore éreinté de l'ivresse de la veille, il se débattait dans ces difficultés de sa conscience, le bruit, l'activité du travail montaient autour de lui, l'horloge sonnait au-dessus de sa tête, et ce timbre lourd semblait le pas lent, inexorable de quelque vengeur qui arrivait.

Deux heures. Quatre heures. Voilà la rentrée, la sortie des ouvriers. Le soir va venir, et il n'a que jusqu'au soir pour prouver son innocence. Si l'argent n'est pas rendu, en prison ! Jack voudrait y être déjà. Il lui semble qu'il serait bien, enfermé, muré dans un cachot si noir, si profond que personne ne viendrait l'y réclamer. On dirait qu'il se doute de l'horrible torture qui va lui être encore infligée. Tout à coup il entend crier l'escalier en échelle de moulin qui mène à la chambre de l'horloge. Quel-

qu'un souffle, soupire, se mouche derrière la porte,
où résonne à la fin un petit coup comme en frappent
de gros doigts timides qui ont toujours peur de faire
trop de bruit. Puis la clef tourne dans la serrure.

Zénaïde entre vivement :

— C'est moi... Ouf ! que c'est haut.

Elle dit cela d'un petit air gracieux, dégagé ; mais
elle a tellement pleuré, ses cheveux si lisses d'ordinaire sont si ébouriffés sous sa coiffe, ses yeux si rouges, si gonflés, que cette gaieté factice sur les traces
de son chagrin ne les fait que mieux ressortir. La
pauvre fille sourit à Jack, qui la considère tristement :

— Je suis laide, hein ?... C'est une horreur... Déjà,
dans l'habitude, je ne me trouve pas jolie. Je me fais
des grimaces quand je me regarde. Je n'ai pas de
taille, pas de tournure, avec ça un gros nez, de tout
petits yeux. Ce n'est pas de pleurer qui me les
agrandira, mes yeux ; et dame ! depuis hier je ne fais
que ça, une vraie Madeleine... Et mon petit Mangin
qui est un si joli homme ! Il fallait vraiment une
dot comme la mienne pour le faire passer sur tous mes
défauts. Les jalouses me le disaient bien : « C'est pour
ton argent qu'il te demande... » Comme si je ne la savais pas. Eh bien, oui, c'était mon argent qui lui
plaisait, c'était mon argent qu'il voulait, mais je l'aimais, moi. Et je pensais : « Quand je serai sa femme,
je le forcerai bien à m'aimer, lui aussi... » Mais maintenant, vous comprenez, mon petit Jack, ça n'est plus

du tout la même chose. Ce n'est pas pour les
mille francs qui restent au fond de ma cassette que
l'on s'embarrasse d'une créature aussi laide que moi.
Déjà quand le père Roudic ne voulait donner que
quatre mille francs, M. Mangin avait bien dit qu'à ce
prix-là il préférait rester garçon. Aussi il me semble
que je le vois, ce soir quand il rentrera, comme il va
tortiller sa petite moustache et me tourner gentiment
son compliment d'adieu. Oh! je lui épargnerai cette
peine, bien sûr; c'est moi qui la première lui rendrai sa parole... seulement... seulement... avant de
renoncer à tout mon bonheur, j'ai voulu venir vous
trouver et causer un peu avec vous, Jack.

Jack avait baissé la tête. Il pleurait. Si jeune qu'il
fût, il comprenait quelle humiliation de toute la
femme il y avait dans cet aveu naïf que Zénaïde
faisait de sa laideur. Et puis c'était si touchant cette
vaillance vertueuse, la confiance de cette brave fille
dans son amour, dans ses qualités de ménagère pour
lui conquérir, après la noce, ce joli mari acheté à prix
d'or.

En le voyant pleurer, elle eut un élan de joie.

— Ah! je leur disais bien, moi, qu'il n'était pas méchant et que je n'aurais qu'à lui montrer ma grosse
vilaine figure, que les larmes ont tant rougie depuis
hier, pour lui toucher le cœur, pour lui faire dire.
« Tout de même, cette pauvre Zénaïde, que j'ai vue si
heureuse de se marier, qu'elle en dansait de joie de-

vant son armoire, j'ai eu tort de lui faire de la peine. »
C'est vrai qu'hier matin, quand j'ai tenu ma cassette
dans la main, pas plus lourde qu'une poignée de
neige, j'ai cru qu'on m'avait pris mon cœur, tellement
je me sentais, là, dans la poitrine, un grand vide qui
a toujours duré depuis... N'est-ce pas, Jack, mon ami,
que vous voulez bien me rendre ma dot?

— Mais je ne l'ai pas, Zénaïde, je vous jure.

— Non, ne me dites pas ça à moi. Vous n'avez pas
peur de moi, n'est-ce pas? je ne vous fais pas de reproches. Dites-moi seulement où est mon argent. Il doit
en manquer un peu, je pense bien; mais qu'est-ce
que ça fait? Nous savons ce que c'est, les jeunes gens;
il faut que ça s'amuse. Ah! ah! ah! vous avez dû les
faire sauter les écus de papa Roudic. Tant mieux,
pardi! Mais dites-moi où vous avez mis le reste.

— Par pitié, Zénaïde, écoutez-moi. Je n'ai pas volé.
On se trompe. Ce n'est pas moi. Oh! c'est horrible que
tout le monde me croie coupable.

Elle continuait sans l'écouter :

— Mais comprenez donc qu'il ne voudra plus de
moi, que c'est fini du mariage pour cette pauvre Zénaïde... Jack, mon ami, ne me faites pas cette méchanceté. Vous vous en repentiriez un jour bien
sûrement... Au nom de votre mère que vous aimez
tant, au nom de cette petite amie que vous avez là-
bas, dont vous me parliez toujours, — qui sait? ce sera
peut-être votre promise plus tard, car ces amitiés entre

tout petits vous mènent loin quelquefois, — eh bien !
c'est en son nom que je vous demande cette chose. Oh !
mon Dieu, vous dites non encore. Comment faut-il
donc vous supplier?... Tenez ! à deux genoux et les
mains jointes, comme devant sainte Anne.

Agenouillée près de la pierre où l'apprenti était assis,
elle recommençait à pleurer avec des étouffements, des
suffocations, toutes les résistances que trouvent les
larmes dans ces natures robustes fermées d'habitude
aux manifestions extérieures. Le désespoir alors ressemble à une explosion ; venu des profondeurs, il
effraye, il brûle comme une lave, se répand avec une
force inconnue. Ainsi affaissée dans les plis de son
costume rustique, sa coiffe blanche prosternée en une
attitude de supplication fervente, Zénaïde était bien
l'image de ces grands désespoirs, de ces mornes prières
qu'on aperçoit dans des coins d'églises désertes, en semaine, parmi les villages bretons.

Aussi désolé qu'elle, Jack essayait de lui prendre sa
main où l'anneau d'argent des fiançailles s'incrustait
tout neuf et pesant ; il s'efforçait de se défendre encore,
de se justifier.

Soudain elle se leva d'un bond :

—Vous serez puni, allez !... Personne ne vous aimera
dans la vie, parce que vous êtes un méchant cœur.

Elle sortit en courant, descendit tout d'une traite
jusqu'au cabinet du directeur qui l'attendait seul avec
son père.

— Eh bien?

Elle ne répondit pas, se contenta de faire « non » de la tête, toute parole étant encore submergée dans sa gorge obstruée de larmes.

— Allons, mon enfant, ne vous désolez pas trop. Avant de nous adresser à la justice qui, elle, songe plutôt à punir les coupables qu'à réparer le mal qu'ils ont fait, il nous reste encore une ressource. Roudic m'assure que la mère de ce misérable est mariée à un homme très riche... Eh bien, nous allons leur écrire... Si ce sont de braves gens, comme on me le dit, votre dot n'est pas encore perdue.

Il prit une feuille de papier et écrivit, lisant à mesure :

« Madame, votre fils s'est rendu coupable d'un vol de six mille francs, toutes les économies de l'honnête et laborieuse famille chez laquelle il était logé. Je n'ai pas encore livré le voleur aux tribunaux, espérant toujours qu'il restituerait au moins une partie de l'argent dérobé; mais je commence à croire qu'il a tout gaspillé ou perdu dans une journée d'orgie qui a suivi le crime. Cette situation étant donnée, les poursuites sont inévitables, à moins que vous ne soyez disposée à indemniser la famille Roudic de la somme qui lui a été soustraite. J'attendrai votre décision pour agir; mais je ne l'attendrai que trois jours, car j'ai déjà beaucoup tardé. Si je n'ai pas de réponse diman-

che, lundi matin le coupable sera entre les mains de
la justice.

« LE DIRECTEUR »

Et il signa.

— Pauvres gens ! c'est terrible... dit le père Roudic
qui, au milieu de son chagrin, trouvait encore de la
pitié pour les autres. Zénaïde releva la tête avec un air
farouche :

— Pourquoi donc ça, terrible ? L'enfant m'a pris ma
dot. Il faut bien que les parents me la rendent.

Cruauté de l'amour et de la jeunesse ! Elle ne songeait pas une minute au désespoir de cette mère apprenant le déshonneur de son fils. Le vieux Roudic, au
contraire, s'attendrissait en pensant qu'il serait mort
de honte s'il avait reçu une nouvelle pareille.

Aussi, quoique Zénaïde lui tînt bien au cœur, avait-
il comme un vague espoir que les choses se dénoue-
raient autrement, que l'apprenti restituerait l'argent
de lui-même, que peut-être cette cruelle lettre se per-
drait en chemin, n'arriverait pas à destination. C'est si
fragile ce carré de papier qui s'en va si loin, mêlé à
tant d'autres, livré à tous les hasards d'une route acci-
dentée.

Oui, c'est léger et fragile, une lettre, et cela s'égare
bien souvent. Mais celle que le directeur vient d'écrire,
qu'il cachète à la flamme d'une bougie, qu'il remet au
courrier avec d'autres liasses, ne risque pas de s'égarer.

Le facteur breton la prendra à tâtons, dans la boîte de fer-blanc, la jettera au fond de son sac de cuir, s'attardera avec elle dans quelque cabaret de grande route; soyez sûr qu'il ne l'oubliera pas. Elle passera la Loire sans qu'aucun vent de terre ou de mer ait le pouvoir de l'emporter. Au chemin de fer, les employés, toujours pressés, l'enfermeront dans la sacoche de toile, à peine liée, usée d'un long service, qu'on jette au passage du train ; elle ne se perdra pas.

Elle sera confondue dans un tas d'autres lettres plus grandes, glissera, roulera, sautera au mouvement du wagon, qu'une étincelle égarée suffirait à enflammer, puis elle arrivera à Paris, et de là, passant par toutes sortes de grillages, de triages, ni brûlée, ni volée, ni déchirée, ni perdue, elle ira droit à son but, et plus sûrement que toute autre. Pourquoi? Parce qu'elle apporte une mauvaise nouvelle. Ces sortes de lettres sont sacrées ; il ne leur arrive jamais rien.

La preuve, c'est que celle-ci, après avoir parcouru tout le grand pays de France, remonte là-bas le petit chemin que nous connaissons sur la côte rouge d'Etiolles, dans la boîte en fer-blanc de Casimir, le facteur rural. D'Argenton le déteste, ce vieux Casimir, parce qu'il est très paresseux, qu'il trouve les Aulnettes loin et confie le plus souvent les journaux et les lettres à sa femme qui ne sait pas lire et égare toujours quelque chose en route. Encore une chance qu'a la mauvaise nouvelle pour ne pas arriver. Mais non. Justement

ce jour-là Casimir a fait le service lui-même, et le
voici qui sonne à la porte enguirlandée de vigne rouillée au-dessus de laquelle les lettres dorées de « *Parva
domus, magna quies,* » pâlissent chaque jour un peu
plus, mangées par le soleil et la pluie.

VII

UN COLON POUR METTRAY

Jamais le châlet des Aulnettes n'avait mieux mérité son étiquette que ce matin-là. Isolé sous le ciel d'hiver où couraient de grands nuages gris, rapetissé parmi les arbres dégarnis de feuilles, hermétiquement fermé à l'humidité du jardin et de la route, il participait du silence morne de la terre encore endormie et de l'air vide d'oiseaux. Quelques corbeaux piquant des semences dans les champs voisins mettaient seuls une note de vie sur le paysage attristé, le vol de leurs ailes noires au ras du sol.

Charlotte décrochait des raisins flétris dans le grenier de la tourelle, le poëte travaillait, le docteur Hirsch dormait, quand l'arrivée du facteur, unique distraction de ces exilés volontaires, réunit en un seul groupe tout cet ennui disséminé.

— Ah ! une lettre d'Indret... s'écria d'Argenton, puis il se mit à lire malicieusement ses journaux sous le regard fiévreux de Charlotte, en gardant la lettre à côté de lui sans l'ouvrir, comme un chien qui défend un os auquel il ne veut pas qu'on touche encore... Ah! voilà le livre de chose qui vient de paraître. En fait-il cet animal-là!... Tiens! des vers d'Hugo... Toujours donc!

Pourquoi cette lenteur cruelle à déplier les feuilles de son journal? Parce que Charlotte est là, derrière lui, impatiente, la joue enflammée de joie; parce que chaque fois qu'il arrive une lettre d'Indret la mère se montre sous l'amante, et que ce monstrueux égoïste lui en veut de n'être pas exclusivement et tout entière à lui.

C'est pour cette raison qu'il a envoyé l'enfant si loin, si loin. Mais le cœur des mères, même de celles-là, est fait de telle sorte, que plus les enfants sont loin, plus elles les aiment, comme si elles voulaient, à force d'amour, combler la distance et rapprocher les cœurs.

Depuis le départ de Jack, sa mere, tourmentée par ses remords, l'adorait de toute la faiblesse qu'elle avait mise à l'abandonner. Elle évitait de parler de lui pour ne pas irriter le poëte, mais elle y pensait.

Il devinait cela. Sa haine pour l'enfant s'en accrut, et aux premières lettres de Roudic se plaignant de l'apprenti, il avait eu des dédains satisfaits.

— Tu vois, on ne pourra pas même en faire un ouvrier.

Mais cette pensée ne suffisait pas à le contenter. Il aurait voulu humilier Jack, l'abaisser encore. Cette fois il allait être heureux. Aux premiers mots qu'il lut de la lettre d'Indret, car enfin il s'était décidé à l'ouvrir cette lettre, sa figure pâlit d'émotion, ses yeux flambèrent d'une espèce de triomphe méchant:

— J'en étais sûr !

Puis tout de suite, devant la mise en demeure qui leur était faite de rembourser la somme, il prévit une foule de complications désagréables, et ce fut d'un air navré qu'il tendit le pli à Charlotte.

Quel coup terrible après tant d'autres! Blessée dans sa fierté de mère vis-à-vis du poëte, blessée dans sa tendresse, la pauvre femme était encore plus cruellement atteinte par les reproches de sa conscience.

— C'est ta faute, lui criait cette voix aiguë qui domine tous les sophismes et tous les raisonnements du monde... C'est ta faute. Pourquoi l'as-tu abandonné?

Maintenant il fallait le sauver, à tout prix. Mais comment faire? Où trouver l'argent? Elle n'avait plus rien à elle. La vente de son mobilier, un nid de hasard orné de richesses de pacotille, avait produit quelques milliers de francs vite dépensés. « Bon ami » en partant aurait voulu lui laisser un cadeau, un souvenir; mais elle s'était obstinément refusée à l'accepter par dignité pour d'Argenton. Il ne lui restait donc plus rien. A peine quelques bijoux qui ne feraient pas le quart de la somme nécessaire. Quant à s'adresser à son poëte, elle n'en eut pas même la pensée. Elle le connaissait trop. D'abord il haïssait l'enfant; ensuite il était avare. La race auvergnate reparaissait en lui par

des intérêts mesquins, un goût du pécule, un respect
de paysan pour l'argent placé chez son notaire. Du
reste il n'était pas très riche, les Aulnettes coûtaient
cher, le grevaient d'un revenu assez fort, et c'était par
économie qu'il y passait l'hiver, malgré l'ennui de
l'isolement, espérant racheter ainsi le gaspillage de
l'été, ce va-et-vient de convives qui maintenaient autour de ses inquiétudes littéraires un « milieu intellectuel » chèrement entretenu.

Oh! non, ce n'était pas à lui qu'elle avait pensé. Il le
croyait pourtant, et d'avance il se composait une figure
glaciale, la tête de l'homme qui voit venir une demande
d'argent.

— J'ai toujours dit que cet enfant avait des instincts
de perversité, fit-il, quand il lui eut laissé le temps de
finir la lettre.

Elle ne répondit pas, peut-être même n'entendit-
elle pas, possédée de cette idée : « Il faut trouver l'argent avant trois jours, sinon mon enfant ira en prison. »

Il continua :

— Quelle honte pour moi vis-à-vis de mes amis, de
leur avoir fait recommander un monstre pareil!... Ça
m'apprendra à être si bon... Me voilà avec une belle
affaire.

La mère songeait.

— Il me faut cet argent avant trois jours pour que
mon enfant n'aille pas en prison.

Il l'épiait, il la devinait ; et, par prudence, pour l'empêcher de rien demander, il prit les devants :

— Dire qu'il n'y a pas moyen d'éviter ce déshonneur, d'arracher ce malheureux à sa condamnation..., Nous ne sommes pas assez riches.

— Oh ! si tu voulais, dit-elle en baissant la tête.

Il crut que c'était la demande d'argent qui arrivait, et cette insistance le mit en colère :

— Parbleu, oui, si je voulais ! Je m'attendais à cette phrase-là... Comme si tu ne savais pas mieux que personne tout ce que l'on dépense ici, et de quel épouvantable gâchis je suis entouré. Ainsi ce n'est pas assez d'avoir eu pendant deux ans ce méchant drôle à ma charge. Il faudrait encore payer ses vols. Six mille francs ! Mais où veux-tu que je les prenne ?

— Oh ! je le sais bien... aussi n'est-ce pas à toi que j'avais pensé.

— Pas à moi !... A qui alors !

Confuse, la tête basse, elle nomma l'homme avec qui elle avait longtemps vécu, le « bon ami » de Jack, celui qu'elle appelait « un vieil ami. » Elle prononça ce nom en tremblant, s'attendant à quelque explosion jalouse du poëte à propos de ce passé qu'elle rappelait si imprudemment. Eh bien, non. En entendant parler de « bon ami, » d'Argenton se contenta de rougir un peu ; il y avait pensé, lui aussi.

Après tout, cet ancien protecteur d'Ida, comme l'enfant du reste, faisait partie du passé de Charlotte, de ce passé mystérieux sur lequel il ne l'interrogeait jamais par orgueil, qu'il feignait même d'ignorer, semblable aux historiens de la Restauration qui supprimaient la République et le règne de Bonaparte, les sautaient dans leurs livres comme s'ils n'avaient pas existé. En lui-même il pensa : « Ce n'est pas de mon temps... Qu'ils s'arrangent ! » enchanté d'en être quitte à si bon marché ; mais il ne laissa rien paraître de sa tranquillité, prit au contraire une attitude ulcérée :

— Mon orgueil a déjà fait assez de sacrifice à mon amour, Il peut bien lui accorder encore celui-là.

— Oh ! merci, merci... Que tu es bon !

Et ils se mirent à parler de l'emprunt, à voix basse, à cause du docteur Hirsch, dont les savates désœuvrées commençaient à traîner paresseusement dans la maison.

Singulier entretien, syllabique, rompu, effleuré ; lui, affectant une grande répugnance, elle, une concision délicate. Il était question que de *on*. *On* ne refuserait certainement pas... *On* en avait donné pour preuve des offres jadis repoussées... Malheureusement on habitait en Touraine, comment faire ? Une lettre envoyée mettrait deux jours ; autant pour la réponse. Puis tout à coup :

Si j'y allais... hasarda Charlotte, effrayée elle-même de son audace. Il répondit tranquillement :

— Eh bien, c'est cela. Partons.

— Comment, tu veux bien m'accompagner à
Tours ?... A Indret aussi alors ; car c'est sur la même
route et nous porterions l'argent tout de suite !

— A Indret aussi.

— Que tu es bon, que tu es bon !... répétait la pauvre folle en lui baisant les mains. La vérité est qu'il se
souciait peu de la laisser aller à Tours toute seule.
Sans connaître à fond son histoire, il savait qu'elle avait
vécu là, qu'elle y avait été heureuse. Et si elle n'allait
plus revenir !... Elle était si faible, si inconsistante.
La vue de son vieil ami, de ce luxe auquel elle avait
renoncé, l'influence de l'enfant qu'elle allait retrouver,
tout son passé pouvait la reprendre, l'arracher à cette
tyrannie que lui-même sentait lourde et dure à supporter.

C'est qu'il ne pouvait plus se passer d'elle. Son
égoïsme vaniteux, ses superstitions de malade s'attachaient à cette tendresse aveugle, à ces soins continuels, à cette bonne humeur épanouie. En outre, il
n'était pas fâché de faire un petit voyage, de se soustraire à ce terrible drame lyrique sur lequel il peinait
depuis si longtemps avec des « han ! » prolongés et
stériles.

Bien entendu, il colorait ces craintes et ce besoin de
distraction de prétextes chevaleresques, disant à Charlotte qu'il ne l'abandonnerait pas, qu'il voulait être avec
elle dans la peine comme dans la joie ; et ainsi il main-
tenait l'amante reconnaissante et ravie au milieu de

sa douleur de mère. D'ailleurs l'activité qui précède tout départ, dissipait dans l'âme fragile de cette pauvre Lolotte son coup mortel de tout à l'heure. Comme ces veuves de paysans qui, sitôt le mari enterré, préparent le grand repas des funérailles et oublient dans les devoirs de maîtresse de maison les sanglots de la veille, Charlotte, en emplissant ses malles, en faisant toutes ses recommandations à la mère Archambauld, en arrivait presque à oublier le but navrant de son voyage. A dîner, d'Argenton dit au docteur Hirsch :

— Nous sommes obligés de partir. L'enfant a fait des farces, de grosses farces. Nous allons à Indret. Tu garderas la maison pendant notre absence.

L'autre ne demanda pas d'explications. Cela ne l'étonnait pas que l'enfant eût fait de grosses farces, et il montra combien il était bon parasite, en s'écriant comme d'Argenton :

— J'en étais sûr.

Ils partirent par l'express de nuit et arrivèrent à Tours de bon matin. Le « vieil ami » de l'ancienne Ida de Barancy habitait aux environs de la ville dans un de ces jolis petits châteaux qui dominent la Loire, coquets, ombragés, laissant descendre leurs futaies jusqu'au fleuve et monter leurs tourelles à la limite de l'horizon. « M. le comte, » comme l'appelaient autrefois les domestiques d'Ida, était un veuf sans enfants, excellent homme et homme du monde. En dépit de la façon un peu brusque dont elle l'avait quitté, il gar-

dait le meilleur souvenir de la rieuse et bavarde jeune
femme qui, pour un temps, avait égayé sa solitude.
Aussi répondit-il à un petit mot de Charlotte qu'il **était**
tout disposé à la recevoir.

Ils louèrent une voiture à l'hôtel, et, sortant **de la**
ville, suivirent une belle route à mi-côte. Charlotte **se**
montrait un peu inquiète de cet acharnement du poëte
à la suivre. Elle pensait :.

— Est-ce qu'il va vouloir entrer avec moi ?

Malgré son ignorance des usages, elle sentait bien
que ce n'était pas possible. Elle y songeait dans la voiture en admirant cette merveilleuse campagne où elle
avait passé quelques années de sa vie vagabonde, où
elle s'était si souvent promenée avec son petit Djack,
ce bel enfant blond, élégant, maintenant ouvrier en
blouse et prêt à passer la casaque des maisons de cor
rection...

Assis à côté d'elle, d'Argenton, la regardant du
coin de l'œil, mordait sa moustache avec fureur. Elle
était très jolie, ce matin-là, un peu pâlie par l'émotion
de la mauvaise nouvelle, la fatigue d'une nuit de
wagon, et l'embarras de la visite qu'elle allait faire.
Cela joint au noir dont elle s'entourait comme d'une
coquetterie à sa fraîcheur de pêche, rendait à sa beauté
une distinction dès longtemps oubliée par la ménagère garde-malade des Aulnettes. D'Argenton le pontife
était troublé, inquiet, très malheureux. Ce n'était
pas la jalousie d'Othello qui affole et qui tue, mais

cette gêne énervante qui rend maladroit et bête. Il commençait à se repentir de l'avoir accompagnée, se sentait stupide, embarrassé du rôle original qu'il jouait. Il s'en voulait surtout de l'avoir laissée venir.

La vue du château acheva de le décontenancer. Quand Charlotte lui dit : « C'est là »! Quand il aperçut, parmi les arbres, les broderies solides d'un bijou de la Renaissance, avec terrasse, pont-levis jetés sur une rivière ombragée et couverte l'été, mais visible à cette époque de l'année où les paysages grêles s'estompent d'un peu de vert, il s'accusa en lui-même d'étourderie, de folie, d'imprudence. Evidemment, une fois rentrée là, elle n'en sortirait plus.

Il ne savait pas encore jusqu'à quel point il était ancré dans le cœur de cette femme et que tous les trésors du monde n'auraient jamais le pouvoir de la tenter auprès de lui.

— Est-ce qu'il ne va pas descendre? se demandait Charlotte de plus en plus inquiète. Enfin, au bout de l'avenue, il fit arrêter :

— Tu me trouveras au bas du chemin.

Il ajouta avec un petit sourire navré et humble :

— Ne sois pas longtemps.

— Oh ! non, mon ami, n'aie pas peur...

La voiture était déjà loin, presque à la grille, qu'il la regardait encore. Cinq minutes après, appuyé à une haie du parc et guettant, il aperçut sa maîtresse au bras

d'un grand monsieur, mince, élégant, encore droit,
bien que sa démarche raide le fît deviner d'un certain
âge. Quand le couple disparut, d'Argenton eut l'impression d'un vide immense, et le coup de jupe de Charlotte, qui tournait une allée, lui parut ironique, irri-
tant, comme si de loin il en avait senti l'élan ainsi qu'un
soufflet sur sa figure.

Alors commença pour lui une angoisse terrible...
Qu'est-ce qu'ils se disaient là dedans ?... La reverrait-
il jamais ?... Et c'était cet affreux gamin qui lui valait
cette torture humiliante !

Assis sur la marche usée d'une petite porte qui fermait à une de ses extrémités le grand parc où Charlotte
venait de disparaître, le poëte attendait fébrilement, à
tout moment tourné vers la grille, et regardant au
rond-point de l'entrée la voiture stationnaire, le cocher
immobile, enveloppé d'un long carrick. Autour de lui
se déroulait un paysage admirable fait pour calmer
l'agitation la plus douleureuse ; des pentes de vignes
riches et régulières, des coteaux boisés, des pâturages
plantés de saules, traversés de ruisseaux ; puis, çà et
là, une ruine du temps de Louis XI, et quelques-uns
de ces jolis châteaux, nombreux sur les bords de la
Loire, au fronton desquels la salamandre se tord
parmi des D entrelacés.

Avec ce désœuvrement de la solitude et de l'attente
à qui tout est bon pour fixer la pensée errante, d'Argenton regardait depuis un moment une troupe de tra-

vailleurs occupés à creuser, dans la petite vallée qui s'arrondissait en coupe sous ses pieds, une sorte de canal pour l'écoulement des eaux. S'étant approché de quelques pas pour mieux voir il s'aperçut que ces gens, uniformément vêtus de blouses bleues, de pantalons en gros treillis, et qu'il avait pris de loin pour des paysans, étaient tous des enfants, enrégimentés sous les ordres d'une espèce de surveillant, moitié paysan, moitié monsieur, qui dirigeait les coups de bêche, traçait les limites du ruisseau.

Le silence de ce travail en plein air, exécuté par d'aussi jeunes ouvriers, était surtout frappant. Pas un mot, pas un cri, pas même cette excitation de l'être en mouvement qui sent et exerce sa force.

— Plus droit... Pas si vite... criait le surveillant ; et les outils s'escrimaient, les visages en sueur se penchaient vers la terre ; et par moments, quand ils se relevaient pour prendre haleine, on voyait des fronts étroits, des crânes pointus, des têtes qui portaient toutes une marque d'atrophie, de dépérissement ou de désordre. Assurément, ces enfants n'avaient pas été élevés dans la liberté de la pleine nature. La pâleur de la plupart, leurs yeux rouges ou mal ouverts, racontaient des misères de villes, des étouffements de quartiers pauvres et de maisons malsaines.

— Quels sont donc ces enfants? demanda le poëte.

— Ah ! monsieur n'est pas d'ici?... Ce sont des colons de Mettray... la colonie est là.

4.

Et le surveillant montrait à d'Argenton un groupe de maisons blanches, régulières et neuves sur le coteau en face. Le poëte connaissait de nom le célèbre établissement pénitentiaire; mais il n'en savait ni la règle ni les conditions d'admission. Il questionna cet homme, disant qu'il était intimement lié avec une famille que son unique fils venait de plonger dans l'affliction.

— Envoyez-le-nous, dès qu'il sortira de prison.

— C'est que, dit d'Argenton avec une nuance de regret, je ne crois pas qu'il y aille. Les parents ont pu éviter en rendant l'argent...

— Dans ce cas, nous ne pourrions pas l'admettre. Nous ne prenons que les jeunes détenus. Mais nous avons un établissement annexe, la *Maison paternelle*, qui est une application du régime cellulaire à la jeunesse.

— Ah! vraiment?... le régime cellulaire?

— Et qui vient à bout des natures les plus mauvaises... Du reste, j'ai là quelques brochures. Si monsieur voulait en prendre connaissance?

D'Argenton accepta, donna quelque monnaie pour les jeunes détenus, et remonta sur le chemin, chargé de livraisons. La grille du château venait de se fermer. La voiture descendait l'avenue.

Enfin!...

Charlotte, épanouie, heureuse, les yeux brillants, avait hâte de rejoindre son poëte.

— Monte vite, lui dit-elle.

Elle passa son bras sous le sien, et, toute frémissante
de joie :

— J'ai réussi.

— Ah! fit-il.

— Au delà de mes espérances.

Il répéta son « ah! » très sec, très indifférent, puis
affecta de feuilleter ses brochures avec le plus grand
intérêt, comme pour bien lui prouver que le reste ne
le regardait pas. Il n'était pas si fier tout à l'heure
lorsqu'il rongeait ses ongles en guettant la grille fer-
mée ; mais maintenant elle se serrait si bien contre
lui, asservie et soumise, que ce n'était vraiment plus la
peine de se tourmenter. Devant son silence, Charlotte
se tut, elle aussi, le croyant blessé dans ses fiertés
jalouses ; et ce fut lui qui fut obligé de reprendre :

— Alors, tu as réussi?

— Complétement, mon ami... *On* avait toujours eu
l'intention de faire un cadeau à Jack à sa majorité
pour lui acheter un homme et lui permettre de s'établir. Ce cadeau était de dix mille francs. *On* me les a
remis tout de suite. Il y aura six mille francs à rembourser ; il restera quatre mille francs qu'*on* m'a dit
d'employer de mon mieux pour les intérêts de l'enfant.

— L'emploi est tout trouvé... Il faut lui payer avec
cela une cellule à la *maison paternelle* de Mettray pendant deux ou trois ans. C'est là seulement qu'on par-
viendra peut-être à faire du voleur un honnête homme.

Elle tressaillit à ce mot de voleur qui la rappelait à la réalité. On sait que dans cette pauvre petite cervelle les impressions fugitives sans cesse renaissantes effaçaient en une seconde jusqu'à la trace d'une idée.

Elle baissa la tête :

— Je suis prête à faire tout ce que tu voudras, dit-elle... Tu as été si bon, si généreux ! Je ne l'oublierai jamais.

Sous sa grosse moustache, la bouche du poëte eut un frétillement de plaisir et d'orgueil. Il était plus que jamais le maître. Il en profita pour faire un long discours. Elle avait de grands reproches à s'adresser. Sa faiblesse maternelle n'était pas étrangère à ce qui arrivait. Un enfant, gâté comme le sien, toujours livré à ses mauvais instincts, ne pouvait manquer de devenir pernicieux. Il fallait une main d'homme désormais pour conduire ce cheval rétif. Qu'on le lui confiât seulement, il se chargeait bien de le mettre au pas.

Il répéta deux ou trois fois de suite :

— Je le briserai ou je le materai.

Elle ne répondait pas. Le bonheur de penser que l'enfant n'irait pas en prison dominait tout le reste. Sur-le-champ ils décidèrent qu'on partirait le soir même pour Indret. Seulement, afin de lui éviter à elle une aussi grande humiliation, ils convinrent qu'elle resterait à la Basse-Indre. D'Argenton irait seul porter l'argent et chercher le coupable, qu'on conduirait tout de suite à la colonie. Il disait déjà la « colonie » tout simplement; et d'avance il voyait Jack revêtu de la casaque de cotonnade bleue, confondu avec ces malheureux petits détenus, victimes pour la plupart des vices ou des crimes paternels, et qui s'enrôlent dès le plus jeune âge enfants, de troupe dans le grand régiment des réprouvés.

C'est un dimanche qu'ils descendirent de wagon à la grande station usinière de la Basse-Indre et prirent la plus belle chambre d'une auberge sur la route, le pays étant absolument dépourvu d'un hôtel de voyageurs. Pendant que le poëte allait remplir son office de justicier, Charlotte resta seule à l'attendre dans cette pièce sordide où montaient des cris, des rîres, un tapage d'ivrognes, des chants traînards et tristes psalmodiés sur ce ton de complainte qu'affectent les mélodies bretonnes, mélancoliques comme la mer ou l'étendue sauvage des Landes. Des refrains de matelots se mêlaient à ceux-là, plus vifs, plus déhanchés, mais tristes aussi. De ce tumulte vulgaire du cabaret, de la monotonie d'une petite pluie de côte qui battait les vitres sans relâche, il se dégageait pour cette femme une singulière impression de l'exil auquel on avait condamné son enfant. Si coupable qu'il fût, c'était toujours son fils, son Jack; et de se sentir si près de lui, cela la remettait en présence des années heureuses qu'ils avaient jadis vécues ensemble.

Pourquoi l'avait-elle abandonné?

Elle se le rappelait enfant, charmant et délicat, plein

d'intelligence et de tendresse, et en pensant qu'elle
allait voir apparaître un ouvrier voleur et que ce
serait là son fils, le remords vague qui la tourmentait
depuis deux ans prit un corps et se dressa devant elle.
Voilà donc ce que lui valait sa faiblesse ! Si Jack était
resté près d'elle au lieu d'être livré à la dépravation
des fabriques, si elle l'avait mis au collége avec des enfants de son âge, est-ce qu'il serait devenu un voleur.
Ah ! la prédiction de ce médecin de là-bas s'était trop
bien réalisée. Elle allait le retrouver déchu, humilié.

La trivialité de ce dimanche d'ouvriers, dont l'odeur
et le train l'entouraient, augmentait encore son remords. C'était là que son Jack vivait depuis deux
ans !... Toutes les répugnances de cette nature super-
ficielle incapable de sentir la grandeur d'une tâche
quelconque accomplie, d'une vie achetée à la fatigue
des bras, se révoltaient à cette idée. Pour essayer de
se distraire de ses tristes pensées, elle prit les pros-
pectus de la « colonie, » ouverts devant elle. Des mots
la firent frémir. « *Maison paternelle. Collége de répres-
sion. Le régime adopté est l'isolement absolu. Les enfants
sont mis en cellule et ne se voient jamais entre eux, même
à la chapelle.* » Le cœur serré, elle ferma le livre, et
se tint à la fenêtre, guettant le retour du poëte, l'arrivée de l'enfant, les yeux fixés sur un petit coin de
Loire qu'elle entre-voyait là-bas au bout de la ruelle,
agitée comme une mer, et tout éclaboussée de l'eau
qui tombait.

Pendant ce temps, d'Argenton s'en allait accomplir sa mission, et bien content de l'accomplir. Il n'aurait pas cédé sa place pour beaucoup d'argent. Lui qui aimait les attitudes, il en avait à prendre, et plusieurs, et toutes superbes. D'avance il préparait le discours à adresser au criminel, les excuses qu'il lui ferait faire à genoux dans le cabinet du directeur. Pour le moment, toutes ces poses **préméditées** se résumaient en un port de tête majestueux, un air grave et de circonstance, pendant que, vêtu de sombre, ganté de noir, il montait, tout en tenant son parapluie haut et ferme, la grande rue d'Indret déserte à cette heure à cause du mauvais temps et des vêpres.

Une vieille femme lui indiqua la maison des Roudic. Il passa devant l'usine silencieuse, au repos, rafraîchissant avec délices ses toits enfumés et noircis. Mais, arrivé devant la maison qu'on venait de lui désigner, il s'arrêta hésitant, craignant de s'être trompé. De toutes les maisons alignées dans cette rue-caserne, celle-ci était la plus gaie, la plus animée. Des fenêtres entr'ouvertes du rez-de-chaussée s'échappait un bruit joyeux de rondes bretonnes, de pas villageois qui frappaient lourdement sur le parquet comme sur une aire fraîchement battue. On dansait « au son des bouches, » comme ils disent en Bretagne, et l'on dansait avec cet entrain que la voix donne au rhythme et à la mesure.

— « C'est impossible... Ce n'est pas là... » se disait

d'Argenton préparé à trouver une maison désolée où
il entrerait comme un rédempteur.

Tout à coup on cria :

— Allons, Zénaïde, le *Plat d'Étain!*...

Et plusieurs voix reprirent bruyamment :

— Oui, oui, Zénaïde, le *Plat d'Étain*...

Zénaïde ! C'était bien le nom de la fille de Roudic.

Ces gens-là prenaient leur désastre gaiement, par
exemple ! Pendant qu'il hésitait encore, une voix de
femme commença sur un ton suraigu :

C'est dans la cour du Plat-d'Étain.

A quoi le chœur, mêlé de quelques voix d'hommes,
répondit :

C'est dans la cour du Plat-d'Étain.

Et tout de suite un tourbillon de coiffes blanches se
mit à passer devant la fenêtre avec le claquement des
jupons de drap, l'effort des voix essoufflées.

— Allons, brigadier... Allons, Jack... criait-on.

Pour le coup, voilà qui était trop fort !... Très-
intrigué, le poëte poussa la porte, et, au milieu de la
poussière que soulevait cette danse folle, la première
personne qu'il aperçut, ce fut Jack, le voleur, le futur
colon, sautant avec sept ou huit jeunes filles parmi
lesquelles une grosse boulotte, joyeuse et rouge, qui
entraînait de toute sa force, dans l'animation de la
ronde, un joli brigadier aux douanes. Acculé au mur,

poursuivi dans tous les coins, un brave homme à cheveux gris, heureux, épanoui, amusé de toute cette joie, essayait de la faire partager à une longue jeune femme pâle qui souriait tristement.

Ce qui s'était passé ?

Voici :

Le lendemain du jour où il avait écrit à la mère de Jack, le directeur d'Indret avait vu entrer chez lui madame Roudic, émue, agitée. Sans prendre garde au froid accueil qu'on lui faisait, sa honte l'ayant dès longtemps habituée au mépris tacite des honnêtes gens, elle refusa la chaise qu'on lui offrait, et toute droite, avec une assurance étonnante pour elle :

— Je viens vous dire, monsieur, que l'apprenti n'est pas coupable. Ce n'est pas lui qui a volé la dot de ma belle-fille.

Le directeur eut un soubresaut sur son fauteuil :

— Pourtant, madame, les preuves sont là.

— Quelles preuves ? La plus accablante de toutes, c'est que mon mari étant absent, Jack restait seul avec nous dans la maison. Eh bien ! monsieur, c'est justement cette preuve que je viens détruire. Il y avait un autre homme que Jack cette nuit-là chez nous.

— Un homme ! le Nantais ?

Elle fit signe : « Oui, le Nantais... »

Oh ! qu'elle était pâle.

— Alors c'est le Nantais qui a pris l'argent ?

Y eut-il une minute d'hésitation sur cette figure

de morte? En tout cas sa réponse fut assurée et calme.

— Non. Ce n'est pas le Nantais qui a pris l'argent... C'est moi... pour le lui donner.

— Malheureuse femme !

— Oh ! oui, bien malheureuse. Il disait que c'était seulement pour deux jours, et j'ai attendu tout ce temps-là, devant le désespoir de mon mari, les larmes de Zénaïde, devant l'horrible crainte de voir condamner un innocent... Quel supplice !.. Rien ne venait. Alors j'ai écrit un mot : Si demain, à onze heures, je n'ai rien reçu, je me dénonce et vous aussi... Et me voilà.

— Vous voilà, vous voilà !... Mais que voulez-vous que je fasse?

— Je veux que vous arrêtiez les vrais coupables, maintenant que vous les connaissez.

— Mais votre mari?... Il en mourra de ce double déshonneur.

— Et moi donc ! dit-elle avec une amère fierté. Mourir est ce qu'il y a de plus facile. Ce que je fais est bien autrement douloureux, allez !

Elle avait un élan farouche en parlant de la mort.

Elle la regardait, l'appelait avec ivresse, comme elle n'avait jamais regardé, appelé son amant.

— Si votre mort pouvait réparer la faute, reprit le directeur gravement ; si elle pouvait servir à ravoir la dot de cette pauvre enfant, je comprendrais que vous

vouliez mourir... Mais ici, il n'y a réellement que vous
qu'un suicide tirerait d'affaire. La situation resterait
la même, aggravée et plus sombre, voilà tout.

— Que faire alors? dit-elle avec abattement; et,
dans son incertitude, elle redevenait l'ancienne Clarisse, un long corps frêle secoué par un combat trop fort
pour lui.

— Avant tout, il faut sauver ce qu'on pourra de cet
argent. Il lui en reste peut-être encore.

Clarisse secoua la tête. Elle le connaissait ce terrible joueur. Elle savait comment il s'était emparé de
l'argent, qu'il avait presque marché sur elle pour courir
à cette cassette, et qu'il avait dû jouer et perdre jusqu'au dernier sou.

Le directeur avait sonné. Un surveillant entra, l'ancien gendarme, ennemi spécial de Bélisaire.

— Vous allez partir pour Saint-Nazaire, lui commanda son chef. Vous direz au Nantais que j'ai besoin
de lui tout de suite. Vous l'attendrez même pour plus
de sûreté.

— Le Nantais est à Indret, mon directeur. Je viens
de le voir sortir de chez madame Roudic. Il ne doit pas
être loin, bien sûr.

— Alors, c'est bon... Cherchez-le vivement et rame-
nez-le ici... Surtout, ne l'avertissez pas que vous avez
vu madame Roudic dans mon cabinet... Il ne faut pas
qu'il se doute...

Compris... dit en clignant de l'œil le perspicace surveillant, qui ne savait pas le premier mot de ce dont il s'agissait.

Il tourna les talons et sortit.

Derrière lui, ils restèrent sans parler. Appuyée à l'angle du bureau, Clarisse songeait, muette et farouche; et le bruit laborieux de l'usine, les plaintes, les sifflements de la vapeur, tantôt suppliants ou menaçants ou plaintifs, accompagnaient bien la tempête de son âme. La porte s'ouvrit allègrement.

— Vous m'avez appelé, monsieur le directeur, dit le Nantais d'une voix joyeuse,

La présence de Clarisse, sa pâleur, l'air sévère de son chef...

Il comprit tout.

Elle avait donc tenu parole.

Pendant une minute, sa physionomie hardie et brutale fut bouleversée par un égarement fou, l'égarement de l'homme acculé qui tue pour sortir de l'impasse où il tourne sans trouver d'issue; mais il chancela sous l'effort de cette lutte intérieure et finit par s'affaisser devant le bureau.

—Pardon, murmura-t-il.

D'un geste, le directeur le releva :

— Epargnez-nous vos supplications et vos larmes. Nous connaissons tout cela. Venons tout de suite au fait... Cette femme a volé son mari et sa fille pour vous. Vous aviez promis de rapporter l'argent dans deux jours. Où est-il?

Le Nantais eut un regard éperdu de reconnaissance vers sa maîtresse, qui le sauvait par un mensonge; mais Clarisse ne le regardait pas, elle. Elle n'était pas tentée de le regarder. Elle l'avait trop bièn vu, la nuit du crime.

— Où est l'argent? répéta le directeur.

— Voici !.... Je l'apportais.

Il le rapportait en effet; mais n'ayant pas trouvé Clarisse chez elle, il le remportait encore plus vite et se sauvait du côté du tripot pour tenter à nouveau la chance. C'était un vrai joueur.

Le directeur prit les billets posés sur la table:

— Est-ce que tout y est?

— Il manque huit cents francs... dit l'autre en hésitant.

— Ah! oui, je comprends. Une mise de fonds pour la partie de ce soir.

— Non, je vous jure. Je les ai perdus. Mais je les rendrai.

— C'est inutile. On ne vous demande rien. Les huit cents francs qui manquent, je me charge de les remplacer. Je ne veux pas que cette enfant perde un sou de sa dot. Maintenant, il s'agit d'expliquer à Roudic comment l'argent avait disparu et comment il revient. Mettez-vous là et écrivez.

Il réfléchit un moment, pendant que le Nantais s'asseyait au bureau et prenait la plume. Clarisse avait relevé la tête. Elle attendait. C'était sa vie ou sa mort, cette lettre.

— Ecrivez: *Monsieur le directeur, c'est moi qui, dans un moment de folie, ai pris six mille francs dans l'armoire des Roudic...*

Le Nantais fit un geste pour protester, mais il eut peur de Clarisse et laissa rétablir ainsi les faits dans toute leur vérité logique et cruelle.

« Des Roudic... » dit-il en répétant le dernier mot. Le directeur continua:

« ... *Voici l'argent... Je ne puis pas le garder. Il me brûle... Délivrez les malheureux que j'ai laissé soupçonner, et priez mon oncle de m'accorder son pardon. Dites-lui que je quitte l'usine et que je pars sans oser le revoir. Je reviendrai quand, à force de travail et de repentir, j'aurai gagné le droit de serrer la main d'un honnête homme...* » Maintenant la date... et signez...

Et voyant qu'il hésitait :

— Prenez garde, jeune homme. Je vous préviens que si vous ne signez pas, je fais arrêter immédiatement cette femme...

Le Nantais signa sans rien dire. Le directeur se leva.

— A présent vous pouvez partir... Allez à Guérigny, si vous voulez, et tâchez de vous bien conduire. En tout cas, rappelez-vous que si j'apprends qu'on vous a vu rôder aux environs d'Indret, les gendarmes mettront la main sur vous comme sur un voleur. Votre lettre les y autorise...

Le Nantais ébaucha un salut, jeta en passant un regard à Clarisse. Mais le charme était rompu. Elle détourna doucement la tête, bien décidée à ne plus le revoir, à conserver intacte dans sa conscience et son remords l'image affreuse qu'elle avait gardée du voleur infâme de l'autre nuit. Dès qu'il fut sorti, madame Roudic s'approcha du directeur, en joignant les mains avec une expression reconnaisante.

— Ne me remerciez pas, madame. C'est pour votre mari, c'est pour épargner à cet honnête homme la plus horrible des tortures que j'ai agi ainsi.

— C'est aussi pour mon mari que je vous remercie, monsieur... Je ne pense qu'à lui, et le sacrifice que je vais lui faire en est la preuve.

— Quel sacrifice?

— Celui de vivre, quand ce serait si bon de mourir, de dormir pour toujours... Tout était prêt, arrêté dans mon esprit. Il faut que ce soit pour Roudic, allez J'ai tant besoin de repos, je suis si lasse.

Et, en effet, le miracle de vigueur qui l'avait soutenue pendant cette crise étant fini, son indolence naturelle reparaissait dans un tel affaissement de tout son être, elle avait l'air, en s'en allant un peu courbée, d'être si abattue, si exténuée, que le directeur craignit une catastrophe et lui dit avec douceur :

— Allons, madame, un peu de courage. Songez que Roudic va avoir un bien grand chagrin tout à l'heure en lisant cette lettre, que ce sera pour lui un coup terrible. Il ne faut pas l'accabler d'un autre malheur plus grand encore et irréparable.

— C'est bien ce que je pense, dit-elle ; et elle sortit lentement.

Ce fut effectivement un vrai désespoir pour le brave Roudic d'apprendre du directeur même la faute de son neveu. Il fallut tous les transports de joie de Zénaïde retrouvant sa dot, faisant sauter sa cassette, pour calmer un peu dans le cœur de ce brave homme l'étonnement douloureux qu'éprouvent les honnêtes natures devant l'infamie et l'ingratitude. Son premier mot fut : « Ma femme l'aimait tant ! » Et ceux qui l'entendirent se sentirent rougir pour lui de sa cruelle naïveté.

Et l'Aztec ? Ah ! le pauvre Aztec eut son jour de gloire. On afficha à toutes les portes des halles un ordre du directeur proclamant bien haut son innocence. Il fut entouré, fêté ; et vous pensez si chez les Roudic on lui en fit des excuses, et des réparations d'honneur, et des protestations d'amitié. Une seule chose manquait à son bonheur : Bélisaire !

La cage à peine ouverte, sitôt qu'on lui avait dit : « vous êtes libre... » le camelot était parti sans rien demander. Tout cela lui paraissait si trouble, la peur d'être repris le talonnait si fort que sa seule pensée était de fuir, de reprendre les routes de toute la vitesse possible à ses pauvres pieds blessés. Jack avait été désolé en apprenant ce départ si prompt. Il aurait voulu s'excuser auprès de ce malheureux, roué de coups pour lui, emprisonné deux jours, et presque ruiné par le désastre de sa marchandise. Ce qui l'affligeait surtout, c'était de penser que sûrement Bélisaire était parti en le croyant coupable, puisqu'il n'avait laissé à personne le temps de le détromper ; et l'idée que ce misérable coureur de grand chemin le prenait pour un voleur mettait une ombre à sa joie.

Malgré cela, il avait déjeuné de bon cœur aux fiançailles du brigadier et de Zénaïde, et dansait avec les autres « au son des bouches, » quand d'Argenton fit son entrée. L'apparition du poëte, majestueux et ganté de noir, produisit sur la joyeuse assemblée le même effet qu'un émouchet tombant au milieu d'une bruyante partie de barres d'hirondelles. C'est que lorsqu'on s'est fait ce qu'on appelle une tête de circonstance, il n'est pas commode de la transformer subitement. L'attitude de d'Argenton le prouva bien. On eut beau lui expliquer que l'argent était retrouvé, l'innocence de Jack reconnue, et qu'en venant à Indret il s'était croisé avec une seconde lettre du directeur destinée à réparer tout le mal qu'avait fait la première ; en vain vit-il tous ces braves gens traiter l'apprenti comme l'enfant de la maison, depuis le père Roudic qui lui tapait amicalement sur l'épaule en l'appelant : « Petit gas » jusqu'à Zénaïde qui lui prenait la tête entre ses fortes mains et s'amusait à lui rebrousser vigoureusement les cheveux, en attendant qu'elle pût

5.

faire le même manége amical sur la tête du brigadier
Mangin ; le poëte n'en fut ni moins grave ni moins
digne. Il n'en exprima pas moins à Roudic en termes
très émus son regret pour le chagrin qu'on lui avait
causé, en le priant d'accepter ses excuses et celles de
la mère de Jack.

— Mais c'est moi qui lui en devrais plutôt des excuses, à ce pauvre enfant... criait l'ajusteur.

D'Argenton ne l'écoutait pas. Il parlait de l'honneur,
du devoir et des impasses terribles où mène la mauvaise
conduite. Jack, bien que relativement innocent, avait
beaucoup de motifs d'être confus ; il se rappelait sa
journée de Nantes, et dans quel état le brigadier Mangin, ici présent, pouvait certifier l'avoir vu. Il rougissait, ne savait quelle contenance garder pendant le
sermon du Pontife. Enfin, quand celui-ci eut tenu tous
ces braves gens sous le charme de sa parole éloquente,
quand il eut discouru pendant une heure, distillant
une tristesse lourde, un ennui somnolent auquel le
père Roudic aurait fini par succomber :

— Vous devez avoir grand'soif depuis le temps que
vous parlez, lui dit l'ajusteur très naïvement ; et il fit
apporter un pichet de maître cidre avec une galette de
blé noir que Zénaïde avait préparée pour le goûter.
Et ma foi ! elle avait si bonne mine, cette galette, la
croûte en était si appétissante, si dorée, que le poëte
atteint, comme on sait, de boulimie, se laissa tenter et
lui fit une brèche épouvantable qui rappelait par ses

dimensions celle que le couteau de Bélisaire avait creusée jadis dans le jambon des Aulnettes.

Du long discours qu'il venait d'entendre, Jack n'avait retenu qu'une chose, c'est que d'Argenton avait fait un grand voyage pour apporter à Indret l'argent qui devait lui épargner la honte d'aller s'asseoir sur le banc des criminels. Le poëte, en effet, ne s'était pas privé, pour sa scène solennelle, de tirer parti des billets de banque contenus dans son portefeuille ; plusieurs fois il avait dit en frappant sur sa poche : « J'apportais l'argent... » Et l'enfant, s'imaginant de bonne foi que d'Argenton avait pris six mille francs sur son avoir tout exprès pour le sauver, commençait à croire qu'il s'était trompé sur le compte de ce personnage antipathique, et que sa froideur, sa répulsion n'étaient qu'apparentes. Jamais il n'avait été si respectueux, si affectueux pour « l'Ennemi, » qui, stupéfait de son côté, ne reconnaissant plus le cheval rétif, se faisait comme toujours un mérite de ce changement, et disait :

— Je l'ai maté.

Cette pensée, jointe à l'accueil si empressé des Roudic, achevait de le mettre de bonne humeur

Vraiment vous auriez vu le poëte et l'apprenti descendre bras dessus bras dessous les rues d'Indret, se promener en causant sur la levée de la Loire, vous les eussiez pris pour deux amis véritables. Jack était si heureux de parler de sa mère, de demander des nou-

velles, des détails, de respirer, pour ainsi dire, sa présence sur les traits de celui qu'elle aimait tant. Ah !
s'il avait su qu'elle était si près de lui et que, depuis
une heure, d'Argenton, combattu par un reste de pitié
et son égoïsme jaloux, se demandait :

« Faut-il lui dire qu'elle est là ? »

Le fait est qu'en venant pontifier à Indret, le poëte
ne s'attendait pas à un pareil dénoûment. Certes, il
eût été ravi d'amener devant la mère l'enfant coupable, humilié, à qui décemment elle n'eût pu faire aucune caresse ; mais lui conduire ce héros triomphant,
ce martyr d'une erreur judiciaire, assister aux effu-
sions, aux attendrissements de ces deux cœurs qui ne
voulaient pas cesser de battre l'un pour l'autre, cela,
c'était au-dessus de ses forces.

Cependant, pour commettre une telle cruauté, pour
refuser à Charlotte et à son fils la joie de se revoir
après les avoir ainsi rapprochés, il lui fallait des prétextes, des subterfuges, quelque raison ayant une apparence de justice et pouvant surtout se formuler avec
de grands mots. Cette raison-là, ce fut Jack qui la lui
fournit.

Figurez-vous que ce pauvre petit Jack, pris à cette
douceur inusitée, eut tout à coup un élan, un besoin
de confiance, et s'avisa d'avouer à M. d'Argenton que
décidément il ne se sentait aucun goût pour l'existence
qu'il menait, qu'il ne ferait jamais un bon ouvrier,
qu'il était trop seul, trop loin de sa mère, qu'on pour-

rait peut-être lui trouver une vie plus conforme à ses
goûts, plus en rapport avec ses forces... Oh! ce n'était
pas le travail qui lui faisait peur !... Seulement il aurait voulu un travail où les bras eussent moins à faire,
et le cerveau un peu plus.

En parlant ainsi, Jack serrait la main du poëte et la
sentait à mesure se détendre, se refroidir, se retirer.
Subitement, il retrouva devant lui le visage impassible, le regard bleu-cruel de l'ancien « ennemi. »

— Vous me faites beaucoup de peine, Jack, beaucoup de peine ; et votre mère serait désolée si elle vous
voyait dans des dispositions pareilles. Vous avez donc
oublié ce que je vous ai dit tant de fois : « Il n'y a pas
de pires êtres au monde que les rêveurs... Méfions-nous
des utopies, des rêvasseries... Ce siècle est un siècle
de fer... A l'action, Jack, à l'action ! »

Il dut en entendre comme cela pendant une heure,
le malheureux enfant, une heure de cette morale autrement glacée, aiguë et pénétrante que la pluie qui
tombait en ce moment, autrement sombre que la nuit
qui commençait à envelopper le paysage.

Or, tandis qu'ils se promenaient de long en large
sur la levée, il y avait là-bas, de l'autre côté du fleuve,
une femme qui s'ennuyant d'attendre dans sa chambre
d'auberge, était venue sur le quai guetter la barque
du passeur d'où allait descendre tout à l'heure cet affreux petit criminel, son enfant bien-aimé qu'elle
n'avait pas vu depuis deux ans. Mais d'Argenton le

tenait maintenant, son prétexte. Dans les dispositions
mauvaises où se trouvait ce garçon-là, la vue de sa
mère ne pourrait que l'affadir, lui enlever son restant
de courage... Il était plus prudent qu'il ne la vît pas...
Charlotte serait assez raisonnable pour le comprendre
et faire ce sacrifice à l'intérêt de son fils. « La vie n'est
pas un roman, que diable!... »

Et c'est ainsi que, bien que séparés seulement par
la largeur du fleuve, si près l'un de l'autre qu'en s'appelant un peu fort ils auraient pu s'entendre, Jack et
sa mère ne se virent pas ce soir-là ni de longtemps
encore.

VIII

LA CHAMBRE DE CHAUFFE

Comment est-il possible que des journées si longues, si durement et complétement remplies, arrivent à faire des années si courtes?

Deux ans, voilà deux ans déjà que Zénaïde est mariée et que Jack a été le héros d'une terrible aventure. Qu'a-t-il fait pendant ces deux ans? Il a travaillé, peiné, suivi étape par étape le chemin qui mène l'apprenti au savoir et à la paye de l'ouvrier. Il a passé de l'étau au dressage du fer. On l'a fait forger au « mouton, » puis au marteau. Ses mains ont pris des calus, son intelligence aussi. Le soir, il tombe de fatigue dans son lit, car il n'est pas fort, dort tout d'un trait, et recommence le lendemain une existence découragée, sans but, sans distraction. Le cabaret lui fait horreur depuis le fameux voyage à Nantes. La maison des Roudic est triste. M. et madame Mangin sont installés au Pouliguen sur la côte, et tout le logis paraît inhabité depuis le départ de cette grosse fille, comme sa chambre a semblé vide du jour où elle a fait enlever son armoire, la grande armoire au trousseau.

Madame Roudic ne sort plus, reste assise à un coin de fenêtre dont le rideau est toujours baissé, — elle n'attend plus personne maintenant, — et traîne ses jours, indifférente, automatique, laissant sa vie s'en aller comme le sang d'une blessure ouverte. Il n'y a que le père Roudic qui garde la sérénité de sa conscience heureuse. Ses petits yeux si fins, si aiguisés, ont conservé l'acuïté de leur regard qui contraste étrangement avec cette âme naïve, aveugle et crédule, pour laquelle le mal n'existe pas.

D'événements dans la vie de Jack, pas le moindre. Le dernier hiver a été très rude, la Loire a fait de grands dégâts, envahi presque toute l'île, dont une partie est restée sous l'eau quatre mois. On a travaillé dans l'humide, respiré du brouillard et des miasmes de marais. Jack a beaucoup toussé, passé bien des heures de fièvre à l'infirmerie ; mais ce ne sont pas là des événements. De loin en loin une lettre d'Etiolles est arrivée, très tendre quand sa mère avait écrit en cachette, sermoneuse et froide quand le poëte avait dicté par dessus son épaule. Les faits et gestes de d'Argenton tenaient toujours une grande place dans les épanchements de sa patiente victime. Jack avait appris ainsi que la *Fille de Faust* terminée, lue aux comédiens du Théâtre-Français, ces drôles avaient eu l'audace de la refuser à l'unanimité et s'étaient en revanche attiré un mot bien cruel. Une grande nouvelle encore, la réconciliation avec les Moronval, admis dorénavant à la table de « *parva domus*, » où ils amenaient le dimanche des petits « pays chauds » de toutes les couleurs qui effrayaient fort la mère Archambauld.

Moronval, Mâdou, le Gymnase, comme tout cela était loin de lui, plus loin qu'il n'y avait de distance entre Indret et le passage des Douze-Maisons, plus loin qu'il n'y avait d'années entre ce passé fantastique et ce présent si lugubre. Le Jack de ce temps-là lui faisait l'effet d'un Jack d'une race supérieure et plus fine, qui n'avait rien laissé de ses cheveux blonds, de son grain de peau rosé et doux, à ce grand diable, tanné, efflanqué, aux pommettes rouges, au dos voûté, aux épaules hautes si maigres sous sa blouse.

Ainsi se trouvaient justifiées les paroles de M. Rivals : « Ce sont les différences sociales qui font les grandes séparations. »

Encore une tristesse pour Jack, le souvenir de ces Rivals. Malgré les observations de d'Argenton, il a gardé dans son cœur une reconnaissance infinie à cet excellent homme, une amitié tendre pour la petite Cécile, et tous les ans au premier janvier, il leur écrit une longue lettre. Eh bien, voici deux fois que ses lettres restent sans réponse. Pourquoi ? Qu'a-t-il pu leur faire encore, à ceux-là ?

Une seule pensée soutient notre ami Jack dans les

déconvenues de sa triste destinée : « Gagne ta vie...
Ta mère aura besoin de toi. » Mais, hélas ! les salaires
sont proportionnés à la valeur de l'ouvrage, et non pas
à la bonne volonté de l'ouvrier. Vouloir n'est rien,
c'est pouvoir qu'il faudrait. Et Jack ne peut pas. Malgré les prédictions de Labassindre, il ne sera jamais
qu'un *choufliqueur* dans sa partie. Il n'a pas le « don »,
qu'est-ce que vous voulez ? Et maintenant le voilà
à dix-sept ans, son apprentissage fini, arrivant à peine
à gagner ses trois francs par jour. Avec ces trois francs,
il faut qu'il paye sa chambre, qu'il se nourrisse, qu'il
s'habille, c'est-à-dire remplace son bourgeron et sa
cotte quand il n'y a plus moyen de les porter. Le beau
métier qu'on lui a mis là dans les mains ! Et comment
ferait-il si sa mère lui écrivait : « J'arrive... je viens
vivre avec toi... »

— Vois-tu, petit gas, dit le père Roudic qui a gardé
à l'apprenti ce nom de « petit gas, » bien que celui-ci
le dépasse de toute la tête, tes parents ont eu tort de ne
pas m'écouter, tu n'es pas à ton affaire ici. Tu n'auras
jamais le sentiment de la lime, et nous serons obligés
de te laisser tout le temps aux gros ouvrages où il n'y
a pas sa vie à gagner. A ta place, j'aimerais mieux rouler ma bosse et chercher fortune en roulant... Tiens !
il nous est venu l'autre jour, à l'ajustage, Blanchet, le
mécanicien-chef du *Cydnus* qui cherchait des chauffeurs. Si la chambre de chauffe ne te fait pas peur, tu
pourrais tenter le coup. Tu gagnerais tes six francs

par jour en faisant le tour du monde, logé, nourri, chauffé... Ah ! dame, oui, dame ! chauffé... Le métier est rude, mais on en revient, puisque je l'ai fait deux ans et que me voilà. Voyons, veux-tu que j'écrive à Blanchet ?

— Oui, monsieur Roudic... J'aime mieux ça.

L'idée d'avoir une double paye, de voir du pays, cet amour du voyage qui lui venait de son enfance, des histoires de Mâdou, des campagnes de la *Bayonnaise* racontées par M. Rivals, bien des raisons achevèrent de décider Jack à prendre ce métier de chauffeur où viennent échouer tous les mauvais ouvriers du fer, tous les Ratés du marteau et de l'enclume, et qui ne demande que de la vigueur et une grande force de résistance.

Il partit d'Indret un matin de juillet, juste quatre ans après son arrivée.

Quel temps superbe encore ce jour-là !

Du pont du petit paquebot où Jack se tenait debout à côté du père Roudic qui avait voulu l'accompagner, le spectacle était saisissant. Le fleuve s'agrandissait à chaque tour de roue, écartant, repoussant ses berges de toute sa force comme pour la place plus large à son embouchure dans la mer. L'air devenait plus vif, les arbres diminuaient de hauteur, les deux rives s'aplanissaient en s'éloignant l'une de l'autre dans une perspective étalée, semblait-il, par le grand vent soufflant de face. Çà et là des étangs brillaient dans l'intérieur des terres, des fumées montaient au-dessus des tourbières, des milliers de goëlands et de mouettes dans un vol blanc mêlé de noir rasaient le fleuve avec leurs cris d'enfants. Mais tout cela disparaissait, perdu dans l'immensité prochaine de l'Océan, qui ne souffre aucune grandeur à côté de la sienne, comme il ne veut aucune végétation au bord de la stérilité amère de ses vagues.

Subitement le petit paquebot entra dans l'espace d'un seul bond. Comment définir autrement cette allure nouvelle de toute son armature, ce balancement que les flots, baignés d'une lumière éblouissante, libres dans une prise d'air gigantesque, semblaient continuer d'une lame à l'autre, jusqu'à la limite extrême de l'horizon, jusqu'à cette ligne verdâtre où le ciel et l'eau réunis ferment l'espace aux yeux avides ?

Jack n'avait jamais vu la mer. Cette odeur fraîche et salée, ce coup d'éventail que la marée montante dégage à chaque vague, lui mit au cœur la griserie du voyage.

Là-bas, sur la droite, avec ce resserrement de tous leurs toits que les ports de mer présentent entre les roches, Saint-Nazaire s'avançait au bord des flots, son clocher en vigie sur la hauteur, sa jetée continuant la rue jusqu'au large. Entre les maisons, des mâts se dressaient, se croisaient, mêlés de loin les uns aux autres et si serrés qu'on eût dit qu'un seul coup de vent avait poussé ce paquet de vergues dans l'abri du port. En approchant, tout s'espaça, se sépara, s'agrandit.

Ils débarquèrent à la jetée. Là on leur apprit que le *Cydnus*, grand steamer de la Compagnie transatlantique, partait le jour même dans deux ou trois heures, et que depuis la veille il était déjà au large. C'est le seul moyen qu'on ait trouvé jusqu'ici pour avoir l'équipage au complet au moment du départ, sans être obligé de faire battre tous les bouges de Saint-Nazaire par les gendarmes.

Jack et son compagnon n'avaient donc pas le temps de voir la ville qu'emplissaient, à cette heure, l'animation et le train d'un jour de marché, débordant jusque sur le port. Tout le quai était jonché de paquets de verdure, de paniers de fruits, de volailles liées deux à deux et battant des ailes par terre en piaillant. Devant leur étalage, paysannes et paysans bretons, alignés tout debout les bras ballants, attendaient tranquilles et muets qu'il leur vînt quelque pratique. Pas de hâte, pas le moindre appel aux passants. Pour faire contraste, une foule de petits forains, l'éventaire chargé de cravates, de porte-monnaie, d'épingles ou de bagues, circulaient bruyamment, en proposant leur marchandise. Des matelots de tous les pays, des petites bourgeoises de Saint-Nazaire, des femmes d'ouvriers ou d'employés de la compagnie, se hâtaient dans le marché où le coq du *Cydnus* achevait de ramasser ses dernières provisions. Roudic apprit par lui qu

Blanchet était à bord, et furieux parce qu'il n'avait pas son compte de chauffeurs.

— Dépêchons-nous, petit gas, nous sommes en retard.

Ils sautèrent dans une barque, traversèrent le bassin à flot encombré de navires. Ici ce n'était plus le port fluvial de Nantes, sillonné de barques de toutes grandeurs. Rien que d'énormes bâtiments et une apparence de repos, de relâche. Des coups de marteau dans la partie du radoub, quelques piaillements de volailles qu'on embarquait, troublaient seuls ce silence sonore, cristallin, qui plane au-dessus de l'eau. Les gros transatlantiques, rangés au quai, éteints et lourds, semblaient dormir entre deux traversées. De grands navires anglais, venus de Calcutta, dressaient leurs nombreux étages de cabines, leur avant très haut, leurs flancs solides couverts d'une nuée de matelots en train de les badigeonner. On passait entre ces masses immobiles, où l'eau prenait des teintes sombres de canal traversant une ville, comme entre d'épasses murailles, avec des manéges de chaînes, de cordes soulevées et ruisselantes. Enfin ils sortirent du port, franchirent la jetée à la pointe de laquelle le *Cydnus* sous vapeur attendait la marée.

Un petit homme nerveux et sec, en manches de chemise, trois galons d'or à sa casquette, interpella Jack et Roudic, dont la barque venait de se ranger au long du steamer. A peine si l'on entendait ses paroles dans le tumulte et l'encombrement de la dernière heure ; mais ses gestes paraissaient éloquents. C'était Blanchet, le mécanicien-chef, que ses hommes appelaient « le Moco » (1). Aussitôt que le vacarme des bagages qu'on engouffrait dans la cale ouverte lui permit de se faire entendre :

— Arrivez donc, coquin de bon sort ! cria-t-il avec un terrible accent du Midi... J'ai cru que vous alliez me laisser en plan.

— C'est ma faute, mon vieux, dit Roudic... Je voulais accompagner le petit gas, et je n'étais pas libre hier.

— Boufre ! Il est de taille, ton petit gas. Nous serons obligés de le plier en quatre pour le coucher dans la cabine des chauffeurs... Allons, zou ! descendons vite, je vais l'installer.

Ils prirent un petit escalier tout en cuivre, qui tournait avec une rampe étroite, puis un autre escalier sans rampe, raide comme une échelle, puis encore un, puis encore un autre.

Jack, qui n'avait jamais vu de « transatlantique, » était stupéfait de la grandeur, de la profondeur de celui-ci. On descendait dans un abîme où les yeux, qui venaient de la grande lueur du jour, ne distinguaient ni les êtres, ni les objets. Il faisait nuit, une

---

(1) La marine française se divise en deux grandes races : les *Moco* et les Ponantais, Bretagne et Provence, gens du Nord et gens du Midi.

nuit de mine, éclairée de fanaux accrochés, étouffée d'un manque d'air et d'une chaleur croissante. Une dernière échelle, descendue à tâtons, les conduisit dans la chambre aux machines, véritable étuve qu'une chaleur mouillée et lourde, mêlée à une forte odeur d'huile, emplissait d'une atmosphère insupportable, d'une buée flottante au-dessus de laquelle, à trois ou quatre étages plus haut, apparaissait dans le carré d'un soupirail le bleu du ciel.

Une grande activité régnait là. Les mécaniciens, les aides, les élèves allaient, venaient, passaient une revue générale de la machine, s'assurant si toutes les pièces étaient exactes et libres dans leur jeu. On venait de finir le plein des chaudières, et déjà elles tiraient et grondaient furieusement. Le fer, le cuivre, la fonte, astiqués d'huile bouillante, luisaient, étincelaient ; et l'extrême propreté des engins leurs donnait une apparence plus féroce, comme si ces poignées qui brûlaient — à leur contact — même les mains enveloppées d'étoupe, ces pistons incandescents, ces boutons remués avec des crocs de fer brillaient de tout le feu qu'ils absorbaient. Jack regardait curieusement la formidable bête. Il en avait vu bien d'autres à Indret ; mais celle-ci lui paraissait encore plus terrible, sans doute parce qu'il savait qu'il serait obligé de l'approcher à chaque instant et de lui fournir sa nourriture de nuit et de jour. Çà et là des thermomètres, des manomètres, une boussole, le cadran télégraphique par lequel arrivent les commandements, recevaient la lumière de grosses lampes à réflecteur.

Au bout de la chambre aux machines s'enfonçait un petit couloir, très étroit, très sombre. « Ici la soute au charbon... » dit Blanchet en montrant un trou béant dans le mur. A côté de ce trou il s'en trouvait un autre où un fanal éclairait quelques grabats, dés hardes pendues. C'est là que couchaient les chauffeurs. Jack frémit à cette vue. Le *dotoi* Moronval, la mansarde des Roudic, tous ces abris de hasard où il avait dormi ses rêves d'enfant, étaient des palais en comparaison.

— « Et la chambre de chauffe, » ajouta le *Moco* en poussant une petite porte.

Imaginez une longue cave ardente, une allée des catacombes embrasée par le reflet rougeâtre d'une dizaine de fours en pleine combustion. Des hommes presque nus, activant le feu, fouillant les cendriers, s'agitaient devant ces brasiers qui congestionnaient leurs faces ruisselantes. Dans la chambre aux machines on étouffait. Ici l'on brûle.

— Voilà votre homme... dit Blanchet au chef de chauffe en lui présentant Jack.

— Il arrive bien, dit l'autre presque sans se retourner, je manque de monde pour les escarbilles.

— Bon courage, petit gas ! fit le père Roudic en donnant à son apprenti une vigoureuse poignée de main.

Et Jack fut tout de suite mis aux escarbilles. Tous les détritus de charbon dont les cendriers se trouvent obstrués, encrassés, sont jetés dans des paniers que l'on monte sur le pont pour les vider dans la mer, Dur métier. Les paniers sont lourds, les échelles raides, suffocante la transition de l'air pur à l'étouffement du gouffre. Au troisième voyage, Jack sentait ses jambes fondre sous lui. Incapable même de soulever son panier, il restait là anéanti, moite d'une sueur qui lui enlevait tout ressort, quand un des chauffeurs, le voyant en cet état, alla prendre dans un coin un large *fiasque* d'eau-de-vie et le lui présenta.

— Non, merci, je n'en bois pas, dit Jack.

L'autre se mit à rire.

— Tu en boiras, dit-il.

— Jamais !... fit Jack, et se raidissant par un sursaut de sa volonté bien plus que par l'effort de tous ses muscles, il chargea la lourde corbeille sur son dos et la monta courageusement.

Le pont présentait un coup d'œil animé et pittoresque. Le petit paquebot amenant les voyageurs venait d'arriver et de se ranger à côté du grand steamer. De là montait une foule de passagers, pressés, ahuris, qui offraient une diversité étonnante de costumes et de langages, tous les pays de la terre se donnant rendez-vous sur ce milieu mixte, international, qu'on appelle un pont de navire. Tout ce monde courait, s'installait. Des gens étaient gais, d'autres pleuraient d'un adieu précipité, mais tous avaient au front un souci ou un espoir; car les déplacements sont presque toujours le résultat de quelque perturbation, de quelque volte d'existence, et c'est en général le dernier tremblement d'une grande secousse que ces départs qui vous jettent d'un continent à un autre. Aussi les deuils côtoient l'aventure sur les ponts des paquebots et mêlent leur mélancolie à la fièvre du voyage.

Elle était partout, cette fièvre singulière, dans la marée qui montait à grand bruit, dans les révoltes du vaisseau tirant son ancre, dans l'agitation des petites barques qui l'entouraient. Elle animait là-bas, sur la jetée, une foule émue et curieuse, venue pour saluer les voyageurs, suivre de loin quelque silhouette aimée, et formant sur l'étroit espace comme une barre sombre qui coupait l'horizon bleu. Elle doublait, cette fièvre, l'élan des bateaux de pêche gagnant le large à pleines voiles pour toute une nuit de hasard et de combat; et les grands steamers qui rentraient la sentaient battre, dans leurs toiles lasses, comme un regret des beaux pays parcourus.

· Pendant que l'embarquement finissait, que la cloche sonnant à l'avant du navire hâtait les dernières brouettes, Jack, son panier d'escarbilles vidé, était resté appuyé au bastingage à regarder les passagers, ceux des cabines confortablement mis et équipés, et ceux du pont déjà assis sur leur mince bagage... Où allaient-ils?... Quelle chimère les emportait? Quelle réalité cruelle et froide les attendait à l'arrivée ?... Un couple surtout l'intéressait, une mère et son enfant qui lui rappelaient l'image d'Ida et du petit Jack alors qu'ils se tenaient ainsi par la main. La femme, jeune, tout en noir, enveloppée d'un *sarapé* mexicain à grandes raies, avec cette allure indépendante que les femmes de militaires ou de marins prennent des absences fréquentes de leur mari. L'enfant, habillé à l'anglaise, ressemblant, à s'y méprendre, au joli filleul de lord Peambock.

Quand ils passèrent près de Jack, tous deux eurent un mouvement d'écart, et la longue robe de soie fut vivement relevée pour ne pas frôler les manches du chauffeur noires de charbon. Ce fut un mouvement presque imperceptible, mais qu'il comprit ; et du coup il lui sembla que son passé, ce cher passé en deux personnes qu'il invoquait aux mauvais jours, venait de le renier, de s'éloigner de lui à jamais.

Un juron marseillais, accompagné d'un fort coup de poing entre les deux épaules, interrompit sa triste rêverie :

— Chien failli de chauffeur de Ponantais du diable, veux-tu bien descendre à ton poste !...

C'était le *Moco* qui faisait sa ronde. Jack descendit sans rien dire, honteux de cette humiliation devant tous.

Comme il mettait le pied sur l'échelle menant à la chambre de chauffe, une longue secousse ébranla le navire, la vapeur qui grondait depuis le matin régularisa son bruit, l'hélice se mit en branle. On partait.

En bas, c'était l'enfer.

Chargés jusqu'à la gueule, dégageant avec des lueurs d'incarnat une chaleur visible, les fours dévoraient des pelletées de charbon sans cesse renouvelées par les chauffeurs dont les têtes grimaçaient, tuméfiées, apoplectiques, sous l'action de ces feux ardents. Le grondement de l'Océan semblait le rugissement de la flamme, le bruit du flot confondu avec un pétillement d'étincelles donnait l'expression d'un incendie inextinguible renaissant de tous les efforts qu'on faisait pour l'éteindre.

— « Mets-toi là... » dit le chef de chauffe.

Jack vint se mettre devant une de ces gueules enflammées qui tournaient tout autour de lui, élargies et multipliées par le premier étourdissement du tangage. Il fallait activer ce foyer d'embrasement, l'agacer du *ringard*, le nourrir, le décharger sans cesse. Ce qui lui rendait la besogne plus terrible, c'est que, n'ayant pas l'habitude de la mer, les trépidations violentes de l'hélice, les surprises du roulis le faisaient chanceler, le jetaient à tout moment vers la flamme. Il était obligé de s'accrocher pour ne pas tomber et d'abandonner tout de suite les objets incandescents auxquels il essayait de se retenir.

Il travaillait pourtant avec tout son courage ; mais, au bout d'une heure de ce supplice ardent, il se sentit

aveugle, sourd, sans haleine, étouffé par le sang qui
montait, les yeux troubles sous les cils brûlés. Il fit ce
qu'il voyait faire aux autres, et, tout ruisselant, s'élança
sous la « manche à air » long conduit de toile où l'air
extérieur tombe, se précipite du haut du pont par tor-
rent... Ah ! que c'était bon... Presque aussitôt, une
chape de glace s'abattit sur ses épaules. Ce courant
d'air meurtrier avait arrêté son souffle et sa vie.

— La gourde ! cria-t-il d'une voix rauque au chauffeur qui lui avait offert à boire.

— Voilà, camarade. Je savais bien que tu y vien-
drais.

Il avala une énorme lampée. C'était de l'alcool presque pur ; mais il avait tellement froid que le trois-six
lui parut aussi fade et insipide que l'eau claire. Quand
il eut bu, il lui vint un grand bien-être de chaleur
intérieure communiquée à tous ses nerfs, à tous ses
muscles, et qui s'exaspéra ensuite en brûlure vive au
creux de l'estomac. Alors, pour éteindre ce feu qui le
brûlait, il recommença à boire. Feu dedans et feu
dehors, flamme sur flamme, alcool sur charbon, c'est
ainsi désormais qu'il allait vivre !

Il commençait un rêve fou d'ivresse et de torture
qui devait durer trois ans. Trois sinistres années aux
jours tout pareils, aux mois confondus et brouillés,
aux saisons uniformes dans la canicule constante de
la chambre de chauffe.

Il traversa des zones inconnues dont les noms étaient

clairs, chantants, rafraîchissants, des noms espagnols, italiens ou français, du français enfantin des colonies ; mais de toutes ces contrées magiques il ne vit ni les ciels de saphir, ni les îles vertes étalées en féconds bouquets sur les vagues phosphorescentes. La mer grondait pour lui de la même colère, le feu de la même violence. Et plus, les pays étaient beaux, plus la chambre de chauffe était terrible.

Il relâcha dans des ports fleuris, horizonnés de forêts de palmiers, de bananiers au vert panache, de collines violettes, de cases blanches étayées de bambou ; mais pour lui tout gardait la couleur de la houille. Après que pieds nus sur les quais enflammés de soleil, empoissés de goudron fondu ou du suc noir des cannes à sucre, il avait vidé ses escarbilles, cassé du charbon, transbordé du charbon, il s'endormait épuisé au long des berges ou allait s'enfermer dans quelque bouge, des berges et des bouges semblables à ceux de Nantes, hideux témoins de sa première ivresse. Là, il trouvait d'autres chauffeurs, des Anglais, des Malais, des Nubiens, brutes féroces, machines à tisonner ; et comme on n'avait rien à se dire, on buvait. D'abord, quand on est chauffeur, il faut boire. Ça fait vivre.

Et il buvait !

Dans cette nuit d'abîme, un seul point lumineux, sa mère, Elle restait au fond de sa vie lugubre comme une madone au fond d'une chapelle dont on aurait éteint tous les cierges. Maintenant qu'il se faisait

homme, bien des côtés mystérieux de son martyre
s'éclaircissaient pour lui. Son respect pour Charlotte
s'était changé en pitié tendre ; et il commençait à
l'aimer comme on aime ceux pour qui l'on souffre ou
pour qui l'on expie. Même dans ses plus grands désor-
dres, il n'oubliait pas le but de son engagement, et un
instinct machinal lui faisait conserver sa paye de matelot. Tout ce que l'ivresse lourde laissait de lucide en lui
s'en allait à cette pensée qu'il travaillait pour sa mère.

En attendant, la distance grandissait entre eux et
s'allongeait des lieues parcourues, surtout de l'oubli
vague, de l'indifférence du temps qui prend les exilés
et les malheureux. Les lettres de Jack devenaient de
plus en plus rares, comme si chaque fois elles étaient
jetées d'un peu plus loin. Celles de Charlotte, nombreuses et bavardes, l'attendaient aux étapes, mais lui
parlaient de choses tellement étrangères à sa nouvelle
situation, qu'il les lisait seulement pour en entendre
la musique, écho lointain d'une tendresse toujours vi-
vante. Des lettres datées d'Étiolles lui racontaient les
épisodes ordinaires de la vie de d'Argenton. Plus tard,
d'autres, datées de Paris, annoncèrent un changement
dans leur existence, une nouvelle installation au quai
des Augustins, tout près de l'Institut. « Nous sommes
en plein centre intellectuel, disait Charlotte. M. d'Argenton, cédant aux sollicitations de ses amis, s'est
décidé à rentrer à Paris et à fonder une Revue philoso-
phique et littéraire. Ce sera un moyen de faire connaître

ses œuvres, si injustement ignorées, et de gagner aussi beaucoup d'argent. Mais quel mal il faut se donner, que de courses chez les auteurs, chez les éditeurs ! Nous avons reçu un travail bien intéressant de M. Moronval. Je m'occupe aussi de l'aider, ce pauvre ami. J'achève en ce moment de recopier la *Fille de Faust*. Tu es bien heureux, mon enfant, de vivre loin de toutes ces agitations. M. d'Argenton en est malade... Tu dois être bien grand aujourd'hui, mon Jack. Envoie-moi donc ta photographie. » A quelque temps de là, en passant à la Havane, Jack trouva un volumineux paquet à son adresse : « Jack de Barancy, chauffeur à bord du *Cydnus*. « C'était le premier numéro de

LA REVUE DES RACES FUTURES

Vᵗᵉ A. D'ARGENTON, RÉDACTEUR EN CHEF

Ce que nous sommes, ce que nous serons. La Rédaction.
La fille de Faust. Prologue . . . . . . Vte A. d'Argenton.
De l'éducation aux colonies . . . · . . . . Evariste Moronval.
L'ouvrier de l'avenir. . . . . ⸽ . Labassindre.
Médication par les parfums . . . . . . Dʳ Hirsch.
Question indiscrète au directeur de l'O-
péra. . . . . L...

Le chauffeur feuilleta machinalement ce recueil d'inepties, souillé de ses mains, taché de noir à mesure qu'il lisait. Et tout à coup, en voyant les noms de tous ses bourreaux réunis là, épanouis sur cette couverture satinée et de couleur tendre, quelque chose de fier se réveilla en lui. Il eut une minute d'indignation et de

rage, et du fond de son antre il leur criait en brandissant ses poings comme s'ils avaient pu le voir et l'entendre ; « Ah! misérables, misérables, qu'est-ce que
vous avez fait de moi? » Mais ce ne fut qu'un éclair.
La chambre de chauffe et l'alcool eurent vite raison de
ce mouvement de révolte, et l'atonie où le malheureux
s'enfonçait chaque jour davantage l'eut bientôt recou-
vert de ses grises étendues qui font penser à du sable
amoncelé sur des caravanes en déroute, enlisées grain
à grain, et dont les voyageurs, les guides, les chevaux,
restent ensevelis avec toutes les apparences de la vie.

Chose étrange, à mesure que son cerveau s'éteignait,
que sa volonté perdait tous ses ressorts, son corps
excité, soutenu, alimenté par un réconfort persistant,
semblait devenir plus vigoureux. Sa démarche se main-
tenait aussi ferme, sa force au travail aussi égale dans
l'ivresse que dans l'état normal, tellement il s'était habitué au poison, endurci à tous ses effets extérieurs.
son masque même, pâle, convulsé, restait impénétra-
ble, raidi par cet effort de l'homme qui fait marcher
droit son ivresse, la condamne au silence. Exact à sa
besogne, aguerri à ce qu'elle avait de terrible, il sup-
portait avec la même indifférence les longues et uniformes journées de la traversée et les heures de tempête, ces batailles contre la mer, si lugubres dans la
chambre de chauffe, les voies d'eau, les «coups de feu»,
le charbon enflammé roulant à travers la cale. Pour
lui, ces terribles moments se confondaient avec le

rêves ordinaires de ses nuits, visions de délire, cauche-
mars remuants et grouillants dont s'agite le sommeil
des alcoolisés.

N'était-ce pas dans un de ces rêves, cette effroyable
secousse qui ébranla tout le *Cydnus*, une nuit que le
pauvre chauffeur dormait? Ce coup sec et direct aux
flancs du steamer, ce fracas épouvantable suivi de craquements, de brisures, ce bruit d'eau intérieur, ces
paquets de mer tombant en cataractes, s'écoulant en
minces ruisseaux, ces pas précipités, ces sonneries élec-
triques qui se répondaient, cet émoi, ces cris, et, par-
dessus tout, l'arrêt sinistre de l'hélice laissant le navire abandonné aux secousses silencieuses du roulis,
tout cela n'était-ce pas dans un rêve?... Ses camarades
l'appellent, le secouent : « Jack!... Jack !... » Il s'é-
lance, à demi nu. La chambre aux machines a déjà
deux pieds d'eau. La boussole est cassée, les fanaux
éteints, les cadrans renversés. On se parle, on se cherche dans la nuit, dans la boue : « Qu'est-ce qu'il y a?
Qu'est-ce qu'il arrive ?

— C'est un Américain qui s'est jeté sur nous... Nous
coulons... Sauve qui peut!

Mais en haut de l'échelle étroite vers laquelle chauffeurs et mécaniciens se précipitent, le *Moco* apparaît
tout debout, le revolver au poing.

— Le premier qui sort d'ici, je lui casse la gueule
A la chauffe, *tron de Diou!* et chauffez ferme. La terre
n'est pas loin. Nous pouvons encore arriver.

Chacun retourne à son poste et s'active avec la furie
du désespoir. Dans la chambre de chauffe, c'est terrible. Les fourneaux, chargés à éclater, renvoient une
fumée de charbon mouillé, aveuglante, jaune, puante,
étouffante, qui asphyxie les travailleurs pendant que
l'eau, montant toujours malgré les pompes, glace tous
leurs membres. Oh ! qu'ils sont heureux ceux qui vont
mourir, là-haut, au grand air du pont. Ici c'est la mort
noire, entre deux grands murs de fonte ; une mort qui
ressemble à un suicide, tellement les forces paralysées
sont obligées de s'abandonner devant elle.

C'est fini. Les pompes ne vont plus. Les fourneaux
sont éteints. Les chauffeurs ont de l'eau jusqu'aux
épaules, et cette fois c'est le *Moco* lui-même qui a crié
d'une voix de tonnerre : « Sauve qui peut, mes petits ! »

IX

LE RETOUR

Sur le quai des Augustins, quai étroit, paisible, bordé d'un côté par des boutiques de libraires, de l'autre par des étalages de bouquinistes, dans une de ces anciennes maisons du siècle dernier fermées de lourdes portes cintrées, la *Revue des Races futures* se trouvait installée.

Ce n'était pas au hasard qu'on avait choisi pour elle ce quartier retiré. A Paris, les journaux et publications se fondent d'ordinaire dans l'arrondissement qui leur convient le mieux. Au centre, près des grands boulevards, les magazines, les feuilles mondaines étalent leurs couvertures nuancées comme des étoffes nouvelles. Au quartier Latin, des petits journaux éphémères alternent avec des refrains à images et les devantures savantes des librairies médicales. Mais les revues compactes, sérieuses, qui ont une visée, un but, choisissent des rues tranquilles, claustrales, où le mouvement du Paris qui passe ne dérange pas trop leurs pénibles élucubrations.

La *Revue des Races futures*, revue indépendante et humanitaire, était admirablement à sa place sur ce quai où flotte une poussière de vieux bouquins, « dans le voisinage de l'Institut » comme disait Charlotte. La maison, elle aussi, avec ses vieux balcons noircis, son fronton vermiculé, son large escalier à rampe ouvragée, suffisamment moisie et triste, répondait bien à l'esprit de la Revue. Ce qui y répondait moins, par exemple, c'étaient la physionomie et la tenue des rédacteurs.

Depuis environ six mois que les *Races futures* étaient fondées, le concierge terrifié avait laissé franchir le seuil de son immeuble à tout ce que la basse littérature renferme de plus crasseux, de plus bizarre, de plus lamentable. « Il nous vient jusqu'à des nègres, jusqu'à des Chinois, » racontait à ses collègues du quai des Augustins le malheureux cerbère, et je pense que par là il faisait allusion à Moronval, un des assidus de la revue, toujours escorté de quelque petit « pays chaud ». Mais Moronval n'était pas le seul à hanter la maison vénérable devenue le rendez-vous des ratés de Paris et de la province, de tous ces tristes qui circulent dans la vie avec des manuscrits trop gros pour leurs redingotes étriquées.

Un raté fondant une revue, et une revue avec de l'argent, des actions, pensez quelle bonne aubaine! Il est vrai de dire que les actionnaires manquaient. Jusqu'à présent il ne s'en était trouvé que deux, d'Argenton naturellement, et puis... notre ami Jack. Ne riez pas ; Jack était actionnaire de la *Revue des Races futures*. Il figurait pour dix mille francs sur les livres, les dix mille francs de « Bon ami. » Charlotte avait bien eu quelque scrupule à employer ainsi cette somme qu'elle devait remettre à l'enfant à sa majorité ; mais elle s'était rendue aux raisonnements de d'Argenton :

— Voyons... Comprends donc un peu... C'est un placement magnifique... Les chiffres sont des chiffres. Regardez à quel taux sont arrivées les actions de la *Revue des Deux-Mondes*. Y a-t-il un placement comparable à celui-là ? Je ne dis pas que nous réaliserons tout de suite de pareils bénéfices. Mais n'en eût-on que le quart, cela vaut encore mieux que la rente ou les chemins de fer. Vois si j'ai hésité à déplacer mon argent pour le mettre dans cette affaire. »

Etant donné la lésinerie bien connue du poëte, cet argument était sans réplique.

Depuis six mois, d'Argenton avait sacrifié plus de trente mille francs pour l'installation des bureaux, le loyer, la rédaction, sans parler des avances déjà faites sur des travaux à livrer. A l'heure qu'il est, il ne restait plus rien de la première mise de fonds ; et il allait être obligé, comme il disait, de faire un nouvel appel à ses actionnaires ; car il avait inventé ce prétexte des actionnaires pour se mettre à l'abri des emprunteurs.

Le fait est que jusque-là, en face de l'absence totale de recettes, les dépenses étaient très lourdes. Outre les bureaux de la revue, le poëte avait loué, au quatrième de la même maison, un grand et bel appartement à balcon, ayant tout cet horizon merveilleux, la Cité, la Seine, Notre-Dame, des dômes, des flèches, et les voitures qui filent sur les ponts, et les bateaux qui passent sous les arches. Là, au moins, il se sentait respirer et vivre. Ce n'était plus comme dans ce coin perdu des Aulnettes, où, l'été un bourdon qui traversait le cabinet du poëte tous les jours à trois heures était attendu comme l'événement de la journée. Impossible de travailler dans une pareille léthargie. Et dire qu'il avait eu le courage de s'enfermer là six ans. Aussi, qu'était-il arrivé ? Il avait mis six ans à faire la *Fille de Faust*, tandis que, depuis son arrivée à Paris, grâce au milieu intellectuel, il avait commencé je ne sais combien d'études , d'articles de fonds, de nouvelles.

Charlotte, elle aussi, partageait l'activité fiévreuse de son artiste. Toujours jeune, toujours fraîche, elle surveillait le ménage et la cuisine, ce qui n'était pas une mince affaire avec l'énorme quantité de dîneurs réunis sans cesse autour de la table. Puis il l'associait à ses travaux.

Pour faciliter ses digestions, il avait pris l'habitude de dicter au lieu d'écrire, et comme Charlotte avait une belle écriture anglaise, c'est elle qui lui servait de secrétaire. Tous les soirs, quand ils dînaient seuls, il dictait pendant une heure en se promenant de long en large. Dans la vieille maison endormie, on entendait résonner ses pas, sa voix solennelle, et une autre voix douce, aimable, admirative, qui semblait donner les répons à ce pontife officiant.

— Voilà notre auteur qui compose, disait le concierge avec respect.

Le soir où nous retrouvons le ménage d'Argenton, il est ainsi installé dans un charmant petit salon parfumé de thé vert en infusion et de cigarettes espagnoles. Charlotte est en train de préparer sa table pour écrire, d'aligner un encrier perfectionné, un porte-plume d'ivoire, de la poudre d'or, de beaux cahiers de papier blanc à grandes marges pour les corrections. Précaution bien inutile, le poëte ne faisant jamais de corrections; ça vient comme ça vient, d'un bloc, et l'on n'y retouche plus. Mais le cahier est plus joli avec des marges, et, quand il s'agit de son poëte, Charlotte met toute sa coquetterie en jeu.

Justement ce soir-là d'Argenton est bien en veine, il se sent d'haleine à dicter toute la nuit et veut en profiter pour écrire une nouvelle sentimentale destinée à amorcer l'abonné à l'époque du renouvellement. Il tortille sa moustache éclaircie de quelques poils blancs et dresse son grand front encore agrandi parce qu'il se déplume. Il attend l'inspiration. Par un contraste assez fréquent en ménage, Charlotte n'est pas aussi bien disposée. On dirait qu'il y a un nuage sur ses yeux brillants. Elle est pâle, distraite, mais toujours docile, car, malgré sa fatigue évidente, elle commence à tremper sa plume dans l'encrier, délicatement, le petit doigt en l'air, comme une chatte qui a peur de se salir les pattes.

— Voyons, Lolotte, y es-tu ? Nous en sommes au chapitre premier... As-tu écrit chapitre premier ?

— Chapitre premier... dit Charlotte d'une voix triste.

Le poëte la regarde, agacé ; puis commence, avec un parti pris évident de ne pas la questionner, de ne point s'informer de son chagrin :

— « *Dans un vallon perdu des Pyrénées, de ces Pyrénées si fécondes en légendes... de ces Pyrénées si fécondes en légendes...* »

Ce retour de phrase l'enchante. Il le répète plusieurs fois avec des modulations de vanité ; puis enfin se tournant vers Charlotte :

— Tu as mis « *si fécondes en légendes ?...* »

Elle essaye de répéter « *si fé... si fécondes ;* » mais elle s'arrête, la voix entrecoupée de sanglots.

Charlotte pleure. Elle a eu beau mordre sa plume, serrer ses lèvres pour se retenir. Cela déborde. Elle pleure, elle pleure...

— Allons bon ! dit d'Argenton stupéfié... Comme ça tombe ! Un soir où j'étais si en train... Qu'est-ce qui te prend, voyons ? C'est cette nouvelle du *Cydnus ?* Mais quoi ? C'est un bruit en l'air. Tu sais bien comment sont les journaux. Tout leur est bon pour remplir leurs colonnes... Cela se voit tous les jours qu'on soit sans nouvelles d'un navire. D'ailleurs, Hirsch a dû passer à la compagnie aujourd'hui. Il va venir tout à l'heure. Tu sauras ce qu'il en est. Il sera toujours temps de se faire du chagrin.

Il lui parle d'une voix dédaigneuse et sèchement condescendante, comme on parle aux faibles, aux enfants, aux fous, aux malades ; n'est-elle pas un peu tout cela ? Puis quand il l'a calmée :

— Où en étions-nous ? Ça m'a fait perdre le fil. Relis-moi tout ce que j'ai dicté... Tout !

Charlotte refoule ses larmes et reprend pour la dixième fois :

— « *Dans un vallon perdu des Pyrénées, de ces Pyrénées si fécondes en légendes...* »

— Ensuite ?

Elle a beau tourner et retourner la page, secouer le cahier neuf :

— C'est tout... dit-elle à la fin.

D'Argenton est très surpris ; il lui semble qu'il y en avait bien plus long. C'est toujours ce qui lui arrive quand il dicte. La terrible avance que la pensée a sur l'expression l'égare. Tout ce qu'il rêve, tout ce qui est dans son cerveau à l'état d'embryon, il le croit déjà formulé, réalisé ; et quand il s'est contenté de faire de grands gestes, de bredouiller quelques mots, il reste, atterré devant le peu qu'il a produit, devant la disproportion du rêve avec la réalité. Désillusion de don Quichotte se croyant dans l'Empyrée, prenant pour

le vent d'en haut l'haleine des marmitons et les
soufflets de cuisine qu'on agite autour de lui, et res-
sentant sur le cheval de bois où il est assis toute la secousse d'une chute imaginaire. D'Argenton lui aussi
se croyait parti, enlevé, envolé... Eh quoi! tant de
frissons, de fièvre, d'exaltation, de poses, d'attitudes,
de pas contrariés, tant de fois la main passée dans les
cheveux, pour arriver à ces deux lignes : « *Dans un
vallon perdu des Pyrénées, de ces Pyrenées*, etc... »
Et c'est toujours ainsi.

Il est furieux, il se sent ridicule :

— Aussi c'est ta faute, dit-il à Charlotte... Avec
cela qu'il est facile de travailler en face de quelqu'un
qui pleure tout le temps. Ah! tiens, c'est horrible...
Tout un monde de pensées, de conceptions... Et puis
rien, rien, jamais rien... Et le temps passe, et les années filent, et les places se prennent... Tu ne sais donc
pas, malheureuse femme, comme il faut peu de chose
pour déranger l'inspiration?... Oh! toujours se heurter
le front à quelque réalité stupide... Moi qui, pour
composer, aurait besoin de vivre dans une tour de
cristal, à mille pieds au-dessus des futilités de la vie,
je me suis donné pour compagnons le caprice, le
désordre, l'enfantillage et le bruit...

Il tape du pied, assène un coup de poing sur la
table, tandis que Charlotte, qui n'a pas assez pleuré
pour le trop plein de son cœur, ramasse en versant des
larmes les plumes, l'essuie-plume, le porte-plume, tout

son attirail de secrétaire dispersé sur le tapis du salon.

L'arrivée du docteur Hirsch met fin à cette scène regrettable, mais si fréquente que tous les atomes de la maison y sont habitués et que, sitôt la tourmente passée, la colère tombée, ils reprennent vite leur place et rendent aux objets leur apparence d'harmonie et de tranquillité habituelles. Le docteur n'est pas seul. Il est accompagné de Labassindre, et tous deux font une entrée mystérieuse, grave, extraordinaire. Le chanteur surtout, accoutumé aux effets de scène, a une façon de serrer hermétiquement les lèvres en relevant la tête, qui signifie visiblement : « Je sais quelque chose de la plus grande importance, mais rien ne pourra me décider à vous l'apprendre. »

D'Argenton, encore tout tremblant de fureur, ne comprend pas ce que veulent dire ces poignées de main vibrantes, significatives, que ses amis lui prodiguent à la muette. Un mot de Charlotte le met au fait :

— Eh bien, monsieur Hirsch ? dit-elle en s'élançant vers le docteur fantaisiste.

— Toujours la même réponse, madame. On n'a pas de nouvelles.

Mais pendant qu'il dit « pas de nouvelles » à Charlotte, il fait au contraire, avec ses yeux démesurément ouverts sous ses lunettes bombées, comprendre à d'Argenton que c'est un affreux mensonge, qu'il y a des nouvelles, des nouvelles terribles.

— Et que pensent ces messieurs à la Compagnie ?...

7.

Qu'est-ce qu'ils disent?... demande la mère avec le désir et la peur de savoir, essayant de déchiffrer la vérité sur ces figures à grimaces.

— Mon Dieu! madame... *beûh! beûh!*

Tandis que Labassindre s'entortille dans une suite de phrases, longues, molles, vaguement rassurantes, mais au fond dubitatives, Hirsch, à force de remuer la bouche d'après la méthode Decostère a fini par donner au poëte la configuration de ces quelques mot « *Cydnus* perdu corps et biens... Collision en pleine mer... Parages du cap Vert... Épouvantable ! »

La grosse moustache de d'Argenton a tressailli, mais c'est tout. En regardant cette face blême, étalée et correcte, dont pas un pli n'a bougé, il serait bien difficile de définir ses impressions, de savoir si le triomphe y domine ou le remords tardif devant ce dénoûment lugubre. Peut-être ces deux sentiments se contrarient-ils sur le visage impassible qui n'en laisse voir franchement aucun.

Le poëte éprouve seulement le besoin d'aller évaporer au dehors l'agitation que lui cause cette grande nouvelle.

— J'ai beaucoup travaillé, dit-il très sérieusement à ses amis... Je veux prendre l'air... Allons faire un tour

— Tu as raison, dit Charlotte... Sors un peu, cela te fera du bien.

Charlotte, qui d'habitude retient son « artiste » sans cesse à la maison, parce qu'elle croit toutes les dames du faubourg Saint-Germain informées de son retour et prêtes à s'inscrire à la file pour « boire tout le sang de son cœur, » ce soir-là exceptionnellement est ravie de le voir partir, de rester seule avec sa pensée. Elle pourra donc pleurer en paix sans que personne essaye de la consoler, se livrer tout entière à ces terreurs, à ces pressentiments qu'elle n'ose pas avouer de peur d'être brutalement rassurée. Voilà pourquoi la servante même la gêne, pourquoi au lieu de bavarder longuement avec elle comme à chaque fois que monsieur sort, elle la renvoie dans sa mansarde.

— Madame veut rester seule?... Madame n'a pas peur?... C'est si triste ce vent qui souffle sur le balcon

— Non, laissez-moi..., je n'ai pas peur.

Enfin la voilà seule, elle peut se taire, réfléchir, à son aise, sans que la voix du tyran lui dise : « A quoi penses-tu?... » Elle pense à son Jack, parbleu! Et à quoi penserait-elle? Depuis qu'elle a lu dans le journal cette ligne sinistre : *On est sans nouvelles du Cydnus*, l'image de son enfant la poursuit, l'affole, ne la quitte plus. Le jour encore, l'égoïsme accapareur du poëte lui ôte jusqu'à son tourment; mais la nuit, elle ne dort pas. Elle écoute le vent qui souffle et lui cause une terreur singulière. A cet angle du quai où ils habitent, il arrive toujours de quelque point différent, irrité ou plaintif, secouant les vieilles boiseries, effleurant les vitres sonores, rabattant une persienne détachée. Mais qu'il chuchote ou qu'il crie, il lui parle.

Il lui dit ce qu'il dit aux mères et aux femmes de marins, des paroles qui la font pâlir.

C'est qu'il vient de loin, ce vent de tempête, et il vient vite, et il en a vu des aventures! Sur ses grandes ailes d'oiseau fou qu'il heurte partout où il passe, toutes les rumeurs, tous les cris s'enlèvent et se transportent avec une égale rapidité. Tour à tour farceur ou terrible, dans la même minute il a déchiré la voile d'un bateau, éteint une bougie, soulevé une mantille, préparé les orages, activé l'incendie; c'est tout cela qu'il raconte et qui donne à sa voix tant d'intonations différentes, joyeuses ou lamentables.

Cette nuit, il est sinistre à entendre. Il passe en courant sur le balcon, ébranle les croisées, siffle sous les portes. Il veut entrer. Il a quelque chose de pressé à dire à cette mère; et tous les bruits qu'il apporte, qu'il jette contre la vitre en secouant ses ailes mouillées, résonnent comme un appel ou un avertissement. La voix des horloges, un sifflet lointain de chemin de fer, tout prend le même accent, plaintif, réitéré, obsessionnant. Ce que le vent veut lui dire, elle s'en doute bien. Il aura vu en pleine mer, car il est partout à la fois, un grand navire se débattre au milieu des flots, heurter ses flancs, perdre ses mâts, rouler dans l'abîme avec des bras tendus, des visages effarés et blêmes, des chevelures plaquées sur des regards fous, et des cris, des sanglots, des adieux, des malédictions jetées au seuil de la mort. Son hallucination est si forte qu'elle croit

entendre parmi les rumeurs qui lui viennent du lointain naufrage une plainte vague à peine articulée :

Maman !

C'est sans doute une illusion, une erreur de sa pensée inquiète.

— Maman !

Cette fois, la plainte est un peu plus forte... Mais
non, c'est impossible. Les oreilles lui tintent, bien
sûr... O Dieu, est-ce qu'elle va devenir folle?... Pour
échapper à cette surprise de ses sens, Charlotte se lève,
marche dans le salon... Pour le coup, quelqu'un a
appelé. Cela vient de l'escalier. Elle court ouvrir la porte.

Le gaz est éteint, et la lampe qu'elle tient à la main
dessine en ombre sur les marches les arabesques de
la rampe... Rien, personne... Pourtant elle est sûre
d'avoir entendu. Il faut voir encore. Elle se penche, en
levant bien haut sa lumière. Alors, quelque chose de
doux et d'étouffé, qui tient à la fois du rire et du sanglot, retentit dans l'escalier, où une grande ombre
monte, se traîne en s'appuyant au mur.

— Qui est là?... crie-t-elle toute tremblante, animée d'un espoir fou, et qui l'empêche d'avoir peur.

— C'est moi, maman... Oh ! je te vois bien... répond
une voix enrouée et bien faible.

Elle descend vite quelques marches. C'est lui, c'est
son Jack, ce grand ouvrier blessé qui s'appuie sur deux
béquilles, si défaillant, si ému à l'idée de revoir sa
mère qu'il a dû s'arrêter au milieu de l'escalier avec

un appel de détresse. Voilà ce qu'elle a fait de son enfant.

Pas un mot, pas un cri, pas même une caresse. Ils sont là tous deux en face l'un de l'autre ; et ils pleurent en se regardant.

Il y a des fatalités de ridicule qui s'attachent à certains êtres, rendent inutiles ou fausses toutes leurs manifestations. Il était dit que d'Argenton, roi des Ratés, raterait tous ses effets. Quand il rentra ce soir-là, il avait résolu, après en avoir longuement conféré avec ses amis, d'annoncer la fatale nouvelle à Charlotte, pour en finir tout de suite, et de soutenir ce premier assaut à l'aide de quelques phrases solennelles indiquées par la circonstance. Rien que la façon dont il tourna la clef dans la serrure annonçait la gravité de ce qu'il allait dire. Mais qu'elle ne fut pas sa surprise de trouver, à cette heure indue, le salon encore allumé, Charlotte debout, et près du feu les restes d'un de ces repas dévorés à la hâte comme les départs et les arrivées en improvisent devant leurs émotions.

Elle vint à lui, tout agitée :

— Chut ! Ne fais pas de bruit.... Il est là... Il dort. Oh ! que je suis heureuse.

— Qui ? quoi ?

— Mais Jack Il a fait naufrage. Il est blessé. Son navire perdu On l'a sauvé, lui, par miracle. Il arrive de Rio-Janeiro, où il a passé deux mois à l'hôpital.

D'Argenton eut un sourire vague qui pouvait, à la

rigueur, passer pour une preuve de satisfaction.
Il faut lui rendre cette justice qu'il prit la chose très
paternellement et fut le premier à déclarer qu'on gar-
derait Jack à la maison jusqu'à ce qu'il fût complète-
ment rétabli. En conscience, il ne pouvait moins faire
pour son principal, son unique actionnaire. Dix mille
francs d'actions méritaient bien quelques égards.

La première émotion passée, les premiers jours écou-
lés, la vie habituelle du poëte et de Charlotte reprit son
cours, augmentée seulement de la présence de ce pauvre éclopé dont les deux jambes brûlées par l'explosion
d'une chaudière avaient beaucoup de peine à se cica-
triser. Vêtu de sa vareuse en laine bleue, la figure encore noire de son ancien métier, les traits grossis, défor-
més sous une couche de hâle où la petite moustache
blonde ressortait avec une couleur d'épi brûlé, les yeux
rouges et sans cils, le teint enflammé, les joues creuses,
désœuvré, découragé, enveloppé de cette torpeur qui
suit les grandes catastrophes, le filleul de lord Peambock, le Jack (par un *k*) d'Ida de Barancy se traînait
de chaise en chaise pour la plus grande irritation de
d'Argenton et la plus grande honte de sa mère.

Quand celle-ci voyait entrer quelque inconnu dans
la maison, quand elle saisissait un regard étonné, curieux, arrêté sur l'ouvrier sans ouvrage dont la tenue,
la parole contrastaient étrangement avec le luxe tranquille de cet intérieur, elle s'empressait de dire: « c'est
mon fils... Je vous présente mon fils... Il a été bien

malade, » comme ces mères d'enfants infirmes qui se
hâtent d'affirmer leur maternité de peur de surprendre
un sourire ou une compassion trop marquée. Mais si
elle souffrait de voir son Jack dans cet état, si elle rougissait de ses manières vulgarisées, presque grossières,
de certaines façons qu'il avait de se tenir à table, où
l'on sentait des habitudes de cabaret, des glouton-
neries de mercenaire, elle souffrait encore plus du ton
de mépris que les habitués de la maison affectaient en
parlant à son enfant.

Jack avait retrouvé là toutes ses anciennes connais-
sances du gymnase, tous les ratés de « Parva domus, »
avec quelques années de plus, des cheveux et des dents
de moins, mais immobiles dans leurs situations sociales et piétinant sur place, comme de braves ratés qu'ils
étaient. Tous les jours on se réunissait dans les bureaux de la *Revue* pour discuter le numéro, et deux
fois par semaine, il y avait un grand dîner au quatrième. D'Argenton, qui ne pouvait plus se passer
d'avoir beaucoup de monde autour de lui, se dégui-
sait cette faiblesse à ses propres yeux avec l'étonnante
phraséologie dont il avait le secret :

— Il faut faire un groupe... Il faut se serrer, se sentir les coudes.

Et l'on se serrait, dame ! On se serrait autour de lui à
le presser, à l'étouffer. Dans tout le groupe, celui dont
il sentait le mieux les coudes, des coudes pointus, os-
seux, insinuants, c'était Evariste Moronval, secrétaire

de la rédaction à la *Revue des races futures*. Moronval avait eu le premier l'idée de la revue, qui lui devait son titre palingénésique et humanitaire. Il corrigeait les épreuves, surveillait la mise en pages, lisait les articles, les romans, et enfin relevait, par des paroles enflammées, le courage chancelant du directeur devant le mauvais vouloir des abonnés et les frais incessants du magazine.

Pour ces services multipliés, le mulâtre avait un traitement fixe assez mince, mais qu'il arrondissait par toutes sortes de travaux supplémentaires payés à part, et des emprunts continuels. Depuis longtemps le gymnase de l'avenue Montaigne avait fait faillite; mais son directeur n'avait pas renoncé entièrement à l'élève des petits « pays chauds, » et venait toujours à la revue flanqué des deux derniers produits qui lui fussent restés de cette étrange culture. L'un était un petit prince japonais, jeune homme d'un âge indéfini entre quinze ans et cinquante, et qui, n'ayant plus sa robe longue de mikado, paraissait tout petit, tout fluet, avec une toute petite canne, un tout petit chapeau, l'aspect d'une figurine de terre jaune tombée d'une étagère sur le trottoir parisien.

L'autre, un grand garçon dont on ne voyait que les yeux étroits et le front, tout le reste disparaissant dans une bouffissure tendue, sous une barbe noire et frisante comme du palissandre en copeaux, rappelait de vagues souvenirs à Jack, qui reconnut son

vieil ami Saïd à certains bouts de cigares que
l'Égyptien ne manqua pas de lui offrir dans une de
leurs premières entrevues. L'éducation de cet infortuné
jeune homme était finie depuis longtemps ; mais ses
parents le laissaient à Moronval pour l'initier aux
usages et coutumes du grand monde. A part lui, tous
les habitués de la revue et des dîners bi hebdoma-
daires, le mulâtre, Hirsch, Labassindre, le neveu de Berzelius et les autres prenaient pour parler à Jack le
même ton protecteur, condescendant et familier. On
eût dit quelque pauvre diable admis par faveur à la
table d'un riche patron.

Il n'était resté « monsieur Jack » que pour une seule
personne, la douce et excellente madame Moronval-
Decostère, toujours semblable à elle-même, avec son
grand front solennel et luisant et sa petite robe noire,
moins solennelle, mais encore plus luisante. D'ailleurs, qu'on l'appelât « monsieur Jack, » ou « ma
vieille, » ou « mon brave, » ou « mon garçon ; » qu'on
fût méprisant, indifférent ou bienveillant pour lui,
tout était parfaitement égal à ce déclassé, qui se tenait
à l'écart, un bout de pipe aux dents, endormi, hébété,
écoutant sans les entendre ces criailleries littéraires
dont son jeune âge avait été bercé. Ses deux mois
d'hôpital, ses trois ans d'alcool et de chambre de
chauffe, et le bouleversement de la fin lui avaient
causé un ahurissement, une fatigue, le besoin de ne
plus parler, de ne plus bouger, de laisser fuir et s'é-

teindre dans la tranquillité du silence les colères de la mer mêlées au grondement des machines qui bourdonnaient encore au fond d'un coquillage.

— « Il est abruti... » disait quelquefois d'Argenton. Non, mais somnolent, muet, sans volonté, tout au bien-être de l'immobilité du sol et du calme de l'air. Il ne retrouvait un peu de vie que seul avec sa mère, dans les rares après-midi où le poëte s'absentait. Alors il se rapprochait d'elle, se ranimait à ses bavardages d'oiseau, à ses petits mots de tendresse. Seulement, il aimait mieux l'écouter que de parler lui-même. Sa voix lui faisait aux oreilles un murmure délicieux, comme celui des premières abeilles, l'été, dans la saison du miel.

Un jour qu'ils étaient ainsi tous les deux, il se réveilla tout à coup d'une longue torpeur, dit à Charlotte lentement, bien lentement :

— Quand j'étais enfant, j'ai dû faire un long voyage n'est-ce pas ?

Elle le regarda, un peu troublée. C'était la première fois de sa vie qu'il s'informait du passé.

— Pourquoi ?... demanda-t-elle.

— C'est que le premier jour où j'ai mis le pied sur un paquebot, il y a trois ans, j'ai eu une singulière sensation... Il me semblait que tout ce que je voyais, je l'avais déjà vu... Le jour venant à travers les hublots, ces petites marches doublées en cuivre qui descendent aux cabines, tout cela m'impressionnait

comme un souvenir... Il me semblait que, tout petit,
j'avais joué, glissé sur cet escalier... On a de ces choses-
là dans les rêves.

Elle regarda plusieurs fois autour d'elle pour bien
s'assurer qu'ils étaient seuls.

— Ce n'est pas un rêve que tu as fait, mon Jack. Tu
avais trois ans, quand nous sommes revenus d'Algérie.
Ton père était mort subitement et nous retournions
en Touraine.

— Ah! mon père est mort en Algérie?

— Oui... répondit-elle tout bas en baissant la tête.

— Comment s'appelait-il donc, mon père?

Elle hésita, très émue; elle n'était pas préparée à
cette curiosité subite... Et pourtant, si gênante que
fût cette conversation, elle ne pouvait pas refuser de
faire connaître son père à un grand garçon de vingt
ans, en âge de tout entendre et de tout comprendre.

— Il s'appelait d'un des plus grands noms de France,
mon enfant, d'un nom que toi et moi nous porterions
aujourd'hui, si une catastrophe subite, épouvantable,
n'était venue l'empêcher de réparer sa faute... Ah!
nous étions bien jeunes quand nous nous sommes rencontrés... C'était, je m'en souviens, à une grande
battue de sangliers dans les ravins de la Chiffa. Il faut
te dire que j'avais à cette époque la passion de la chasse.
Je me rappelle même que je montais un petit cheval
arabe appelé Soliman, un vrai petit diable...

Elle était partie, la folle, partie à bride abattue sur son

cheval arabe appelé Soliman, à travers ce pays des chimères qu'elle peuplait de tous les lords Peambock, de tous les rajahs de Singapore de son imagination éblouissante.

Jack n'essaya pas de l'interrompre ; il savait trop bien que c'était inutile. Mais quand elle s'arrêta pour prendre haleine, suffoquée par le vent, la rapidité de sa course, il profita de cette courte halte pour revenir à sa première question et fixer, par un mot bien positif, cet esprit si prompt aux écarts :

— Quel est le nom de mon père? répéta-t-il.

Oh ! le regard étonné de ses yeux clairs... Elle avait complétement oublié de quoi ils parlaient.

Très vite, le souffle encore haletant du long récit de tout à l'heure, elle répondit :

— Il s'appelait le marquis de l'Epan, chef d'escadrons au 3ᵉ hussards.

Il faut çroire que Jack n'avait pas sur la noblesse, sur ses droits et ses prérogatives les mêmes illusions que sa mère, car il accueillit avec la plus grande tranquillité le secret de son illustre naissance. Après tout, que son père eût été marquis, cela ne l'empêchait pas d'être chauffeur, lui, et un mauvais chauffeur, aussi crevé, aussi démoli, aussi hors de service que la chaudière du *Cydnus* en ce moment au fond de l'océan Atlantique avec six cents brasses de mer au-dessus d'elle. Que son père eût porté un nom retentissant, cela ne l'empêchait pas de s'appeler Jack, lui, et d'être une de ces tristes épaves que la vie roule et déplace dans son flot toujours changeant. D'ailleurs, ce père dont on lui parlait était mort, et ce réveil d'un sentiment inconnu qui avait agité Jack une minute, ne trouvant rien à quoi se prendre, une fois sa curiosité satisfaite, s'anéantit comme tout le reste dans la torpeur de ses facultés.

— Ah çà, voyons, Charlotte... Il faut prendre un parti avec ce garçon. Il ne peut pas rester là éternellement, sans rien faire. Ses jambes vont bien. Il mange comme un bœuf, sans reproche. Il tousse encore un peu ; mais Hirsch prétend qu'il toussera toujours... Il devrait pourtant se décider à quelque chose. Si les paquebots sont trop durs, qu'il entre dans les chemins de fer. Labassindre dit qu'on y gagne de très belles journées.

A ces représentations du poëte, Charlotte objectait que Jack était encore bien faible, bien languissant :

— Si tu voyais comme il souffle quand il monte les quatre étages, comme il est maigre. Je l'entends s'agiter, la nuit. Tiens, tu ne sais pas, en attendant qu'il se fortifie, tu devrais l'occuper un peu à la revue.

— Je veux bien essayer répondit l'autre. J'en parlerai à Moronval.

Moronval voulut bien essayer aussi, mais ce fut un essai malheureux. Pendant quelques jours, Jack remplit à la revue les fonctions de garçon de bureau. Porter les épreuves à l'imprimerie, plier les numéros, coller les bandes ; on lui fit tout faire, excepté le balayage des deux pièces que, par un reste de pudeur, on laissa au concierge dont c'était la prérogative. Avec son impassibilité ordinaire, Jack remplit ces diverses fonctions, supportant les allusions méprisantes de Moronval qui avait un tas de rancunes à satisfaire, et les colères froides de d'Argenton dont l'humeur s'aigrissait devant la constante résistance des abonnés. Ils s'entêtaient vraiment, ces abonnés. Sur le magnifique livre à souches, couvert de serge verte, orné de coins de cuivre, où devaient figurer leurs noms, on n'en apercevait qu'un, égaré dans la première page comme une coquille de noix sur l'immense mer déserte : « *M. le comte de...*, *au château de...*, *à Mettray*, *près Tours.* » C'est à Charlotte qu'on le devait, celui-là.

Mais cette absence de recettes n'empêchait pas les frais de continuer, ni les rédacteurs de se présenter tous les cinq du mois pour toucher le prix de leur copie augmenté de quelques avances. Moronval surtout était insatiable. Après être venu lui-même, il envoyait sa femme, Saïd, le *prince* japonais. D'Argenton était furieux, mais il n'osait refuser. Sa vanité était si gourmande, et le mûlâtre avait tant de sucreries et de douceurs dans ses poches. Toutefois, quand la rédaction était réunie, de peur qu'on ne s'avisât de suivre l'exemple de Moronval, le directeur ne manquait pas de se lamenter, d'opposer à tous les emprunts la même

barrière infranchissable : « Mon comité d'actionnaires
me le défend absolument. — Il était là dans un coin,
le comité d'actionnaires, comité sans le savoir, composé d'un seul membre, occupé à fixer des bandes avec
un pinceau et un grand pot de colle. De même qu'il
n'y avait à la revue qu'un abonné, « Bon ami, » il
n'y avait qu'un actionnaire, Jack avec l'argent de
« Bon ami. »

Ni Jack ni personne ne s'en doutait : mais d'Argenton le savait, lui, et c'était une gêne, une honte
vis-à-vis de lui-même, vis-à-vis surtout de l'enfant
de cette femme, qu'il se prenait à haïr comme autrefois.

Au bout de huit-jours, le garçon de bureau fut déclaré incapable.

— Il ne nous sert à rien ; bien loin d'aider, c'est
plutôt un dérangemeut pour tout le monde.

— Mais, mon ami, je t'assure qu'il fait tout ce qu'il
peut.

Elle se sentait plus courageuse à le défendre depuis
la grande terreur qu'elle avait eue.

— Enfin, qu'est-ce que tu veux ? Je te dis qu'il me
gêne. Comment t'expliquer cela ? Il n'est pas dans
son milieu avec nous. Il ne sait ni parler ni s'asseoir. Tu ne vois pas comme il se tient à dîner, les
jambes écartées, toujours à une lieue de la table,
comme il s'endort dans son assiette... Et puis ce grand
garçon constamment à tes côtés, ça te vieillit, ma

chère... En outre, il a des habitudes déplorables. Il boit, je te dis qu'il boit. Il nous apporte ici des odeurs de cabaret. C'est l'ouvrier, quoi!

Elle baissa la tête et pleura. Elle s'en était aperçue qu'il buvait, mais à qui la faute? Ne l'avaient-ils pas eux-mêmes jeté au gouffre?

— Voyons, Charlotte, j'ai une idée. Puisqu'il est encore trop faible pour se remettre au travail, envoyons-le se rétablir à Etiolles. Il passera quelque temps à la campagne, au bon air, et nous aidera peut-être à sous-louer « parva domus » qui nous est restée sur le dos avec un bail de dix ans. Nous lui enverrons un peu d'argent, tout ce qu'il faut... Cela lui fera du bien.

Elle lui sauta au cou avec un élan de reconnaissance :
— Oh! tiens... C'est encore toi le meilleur de tous.

Et sur-le-champ il fut convenu qu'elle irait le lendemain installer son fils aux Aulnettes.

Ils arrivèrent par un de ces beaux matins d'automne doux et dorés qui semblent un été apaisé, allégé de sa chaleur brûlante et lourde. Pas un souffle dans l'air, mais des chants d'oiseaux en quantité, des crépitements dans les feuilles tombées, et un parfum de maturité, de foins secs, de bruyères brûlées, de fruits bons à cueillir. Les sentiers du bois, à peine éclaircis semés de fleurs jaunes, sentant le soleil moins puissant, donnaient aussi moins d'ombre, et silencieux, veloutés, s'en allaient vers les clairières. Jack les reconnaissait tous, ces chemins. En y posant le pied, il reprenait possession de quelques années de son enfance heureuses, inoubliables, où malgré les tristesses de sa fausse position il avait senti son être s'épanouir dans la bonne, dans la libre Nature. Elle aussi semblait le reconnaître, l'appeler, l'accueillir. Dans son âme attendrie de tous ses souvenirs et de toute sa faiblesse, Jack entendait une voix réconfortante et douce : « Viens à moi, pauvre enfant, viens sur mon cœur aux battements lents et calmes. Je t'enlacerai, je te soignerai. J'ai des baumes pour toutes les blessures, et celui qui les cherche est déjà guéri... »

Charlotte quitta son fils de bonne heure, et la petite maison, toutes ses fenêtres ouvertes à l'air tiède, aux bourdonnements du jardin légèrement inculte qui mêlait ses fleurs et ses fruits dans le renouveau de l'arrière-saison, la petite maison que Jack parcourait de pièce en pièce en se baissant un peu pour rechercher dans tous les coins les miettes de son enfance disparue, s'accorda pour la première fois et sans aucune ironie avec l'inscription de son frontispice :

Petite maison, grand repos.

FIN DE LA SECONDE PARTIE

TROISIÈME PARTIE

I

CÉCILE

— Mais c'est de la diffamation, cela. Tu as le droit de l'attaquer en justice, ce misérable Hirsch. M'avoir laissé cinq ans avec cette conviction que mon ami Jack était un voleur!... Canaille, va!... Il était venu chez nous exprès pour m'apprendre cette nouvelle, il pouvait bien revenir pour la désavouer, puisque ton innocence était reconnue, constatée, et constatée dans les termes les plus flatteurs, les plus éloquents pour toi. Voyons, montre-moi encore ton livret.

— Voilà, monsieur Rivals.

— C'est superbe. On ne répare pas mieux un tort involontaire. Ce directeur est un brave homme... Ah! tiens, je suis content. Ça m'avait souvent tourmenté, cette idée que mon élève était devenu un coquin... Et dire que si je ne t'avais pas rencontré par hasard chez les Archambauld, j'aurais pu garder cette pensée-là encore longtemps!

C'était, en effet, dans la petite maison du forestier que M. Rivals venait de retrouver son ancien ami.

Depuis dix jours qu'il habitait les Aulnettes, Jack vivait comme un brahme contemplateur, plongé dans le grand silence de la nature, humant les derniers beaux jours, se pénétrant de leurs soleils attiédis, ne sortant de chez lui que pour s'enfoncer dans le calme vivant de la forêt. Les arbres lui donnaient de leur séve, le sol de sa vigueur, et parfois, en secouant son front pour y réveiller la pensée, il lui semblait qu'il perdait un peu de sa laideur de malade et de forçat sous le ciel fin, profond, épuré, dont l'automne aux tranquilles rayons laissait voir au loin les espaces.

Les seuls êtres humains avec lesquels il fût en relation étaient les Archambauld, dont il avait conservé un si bon souvenir. La femme lui rappelait sa mère qu'elle avait servie longtemps, affectueuse et fidèle ; l'homme, le bon géant silencieux et sauvage, absorbé comme un faune dans la végétation du bois, évoquait pour lui tout un passé de promenades délicieuses et fortifiantes. Il revivait son enfance, entre ces deux solitaires. La femme lui achetait son pain, ses provisions et souvent quand il avait la paresse de rentrer chez lui, il faisait cuire lui-même dans la cendre de leur foyer quelque repas élémentaire. Il restait là sur un banc devant la porte, à fumer sa pipe à côté du garde. Ces gens ne le questionnaient jamais. Seulement à le voir les pommettes enflammées, si maigre dans sa longue taille, le père Archambauld avait ces hochements de tête tristes avec lesquels il regardait ses bois de hêtres envahis par les charançons.

Ce jour-là, en arrivant chez ses amis, Jack avait trouvé le mari alité, atteint d'une violente attaque de rhumatismes articulaires qui deux ou trois fois par an jetaient ce colosse à bas, le couchaient comme un grand arbre foudroyé. Debout à son chevet, un petit homme vêtu d'une longue redingote, dont les basques pleines de journaux et de livres lui battaient sur les jambes, se tenait, tête nue, sa belle crinière blanche toute ébouriffée. C'était M. Rivals.

L'entrevue fut embarrassée d'abord. Jack était honteux de se retrouver en face du vieux docteur dont il se rappelait les sinistres prédictions. M. Rivals, attribuant cette gêne à la pensée du vol, restait lui-même très froid. Mais la faiblesse de ce grand garçon le toucha malgré tout. Ils sortirent ensemble, revinrent à pied en causant, par les petits chemins verts de la forêt ; et d'un sentier à l'autre, d'un détail vague à un plus précis, ils étaient arrivés à la limite du bois et à l'explication complète du malentendu.

M. Rivals triomphait, ne se lassait pas de relire la page du livret où le directeur de l'usine avait constaté l'erreur de l'accusation.

— Ah çà ! maintenant que te voilà installé dans le pays, j'espère bien que nous allons te voir souvent. C'est indispensable d'abord. Ils t'envoient dans les

bois, comme un cheval au vert ; mais cela ne suffit
pas. Tu as besoin de soins, de grands soins, surtout
dans la saison où nous entrons. Etiolles n'est pas
Nice, que diable !... Tu sais comme tu te plaisais à la
maison autrefois. Elle est toujours la même. Il n'y a
que ma pauvre femme qui manque à l'appel. Elle est
morte, il y a quatre ans, de chagrin, de décourage-
ment, car depuis notre malheur elle ne s'était jamais
bien relevée. Heureusement que j'avais la « petite »
pour la remplacer, sans cela je ne sais pas ce que je
serais devenu. Cécile tient les livres, la pharmacie.
C'est elle qui va être contente de te voir... Allons,
quand viendras-tu ?

Jack hésitait avant de répondre. Comme s'ils eût
compris sa pensée. M. Rival ajouta en riant :

— Tu sais, devant la petite tu n'as pas besoin d'arriver avec ton livret pour être sûr d'être bien accueilli...
Je ne lui ai jemais parlé de rien, pas plus qu'à la maman. Elles t'aimaient trop. Cela leur aurait fait trop
de peine... Il n'y a jamais eu l'ombre d'un mauvais
sentiment entre vous... Ainsi donc tu peux te présenter sans crainte. Voyons, il fait trop frais pour que
tu viennes dîner avec nous aujourd'hui. Le brouillard
ne te vaut rien. Mais je compte sur toi pour déjeuner
demain matin. Toujours comme de ton temps. On
déjeune à midi, ou à deux heures, ou à trois, selon les
visites. C'est même encore pis qu'autrefois, parce que
mon sacré cheval en vieillissant est devenu plus

lambin et plus maniaque... Nous avons des histoires
ensemble tous les jours... Là, te voici chez toi, rentre
vite... Demain sans faute. Ne manque pas, ou je viens
te chercher.

En refermant la porte de la maison, toute embarrassée de plantes grimpantes, Jack éprouva une singulière impression. Il lui sembla qu'il revenait d'une
de ces grandes courses en cabriolet qu'il faisait jadis
entre le docteur et sa petite amie, qu'il allait trouver sa mère apprêtant le couvert avec la femme du
garde pendant que *LUI* travaillait dans la tourelle.
Ce qui complétait l'illusion, c'était le buste de
d'Argenton qu'on n'avait pas emporté à Paris comme
trop encombrant et qui continuait à dominer la pe-
louse, rouillé, triste, promenant son ombre mobile
autour de lui ainsi que l'aiguille d'un cadran solaire.

Il passa la soirée assis au bord de la cheminée, devant un feu de sarments, car la chambre de chauffe
l'avait rendu frileux. Et de même qu'autrefois, quand
il revenait de ses bonnes expéditions en pleine campagne, les souvenirs qu'il rapportait l'empêchaient de
sentir le poids de la tristesse et de la tyrannie qui pe-
saient sur toute la maison ; de même ce soir-là la rencontre de M Rivals, le nom de Cécile plusieurs fois
prononcé, avaient mis dans son cœur un bien-être
inconnu depuis longtemps, peuplé sa solitude de chers
fantômes, de visions heureuses qui l'accompagnèrent
jusque dans son sommeil.

Le lendemain, à midi, il sonnait à la porte des Rivals.

Ainsi que le bonhomme l'avait annoncé, rien n'était changé dans la maison toujours inachevée et dont la marquise se rouillait un peu plus tous les jours en attendant son vitrage.

— Monsieur n'est pas rentré... Mademoiselle est dans la pharmacie, dit à Jack la petite servante, qui vint lui ouvrir et qui avait remplacé la vieille et fidèle bonne d'autrefois. Une jeune chien aboyant dans la niche, à la place de l'ancien terre-neuve, prouvait aussi à sa manière que les choses durent plus que les êtres, à quelque espèce d'ailleurs qu'ils appartiennent.

Jack monta à la pharmacie, cette grande pièce où ils avaient tant joué jadis. Il frappa vivement, impatient de retrouver son amie, toujours enfant dans son idée, et que le mot d'affection du docteur « la petite » lui faisait voir encore avec sa taille de sept ans.

— Entrez, monsieur Jack.

Au lieu d'entrer, Jack se mit à trembler d'une peur, d'une émotion étranges.

— Entrez... répéta la même voix, la voix de Cécile, mais agrandie et sonore, plus riche, plus suave, plus profonde qu'autrefois.

La porte s'ouvrit tout à coup; et Jack, enveloppé de lumière, se demanda si ce n'était pas cette délicieuse apparition de jeune fille, debout sur le seuil, qui secouait des rayons de sa robe claire, de sa veste de cachemire bleu, de ses cheveux brillants en nimbe sur un front mat, à la fois doux et fier. Ah ! comme il aurait été intimidé, si les yeux de cette belle personne, des yeux d'un gris fin et discret ne lui avaient dit clairement, naïvement : « Bonjour, Jack. C'est moi, c'est Cécile... n'aie donc pas peur, » et si une petite main posée dans la sienne ne lui avait rappelé cette tiédeur aimante qui lui était allée jusqu'au cœur le jour de la quête du quinze août.

— La vie a été bien dure pour vous, monsieur Jack, grand-père me l'a dit. (Elle le regardait tout émue.) Moi aussi j'ai eu beaucoup de chagrin... Bonne maman est morte... Elle vous aimait bien. Nous causions souvent de vous...

Il n'y avait que Cécile qui parlait. Assis en face d'elle, il la contemplait. Elle était grande, gracieuse dans tous ses mouvements, très simple. En ce moment, appuyée au vieux bureau où madame Rivals écrivait autrefois, elle penchait la tête légèrement pour parler à son ami avec un mouvement d'hirondelle qui gazouille au bord d'un toit.

Jack se souvenait d'avoir vu sa mère bien belle aussi, de l'avoir admirée de tout son cœur ; mais il y avait en Cécile, il se dégageait d'elle je ne sais quel bouquet indéfinissable, je ne sais quel arome de printemps divin, quelque chose de sain, de vivifiant et de pur, où toutes les grâces de Charlotte, son rire joyeux et ses grands gestes auraient singulièrement détonné.

Tout à coup, pendant qu'il se tenait là extasié devant elle, son regard en s'abaissant rencontra une de ses mains à lui posée à plat sur sa cotte avec cette gaucherie que les membres des travailleurs ont dans l'immobilité. Elle lui parut énorme, cette main noire, indélébilement noire, traversée d'éraillures et de coupures, terminée par des ongles cassés, durcie, tannée au contact du fer et du feu. Il en avait honte, ne savait où la cacher. Il s'en débarrassa en la mettant dans sa poche. Mais c'était fini. Une lucidité subite lui était venue sur toutes les disgrâces de sa personne. Il se voyait assis sur cette chaise, affaissé, les jambes écartées, ridiculement vêtu d'un pantalon de travail, et d'une ancienne veste en velours de d'Argenton, trop courte pour ses bras. (C'était sa destinée, les vêtements trop courts.)

Qu'est-ce qu'elle devait penser de lui? Comme il fallait qu'elle fût bonne et indulgente pour ne pas rire tout haut sans se gêner; car elle savait rire en dépit de son air sérieux, et on devinait une foule de petits lutins moqueurs tapis dans les ailes mobiles de son petit nez si correct, dans les coins de ses lèvres roses un peu fortes et finement arquées.

A cette gêne physique qu'il éprouvait, il s'en joignait une autre toute morale. Pour achever sa confusion et sa peine, voici que toutes ses débauches, toutes ses orgies de matelot lui revenaient à la mémoire, comme si les bouges où il avait roulé aux quatre coins

du monde avaient laissé leur hideur sur tout son être,
comme si cela se voyait, comme si elle, surtout, le
voyait. Le pli de tristesse qui marquait ce jeune front
si uni, ce qu'il y avait de compatissant dans ces beaux
yeux, tout lui disait qu'elle s'apercevait de son abjec-
tion ; et il souffrait, et il avait honte.

Sainte honte, souffrance bénie! C'était son âme qui
se réveillait, toute confuse et trempée de larmes. Mais
lui ne s'en rendait pas compte. Il s'en voulait d'être
venu, et pensait à s'enfuir, à descendre l'escalier quatre
à quatre, à se sauver jusqu'aux Aulnettes pour s'y
enfermer à triple tour, en jetant la clef dans le puits,
afin de n'avoir plus la tentation de sortir.

Heureusement il vint du monde à la pharmacie, et
Cécile, s'activant autour des balances de cuivre, pesant,
numérotant les paquets, inscrivant les ordonnances
comme faisait sa grand'mère, Jack ne sentit plus le
poids de cette attention de jeune fille arrêtée sur sa
triste personne.

Alors il n'eut plus qu'à l'admirer.

Elle était admirable, en effet, de douceur, de patience, avec toutes ces pauvres femmes de paysans,
bavardes et stupides, dont les longues explications recommençaient toujours et ne la lassaient pas.

C'était un encouragement, un sourire, un bon conseil, une façon tranquille de se mettre au niveau des
gens qui parlaient, en inclinant vers eux toute la grâce
de son esprit. Elle avait affaire en cet instant avec une

ancienne connaissance de Jack, cette vieille bracon-
nière de mère Salé qui lui causait tant de frayeurs
quand il était petit. Courbée comme presque tous les
paysans que la terre tire à elle dans leur labeur journalier, crevassée par le soleil, poudreuse et desséchée,
la Salé ne gardait un peu de vie que dans ses yeux mé-
fiants, charbonnés, renfoncés sous la paupière comme
des bêtes méchantes au fond d'un trou. Elle parlait
de son « houme, de son pauvre houme qu'était malade
voilà beaux mois, ne travaillait pus, ne gagnait ren,
et tout de même ne pouvait pas se décider à querver.»
Elle faisait exprès de dire des choses féroces, de les
colorer dans son langage de vieille mère Salé, en regardant la jeune fille bien en face comme pour s'a-
muser à la décontenancer. Deux ou trois fois il prit à
Jack une furieuse envie de mettre à la porte ce monstre
coriace et haillonneux. Mais il se contint en voyant
Cécile rester paisible devant cette grossièreté agressive,
garder ce calme solide où la méchanceté la plus aiguë
lime ses dents en croyant mordre.

L'ordonnance finie, la paysanne se retira avec toutes
sortes de révérences, de bénédictions faussement obsé-
quieuses. En passant près de Jack, elle se retourna,
le reconnut :

— Tiens ! le petit des Aulnettes, dit-elle tout haut
à Cécile qui l'accompagnait. Est-il décati, bon Dieu
Seigneur !... Dites donc, mamselle Cécile, voilà qui va
ben leur couper la langue à ceux-là qui disions dans

les temps que M. Rivals chauffait le petit Ragenton pour vous en faire un mari... Ben sûr que vous n'en voudriez plus maintenant... C'est-il fichant tout de même comme la vie vous change.

Elle s'en alla en ricanant.

Jack s'était senti pâlir. Ah ! la vieille brigande, elle le lui avait donc décoché ce fameux coup de « sarpe » dont elle le menaçait tant jadis. Vrai coup de serpe, de cet outil à lame courbée, méchant et retors comme son nom. La blessure alla loin, bien loin, et devait être longue à guérir. Mais Jack n'avait pas été seul atteint, et je sais quelqu'un qui faisait semblant d'écrire sur le grand livre, et qui écrivait tout de travers, la tête penchée et rouge d'une bien vive émotion.

— Catherine, vite la soupe, et du bon vin, et du bon cognac, et tout le tremblement !

C'était le docteur qui rentrait et qui, voyant Jack et Cécile gênés, silencieux en face l'un de l'autre, éclata d'un joyeux rire :

— Comment ! voilà tout ce que vous avez à vous conter depuis sept ans que vous ne vous êtes vus? Allons, vite à table. Ça va le mettre à l'aise tout de suite, ce pauvre garçon.

Le déjeuner ne mit pas Jack à l'aise, et ne fit au contraire que redoubler son embarras. Devant Cécile, il ne savait plus manger, tremblait de trahir des habitudes de cabaret. A la table de d'Argenton, la mauvaise tenue contractée dans sa vie ouvrière ne l'avait jamais

gêné. Ici il se sentait déplacé, ridicule ; et ses malheureuses mains surtout le mettaient au supplice.
Celle qui tenait la fourchette, passe encore ; elle s'occupait. Mais l'autre, qu'en faire? Sur la blancheur de
la nappe, toutes ses meurtrissures ressortaient affreu-
sement. De désespoir, il la laissait pendre à côté de lui,
ce qui lui donnait une attitude de manchot. Les prévenances de Cécile ne faisaient qu'augmenter sa timidité. Elle s'en aperçut, et ne le regarda plus qu'à la
dérobée jusqu'à la fin de ce repas qui leur parut interminable.

Enfin, Catherine vint enlever le dessert et mit devant
la jeune fille l'eau chaude, le sucre et la bouteille à
long col pleine de vieille eau-de-vie. Depuis que sa
grand'mère n'était plus là, c'était Cécile qui faisait le
grog du docteur, et le brave homme n'avait pas gagné
au change, car, de peur de tenir le grog trop chargé,
elle en était arrivée à composer une lotion pharma-
ceutique « où la dose d'alcool diminuait de jour en
jour, » observait M. Rivals mélancoliquement.

Quand elle eut donné son verre au grand'père, la
jeune fille se tourna vers leur invité :

— Buvez-vous de l'eau-de-vie, monsieur Jack?

Le docteur se mit à rire.

— S'il en boit, lui, un chauffeur ! Elle est étonnante
cette petite fille... Tu ne sais donc pas que c'est de cela
qu'ils vivent, ces pauvres diables... Tiens, à bord de la
Bayonnaise, nous en avions un qui cassait les niveaux

à alcool pur et buvait d'un trait le contenu... Tu peux lui faire son grog carabiné, va ! il ne le sera jamais trop pour lui.

Elle regarda Jack d'un air bien doux, bien triste :

— En voulez-vous ?

— Non, merci, mademoiselle... dit-il tout bas, presque honteux. Et s'il fit un petit effort pour retirer son verre, il en fut bien récompensé par un'de ces remerciments éloquents que certaines femmes savent dire sans parler et que comprennent seulement ceux à qui elles s'adressent.

— Allons, encore une conversion !... dit le brave docteur en avalant son grog avec une grimace comique ; car, pour sa part, il n'était converti qu'à demi, à la manière des sauvages, qui ne consentent à croire en Dieu que pour faire plaisir au missionnaire.

Les paysans d'Étiolles, occupés dans leurs champs, qui virent Jack revenir de chez les Rivals ce jour-là dans l'après-midi et s'en aller sur la route à grandes enjambées, purent croire qu'il était devenu fou ou que, trop copieux, le déjeuner du docteur avait désarçonné sa cervelle. Il gesticulait, parlait tout seul, menaçait l'horizon de son poing, en proie à une agitation, à une colère dont sa torpeur habituelle l'aurait fait croire incapable.

— Ouvrier !... disait-il en frémissant... Ouvrier ! Je le suis pour la vie. M. d'Argenton a raison. Il faut que je reste avec mes pareils, et que j'y vive et que j'y meure, surtout que je n'essaye jamais de m'élever plus haut. Cela fait trop de mal.

Depuis longtemps il ne s'était senti aussi nerveux, aussi vivant. Des sentiments nouveaux, inconnus, se pressaient en lui ; et au fond de chacun d'eux, comme un astre brisé dans les mille facettes du flot changeant, l'image de Cécile rayonnait. Quelle splendeur de grâce, de beauté, de pureté ! Et dire que si, au lieu de faire de lui un ouvrier, de le jeter à la fosse commune, on l'avait instruit et élevé, il aurait pu devenir un homme digne de cette jeune fille, l'obtenir pour femme, posséder ce trésor à lui tout seul. Oh ! Dieu... Il eut ce cri de colère désespérée que jette le naufragé qui se débat en vain contre la lame et voit luire à quelques brassées la berge inondée de soleil où sèchent les filets étendus.

A ce moment, comme il tournait le chemin des Aulnettes, il se trouva face à face avec la mère Salé, chargée d'un faix de bois. La vieille le regarda avec ce mauvais sourire qu'elle avait eu le matin quand elle disait : « ben sûr que vous ne voudriez plus de lui à présent. » Jack bondit devant ce sourire, et toute la fureur qui l'agitait, qui ne savait sur qui s'abattre, car en suivant son élan direct, elle eût atteint quelqu'un qui lui était bien cher, l'être faible et si léger, seul responsable de son désastre, toute sa fureur se tourna contre l'horrible vieille.

—Ah ! vipère, pensa-t-il, je m'en vais t'arracher tes crocs.

Il avait une figure si terrible qu'en le voyant venir vers elle, la Salé prit peur, jeta son fagot et s'élança dans le bois avec une vitesse de vieille chèvre. C'était la revanche des anciennes « chasses » d'autrefois. Il la poursuivit pendant quelques pas, puis s'arrêta subitement :

— « Je suis fou... Cette femme ne m'a rien dit que de très vrai, après tout... Cécile ne voudrait plus de moi maintenant. »

Ce soir-là il ne dîna pas ; il n'alluma ni feu ni lampe. Assis dans un coin de la salle à manger, la seule pièce qu'il habitât et où il avait réuni les quelques meubles dispersés par toute la maison, les yeux fixés sur la porte vitrée derrière laquelle le brouillard léger d'une belle nuit d'automne blanchissait sous la marche invisible de la lune, il songeait :

« Cécile ne voudrait plus de moi. »

Cela seul remplit sa veillée.

Elle ne voudrait plus de lui. Tout les séparait en effet. D'abord il était ouvrier, et puis... L'affreux mot lui vint aux lèvres : « bâtard... » C'était la première fois de sa vie qu'il y pensait. Enfant, ces choses-là sont à peu près indifférentes, quand rien dans l'entourage ne vient outrageusement les rappeler, et Jack avait vécu dans un monde très peu scrupuleux, passant de la société des Ratés à cette classe ouvrière où toutes les fautes ont leur excuse dans la misère, où les familles d'adoption sont plus nombreuses que partout ailleurs. N'ayant jamais entendu parler de son père, il ne s'en

était jamais préoccupé; à peine avait-il senti cette affection manquer à côté de lui, comme un sourd-muet peut
se rendre compte des sens qui lui font défaut, sans
connaître toute l'étendue de leur utilité ou des jouis-
sances qu'ils procurent.

Maintenant, cette question de naissance l'occupait
plus que tout le reste. Quand Charlotte lui avait dit le
nom de son père, il était resté parfaitement calme devant cette révélation surprenante ; à cette heure, il aurait voulu la questionner, lui-arracher des détails, des
aveux même pour se faire une image précise de ce père
inconnu... Marquis de l'Epan ?... Etait-il réellement
marquis? N'y avait-il pas là quelque imagination nouvelle de ce pauvre petit cerveau toujours affolé de titres
et de noblesse ? Etait-ce bien vrai aussi qu'il fût mort?
Sa mère ne lui avait-elle pas dit cela pour éviter de raconter quelque histoire de rupture, d'abandon, dont elle
aurait eu à rougir devant lui? Et s'il vivait pourtant, ce
père, s'il était assez généreux pour réparer sa faute,
pour donner son nom à son fils.

« Jack, marquis de l'Epan ! »

Il se répétait cette phrase à lui-même comme si ce
titre le rapprochait de Cécile. Le pauvre enfant igno-
rait que toutes les vanités du monde ne valent pas,
pour toucher un vrai cœur de femme, la pitié qui l'entr'ouvre à toutes les tendresses.

« Je vais écrire à ma mère » pensa-t-il. Mais ce qu'il
avait à demander était si délicat, si compliqué, si dif-

ficile à dire, qu'il résolut d'aller trouver Charlotte,
d'avoir avec elle une de ces conversations où les yeux
aident les paroles, où les sous-entendus des aveux se
traduisent dans un silence souvent plus éloquent que
les mots. Malheureusement il n'avait plus assez d'argent pour prendre le chemin de fer. Sa mère devait,
lui en envoyer; elle n'y avait plus pensé sans doute.

— « Bah! se dit-il, j'ai fait la route à pied quand j'a-
vais onze ans. Je la referai bien à présent, quoique je
sois un peu faible. »   .

Il la refit en effet, le lendemain, cette terrible route ;
et si elle lui parut moins longue et moins effrayante, il
la trouva aussi bien plus triste. C'est une impression
fréquente que ce désenchantement des souvenirs d'enfance retrouvés à l'âge où tout se juge et se raisonne.
On dirait qu'il y a dans les yeux de l'enfant une ma-
tière colorante qui dure autant que l'ignorance de ses
premiers regards ; à mesure qu'il grandit, tout se ternit
de ce qu'il admirait. Les poëtes sont des hommes qui
ont gardé leurs yeux d'enfants.

Jack vit l'endroit où il avait dormi, la petite grille
de Villeneuve-Saint-Georges où il s'était arrêté pour
faire croire à une brave casquette à oreillons que sa
mère habitait là, le tas de pierres au long du fossé où
un corps étendu lui avait fait si grand'peur, et le cabaret borgne, coupe-gorge hideux tant de fois évoqué
dans ses rêves !... Hélas, en fait de bouge, il en avait
vu bien d'autres. Les figures sinistres d'ouvriers en ri-

bote, de rôdeurs de barrières, dont il s'était si fort
effrayé autrefois, n'avaient plus de quoi le surprendre,
et il songeait en les coudoyant que si le Jack de sa
jeunesse, se dressant tout à coup de la poussière de
la route avec sa marche hésitante et hâtée d'écolier fu-
gitif, rencontrait le Jack de maintenant, il en aurait
plus peur peut-être que de toute autre apparition lugubre.

Il arriva à Paris vers une heure de l'après-midi,
dans une pluie maussade et froide ; et poursuivant la
comparaison qu'il faisait de ses souvenirs avec l'heure
présente, il se rappela l'aube splendide, la belle déchi-
rure d'un ciel de mai, dans laquelle sa mère lui était
apparue au bout de son premier voyage, comme un
archange Michel enveloppé de gloire et chassant devant sa lumière les sombres cohortes de la nuit. Au
lieu de la petite villa des Aulnettes, où son Ida chantait au milieu des fleurs, sous le porche caverneux et
froid de la *Revue des races futures*, d'Argenton, qui sortait, lui apparut, suivi de Moronval chargé d'épreuves
et d'un escadron de Ratés épuisant dans quelques paroles vivement échangées une discussion récente.

— Tiens ! voilà Jack, dit le mulâtre.

Le poëte tressaillit, releva la tête. A voir ces deux
hommes en présence, l'un vêtu avec soin, étoffé, ganté,
luisant, sortant de table, l'autre efflanqué dans sa veste
en velours trop courte, miroitant d'usure et d'eau, on
n'aurait jamais pensé qu'il pût y avoir entre eux une

attache quelconque. Et c'est bien ce qui fait la physionomie particulière de ces ménages interlopes, la tare à laquelle se reconnaît le hasard de ces familles où le père est charpentier, la fille comtesse et le frère coiffeur dans quelque faubourg.

Jack tendit la main à d'Argenton, qui se laissa prendre un doigt négligemment et lui demanda si la maison des Aulnettes était louée.

— Comment?... louée?... dit l'autre qui ne comprenait pas.

— Mais oui... En te voyant ici, quelle idée veux-tu qu'il me vienne, sinon : La maison est occupée, il est obligé de revenir.

— Non, dit Jack décontenancé, personne même ne s'est présenté depuis que je suis là.

— Alors, que viens-tu faire ici?

— Je viens voir ma mère.

— C'est une fantaisie que je comprends. Malheureusement il y a des frais de voyage.

— Je suis venu à pied... dit Jack très simplement, avec un air d'assurance et de fierté tranquille qu'on ne lui connaissait pas.

— Ah!... fit d'Argenton.

Il se recueillit une seconde pour lui décocher cette petite phrase :

— Allons, je vois avec plaisir que tu as les jambes en meilleur état que les bras.

— Voilà un mot *féoce*... ricana le mulâtre.

9.

Le poëte sourit modestement ; et content de son effet, s'en alla suivi de son escorte obséquieuse, en file, le long des quais.

Huit jours auparavant, le mot cruel de d'Argenton aurait glissé sur l'abrutissement de Jack ; mais depuis la veille il n'était plus le même. Quelques heures avaient suffi pour le rendre fier et susceptible, si bien qu'après l'outrage reçu il eut envie de s'en retourner à pied comme il était venu, sans même voir sa mère ; mais il avait à lui parler, à lui parler sérieusement. Il monta.

L'appartement était tout bouleversé ; Jack trouva des tapissiers en train d'installer des tentures, de poser des bancs, comme pour une distribution de prix. On donnait le jour même une grande fête littéraire où toute la banlieue des arts et des lettres devait être réunie ; et voilà pourquoi d'Argenton avait été si furieux de voir arriver le fils de Charlotte. Celle-ci ne parut pas enchantée non plus. En l'apercevant, elle s'arrêta au milieu de son coup de feu de maîtresse de maison occupée à tranformer le logis, à créer de petits salons, des boudoirs, des fumoirs, partout jusque dans les alcôves et les cabinets de toilette.

— Comment ! c'est toi, mon pauvre Jack ? Je parie que tu viens chercher de l'argent. Tu as dû croire que je t'avais oublié. C'est que, je vais te dire, je comptait en charger M. Hirsch qui doit aller aux Aulnettes dans deux ou trois jours pour faire des expériences très curieuses sur les parfums, une nouvelle médecine qu'il a inventée d'après un livre persan... tu verras, c'est étonnant comme découverte !

Ils causaient debout, à demi-voix, au milieu des ouvriers qui allaient, venaient, plantaient des clous, remuaient les meubles.

— J'aurais à te parler très sérieusement, dit Jack.

— Ah ! mon Dieu, quoi donc ?... Qu'est-ce qu'il y a ?... Tu sais que le sérieux n'a jamais été mon fort... Puis, tu vois, aujourd'hui tout est en l'air à cause de notre grande soirée... Oh ! ce sera superbe. Nous avons lancé cinq cents invitations... Je ne te dis pas de rester, parce que, tu comprends... D'abord, ça ne t'amuserait pas... Voyons, puisque tu tiens absolument à me parler, viens par ici, sur la terrasse... J'ai fait arranger une verandah pour les fumeurs, tu vas voir, c'est très commode.

Elle le fit passer sous une verandah à plafond de zinc, doublé de coutil rayé, ornée d'un divan, d'une jardinière, d'une suspension, mais qui paraissait bien triste en plein jour, avec le bruit strident de la pluie et l'horizon mouillé, brumeux, des bords de Seine.

Jack se sentait gêné. Il pensait : « J'aurais mieux fait d'écrire... » et ne savait par où commencer.

— Eh bien ? dit Charlotte, en arrêt, le menton dans la main, avec cette jolie pose de la femme qui écoute.

Il hésita encore une minute, comme on hésite à poser un poids trop lourd sur une étagère à bibelots, car ce qu'il avait à dire lui semblait considérable pour la petite tête légère qui se penchait vers lui.

— Je voudrais... je voudrais te parler de mon père.

Elle eut au bord des lèvres un « en voilà une idée ! » et si elle ne le prononça pas, l'expression saisie de sa figure, où il y avait de la stupéfaction, de l'ennui, de la crainte, le dit pour elle.

— C'est un sujet bien triste pour nous deux, mon pauvre enfant ; mais enfin, si pénible qu'il soit, je comprends ta curiosité, et je suis prête à la satisfaire. D'ailleurs, ajouta-t-elle avec solennité, je m'étais toujours promis, quand tu aurais vingt ans, de te révéler le secret de ta naissance.

Cette fois, ce fut à lui de la regarder, stupéfait.

Ainsi, elle ne se rappelait plus que, trois mois auparavant, elle lui avait fait cette révélation. Pourtant il ne protesta pas contre cet oubli. Il allait y gagner de pouvoir confronter ce qu'elle lui dirait avec ce qu'elle lui avait déjà dit. C'est qu'il la connaissait si bien !

— Est-ce vrai que mon père était noble ? demanda-t-il tout de suite.

— Tout ce qu'il y a de plus noble, mon enfant.

— Marquis ?

— Non, baron seulement.

— Mais je croyais... tu m'avais dit...

— Non, non, c'étaient les Bulac de la branche aînée qui étaient marquis.

— Il était donc allié à ces Bulac ?...

. — Je crois bien... c'était lui le chef de la branche cadette.

— Alors... mon père... s'appelait ?

— Le baron de Bulac, lieutenant de vaisseau.

Le balcon se serait écroulé entraînant dans sa chute la verandah de coutil et tout ce qu'elle contenait, que Jack n'aurait pas éprouvé un plus effroyable ébranlement de tout son être. Il eut encore pourtant le courage de demander :

— Y a-t-il longtemps qu'il est mort ?

— Oh ! oui, très longtemps... répondit Charlotte ; et elle fit un geste éloquent pour renvoyer bien loin dans le passé cette existence devenue pour elle problématique.

Son père était mort ; voilà ce qu'il y avait de probable. Maintenant, était-ce un de Bulac, était ce un de l'Epan ? Sa mère avait-elle menti cette fois ou l'autre ? Après tout, peut-être ne mentait-elle pas, peut-être n'en savait-elle rien elle-même.

Quelle honte !

— Comme tu as mauvaise mine, mon Jack, dit Charlotte, s'interrompant tout à coup d'une longue histoire romanesque où elle s'était lancée avec fougue à la suite de son lieutenant de vaisseau, tes mains sont glacées. J'ai eu tort de t'amener là sur ce balcon.

— Ce n'est rien, dit Jack avec effort, cela passera en marchant.

— Comment ! tu t'en vas déjà ? Oui, au fait, tu as

raison, il vaut mieux que tu rentres de bonne heure...
Avec ce mauvais temps. Allons, embrasse-moi.

Elle l'embrassa bien tendrement, releva le collet de
sa veste, lui donna un tartan à elle à cause du froid
glissa un peu d'argent dans sa poche. Elle s'imaginai,
que le nuage de tristesse répandu sur sa figure lui venait à la vue de ces préparatifs d'une fête à laquelle il
n'assisterait pas ; aussi avait-elle hâte de le voir partir
et quand sa bonne vint l'appeler : « Madame, c'est le
coiffeur... » elle en profita pour presser les adieux :

— Tu vois, il faut que je te quitte... Soigne-toi
bien... Ecris plus souvent.

Il descendit lentement, accroché à la rampe. La tête
lui tournait.

Oh ! non, ce n'était pas leur fête de ce soir qui lui
serrait le cœur ; mais la pensée de toutes les autres
fêtes où il n'avait pas été convié dans la vie, la fête des
enfants qui ont un père et une mère à aimer, à respecter, la fête de tous ceux qui ont un nom à eux, un
foyer, une famille à eux. Il savait bien aussi une autre
fête dont le sort l'exclurait sans pitié, celle de l'amour
heureux qui vous unit pour toujours à quelque chose
de beau, de loyal et d'honnête. Il n'en serait jamais de
cette fête-là ! Et le malheureux se désolait, sans s'a-
percevoir que regretter tous ces bonheurs c'était déjà
en être digne, et qu'il y avait loin de sa torpeur passée
à cette vue si claire de son triste destin, qui, seule,
pouvait lui donner la force de le combattre.

Livré à ses pensées lugubres, il s'approchait de la gare de Lyon, de ces quartiers pauvres où la boue semble plus épaisse, le brouillard plus pesant, parce que les maisons y sont noires, les ruisseaux chargés, et que la misère de l'homme aide et augmente toutes les tristesses, de la nature. C'était l'heure de la sortie des fabriques. Un peuple hâve et lassé, flot humain qui traînait avec lui bien des découragements et des détresses se répandait sur les trottoirs et la chaussée, vers les boutiques de marchands de vin, vers ces bouges de barrière dont quelques-uns portent pour enseigne : « A LA CONSOLATION, » comme si l'ivresse et l'oubli étaient le seul refuge des misérables. Jack, brisé, transi, sentant l'horizon fermé de partout sur sa vie aussi hermétiquement qu'il l'était sur cette soirée d'automne pluvieuse et froide, eut tout à coup un geste et un cri de désespoir.

— Ils ont raison, parbleu !... Il n'y a que ça... il faut boire !

Et, franchissant un de ces seuils souillés par les sommeils abjects ou les batailles meurtrières de l'ivresse, l'ancien chauffeur se fit servir une double mesure de *vitriol* (1). Mais voilà qu'au moment de lever son verre, au milieu de la foule confuse et bruyante, dans la fumée des pipes, la buée lourde que faisaient ces souffles avinés, ces blouses trempées de pluie, il lui

(1) C'est le nom qu'on donne à l'eau-de-vie dans le peuple de Paris. Le vin s'appelle *pichenet*.

sembla qu'un sourire céleste s'entr'ouvrait devant
lui et qu'une voix profonde et douce murmurait près
de son oreille :

— Buvez-vous de l'eau-de-vie, monsieur Jack?

Non, certes, il n'en buvait plus, il n'en boirait plus
jamais. Il sortit du cabaret brusquement, laissant son
verre plein sur le comptoir, où sa monnaie vivement
jetée, retentit dans un étonnement général.

II

CONVALESCENCE

Comment Jack, tombé malade à la suite de ce triste voyage, fut prisonnier quinze jours aux Aulnettes, abandonné aux soins du docteur Hirsch, qui essayait sur ce nouveau Mâdou son mode de médication par les parfums, comment M. Rivals vint le délivrer, l'emporta chez lui de vive force, le rendit à la vie, à la santé, ce serait peut-être un peu long à raconter, et j'aime mieux vous montrer tout de suite notre ami Jack installé dans un bon fauteuil, à une des fenêtres de la « pharmacie », avec des livres à portée de sa main et du repos tout autour de lui, un repos rafraîchissant qui vient de l'horizon tranquille, de la maison silencieuse, du pas léger de Cécile mettant dans son inertie juste ce qu'il faut d'activité pour que le convalescent savoure mieux ses longues journées de complète inaction.

Il est si heureux qu'il ne parle même pas, qu'il se contente de tenir ses yeux à demi ouverts sur cette chère présence, d'écouter l'aiguille de Cécile ou sa plume sur le papier rayé de ses livres de compte.

— Oh! ce grand-père... Je suis sûre qu'il m'esca-
mote la moitié de ses visites... Hier encore il s'est
coupé deux fois... Il m'a soutenu qu'il n'était pas allé
chez les Goudeloup, et puis la minute d'après il a dit
que la femme était un peu mieux. Vous avez dû re-
marquer cela, n'est-ce pas, Jack?

— Mademoiselle?...dit-il en sursaut.

Il n'a pas entendu, il la regardait, toujours simple,
égale à elle-même, gracieuse sans ces enfantillages
voulus, ces sautillements des petites filles qui savent
que l'étourderie est une grâce et qui la gâtent par l'af-
fectation. En elle, tout est sérieux, tout est profond.
Sa voix résonne dans des espaces de pensées; son regard absorbe et garde la lumière. On sent que tout ce
qui entre dans cette âme, que tout ce qui en sort va
loin et vient de loin. Cela est si vrai que les mots, cette
monnaie courante, usée effacée, prennent, tout à coup
prononcés par elle, une fraîcheur d'empreinte étonnante, comme il leur arrive quelquefois en musique,
lorsqu'ils sont enveloppés dans un accord magique de
Hændel ou de Palestrina. Si Cécile disait « mon ami
Jack », il semblait à Jack que personne auparavant ne
l'avait appelé ainsi, et quand elle lui disait « adieu » son
cœur se serrait comme s'il ne devait jamais la revoir,
tellement, avec cette nature réfléchie et sereine, tout
prenait un sens définitif. Dans l'état singulier de la
convalescence, où l'être faible est si sensible aux in-

fluences physiques et morales qu'il frissonne du moindre courant d'air, se réchauffe au moindre rayon, Jack s'impressionnait vivement de tout ce charme.

Oh ! les bonnes, les délicieuses journées passées dans cette maison bénie, et comme autour de lui tout était bien fait pour hâter sa guérison ! La « pharmacie », grande pièce presque nue, entourée de hauts placards en bois blanc, ornée de rideaux de mousseline, s'ouvrant au midi sur la fin d'une rue de village et l'horizon des champs moissonnés, lui communiquait son calme sain, ses odeurs fortifiantes d'herbes sèches, de plantes cueillies dans la splendeur de leur floraison. Ici la nature se mettait à la portée du malade, atténuée, adoucie, bienfaisante, et il en respirait le souvenir avec ivresse. Des ruisseaux couraient pour lui dans la senteur des baumes, et la forêt étendait ses arcades de verdure sur le parfum des centaurées ramassées au pied de ses grands chênes.

A mesure que les forces lui revenaient, Jack essayait de lire. Il feuilletait les vieux « bouquins » de la bibliothèque, et parmi eux en retrouvait qu'il avait étudiés autrefois et qu'il reprenait maintenant, mieux disposé à les comprendre. Cécile continuait son travail quotidien et, le docteur étant toujours dehors, les deux jeunes gens restaient seuls, sous la garde de la petite servante. Il y avait là de quoi faire jaser, et la présence assidue de ce grand garçon auprès de cette belle jeune fille choquait bien des mères prudentes.

Certainement, si madame Rivals avait vécu, les choses ne se seraient pas passées ainsi, mais le docteur était un enfant lui-même au milieu de ces deux enfants. Et puis, qui sait? il avait peut-être son idée aussi, ce brave docteur.

Cependant d'Argenton, informé de l'installation de Jack chez les Rivals, avait pris cela pour une injure personnelle. « Il n'est pas convenable que tu sois là, écrivait Charlotte à son fils. Quel air ça nous donne-t-il dans le pays?... On dirait que nous n'avons pas de quoi te soigner. C'est comme un reproche que tu nous fais... » Cette première lettre étant restée sans effet, le poëte écrivit lui-même, *LUI-MÊME :* « J'avais envoyé Hirsch pour te guérir, mais tu as préféré la routine idiote de ce médecin de campagne à toute la science de notre ami. Dieu veuille que tu t'en trouves bien! En tout cas, puisque te voilà sur pieds, je te donne deux jours pour retourner aux Aulnettes; si dans deux jours tu n'es pas rentré, je te considère comme en révolte ouverte contre mon autorité, et dès ce moment tout sera fini entre nous. A bon entendeur, salut! »

Enfin, Jack continuant à ne pas bouger, on vit arriver Charlotte. Elle vint avec un grand air de dignité, du chocolat plein son sac pour grignoter pendant la route, et une foule de phrases apprises par cœur, soufflées par son « artiste ». M. Rivals la reçut au rez-de-chaussée et, sans se laisser intimider par la réserve apparente de la dame, par le pincement de ses lèvres épanouies et l'effort qu'elle faisait pour contenir sa langue exubérante, il lui dit tout d'un trait :

— Je dois vous prévenir, madame, que c'est moi qui ai empêché Jack de retourner aux Aulnettes... Il y allait de sa vie... Oui, madame, de sa vie... Votre fils passe par une crise terrible de fatigue, d'épuisement, de croissance. Heureusement, il est encore à l'âge où les tempéraments se reforment, et j'espère bien que le sien résistera à cette rude atteinte, si toutefois vous ne le confiez pas à votre misérable Hirsch, à cet assassin qui l'asphyxiait avec de l'encens, du musc, du benjoin, sous prétexte de le guérir. Vous ne saviez pas cela, j'imagine. J'ai été le reprendre aux Aulnettes, dans des tourbillons de fumée, parmi des aspirateurs, des inhalateurs, des brûle-parfums. J'ai même fait sauter toute cette médecine d'un coup de pied, et le médecin avec, j'en ai peur. A l'heure qu'il est, l'enfant est hors de danger. Laissez-le-moi encore quelque temps, je me charge de vous le rendre, plus vigoureux qu'auparavant, et capable de reprendre sa dure existence ; mais si vous le livrez à cet affreux droguiste, je penserai que votre fils vous gêne et que vous avez voulu vous en défaire.

— Oh ! monsieur Rivals, que me dites-vous là ?... Qu'est-ce que j'ai fait, mon Dieu, mon Dieu, pour mériter une pareille injure ?

Cette dernière question amena naturellement un déluge de larmes, que le docteur sécha aussitôt avec quelques bonnes paroles; puis Charlotte, rassérénée, monta voir son Djack en train de lire tout seul dans la pharmacie. Elle le trouva embelli, changé, comme s'il eût dépouillé quelque grossière enveloppe, mais épuisé, alangui par l'effort de sa transformation. Elle était très émue. Lui pâlit en la voyant entrer :

— Tu viens me chercher ?

— Mais non... mais non... Tu es trop bien ici, et ce bon docteur qui t'aime tant, que dirait-il si je t'emmenais ?

Pour la première fois de sa vie, Jack pensait qu'on pouvait être heureux loin de sa mère, et le chagrin de partir lui aurait certainement occasionné une rechute. Ils restèrent seuls un moment à causer. Charlotte se laissa aller à quelques confidences. Elle n'avait pas l'air très contente : « Vois-tu, mon enfant, c'est trop d'agitation vraiment cette vie littéraire. Nous avons maintenant de grandes fêtes tous les mois. Tous les quinze jours des lectures... Ça me donne un tracas... Ma pauvre tête, qui n'est déjà pas bien forte, je ne sais pas comment elle résiste. Le prince japonais de M. Moronval a fait un grand poëme, dans sa langue, bien entendu... Voilà qu'IL s'est mis dans l'idée de traduire ça, vers par vers... Alors il prend des leçons de japonais, moi aussi, tu penses. Et c'est dur... Non, vrai, je commence à croire que la littérature n'est pas mon fait. Il y a des jours où je ne sais plus ce que je fais, ce que je dis... Et cette revue, qui ne nous rapporte pas un sou, qui n'a pas même un abonné... A propos, tu sais, ce pauvre « bon ami...» Eh bien! il est mort... Cela m'a fait une peine... Est-ce que tu te souviens de lui? »

A ce moment Cécile entra.

— Ah! mademoiselle Cécile... Comme vous avez grandi... Comme vous êtes belle !

Elle faisait les grands bras, secouait toutes les dentelles de son mantelet pour embrasser la jeune fille : mais Jack était un peu gêné. D'Argenton, « bon ami, » pour rien au monde il n'eût causé de tout cela devant Cécile ; et plusieurs fois, il détourna le babil oiseux de sa mère qui n'avait pas les mêmes scrupules. C'est que tout en se sentant très tendre pour Charlotte, il mettait à leur place ces deux amours de sa vie ; l'un le protégeait, par l'autre il protégeait, et il entrait autant de pitié dans sa tendresse filiale qu'il y avait de respect dans son premier élan amoureux.

On voulait retenir madame d'Argenton à dîner ; mais elle trouvait qu'elle était restée bien longtemps, trop longtemps pour l'héroïsme féroce du poëte. Aussi à partir d'une certaine heure jusqu'au départ, elle fut inquiète, préoccupée. Elle forgeait d'avance la petite histoire qu'elle raconterait en arrivant pour s'excuser.

— Surtout, mon Jack, si tu as à m'écrire, envoie ta lettre poste restante à Paris. Tu comprends, il est très irrité contre toi en ce moment. Il faut que j'aie l'air fâché, moi aussi. Ne t'étonnes pas si tu reçois de moi quelque discours. Il est toujours là quand je t'écris.

Souvent même il me dicte... Tiens, sais-tu?... Je ferai
une croix dans le bas de la lettre qui voudra dire: « Ça
ne compte pas. »

Elle avouait ainsi naïvement combien elle était es-
clavagée; et ce qui pouvait consoler Jack de cette
tyrannie qui opprimait sa mère, c'était de voir la
pauvre insensée s'en aller si gaie, si jeune, avec sa
toilette si bien drapée autour d'elle, et son sac de
voyage qu'elle portait suspendu à son bras aussi allègrement, aussi légèrement que n'importe quel fardeau
qu'il eût convenu à la vie de l'accabler.

Avez-vous regardé quelquefois ces fleurs d'eau dont
les longues tiges partent du fond des rivières, montent en s'allongeant, en se recourbant à travers tous
les obstacles de la végétation aquatique, pour éclater
enfin à la surface en corolles magnifiques, arrondies
comme des coupes, embaumées de parfums très doux
que l'amertume, la verdeur des flots relève d'un goût
un peu sauvage? Ainsi grandissait l'amour dans le
cœur de ces deux enfants. Cet amour venait de bien
loin, de leur plus tendre enfance, de ce temps, où
toute graine jetée porte un germe et la promesse d'une
floraison. Chez Cécile, les fleurs divines avaient monté
tout droit dans une âme limpide où des regards un peu
clairvoyants les auraient facilement découvertes. Chez
Jack, elles s'étaient arrêtées dans des vases bour-
beuses, parmi des plantes inextricables enroulées au-

tour d'elles comme des liens qui les empêchaient de grandir. Mais enfin elles arrivaient aux régions d'air et de lumière, se redressaient, s'élançaient, montraient presque à la surface leur visage de fleurs, où le mouvement de l'onde passait encore légèrement comme un frisson. Il s'en fallait de peu, de bien peu, pour qu'elles s'épanouissent. Ce fut l'œuvre d'une heure d'amour et de soleil.

— Si vous vouliez, disait un soir M. Rivals aux deux enfants, nous irions tous ensemble demain faire les vendanges au Coudray. Le fermier m'a proposé de nous envoyer sa carriole. Vous vous en iriez tous les deux dès le matin, et moi je vous rejoindrais pour le dîner.

Ils acceptèrent avec joie. On partit par un beau matin de la fin d'octobre dans un brouillard léger qui semblait s'enlever à chaque tour de roue de la voiture, monter ainsi qu'une gaze, en découvrant un paysage adorable. Sur les champs moissonnés, sur les javelles dorées, sur les plantes maigres, dernier effort de la saison, de longs fils soyeux et blancs flottaient, s'attachaient, traînaient comme des parcelles du brouillard remontant. Cela faisait une nappe d'argent filé tout le long de ces plates étendues que l'automne empreint de tant de grandeur et de solennité. La rivière coulait au bas du grand chemin, bordée de domaines anciens et d'énormes massifs d'arbres rougis par l'été disparu. Une fraîcheur répandue, la légèreté de l'air aidaient à la bonne humeur des voyageurs secoués sur les dures banquettes, les pieds dans la paille, et se retenant des deux mains aux côtés de la carriole. Une des filles du fermier conduisait un petit âne gris et têtu qui secouait ses longues oreilles, harcelé par les guêpes très-nombreuses à cette époque de l'année où la récolte des fruits éparpille dans l'air de si bons parfums.

Et l'on trottait, l'on trottait. Etiolles, Soisy, défilaient de chaque côté de la route avec ces hasards de point de vue qui sont les bonheurs du voyage. Le pont de Corbeil traversé, à quelques kilomètres de la petite ville, en suivant le bord de l'eau, on entra en pleine vendange.

Sur les coteaux descendant à la Seine, une nuée de travailleurs s'était abattue, cueillant, défeuillant avec ce bruit de grêle que font les vers à soie dans leurs branches de mûriers. Jack et Cécile saisirent chacun un panier d'osier et à l'aventure coururent au travail. Oh ! le joli endroit, le rustique paysage entrevu parmi les ceps, la Seine étroite, tournante, pittoresque, pleine d'îlots toujours verts, quelque chose comme une miniature du Rhin près de Bâle, la chute d'un barrage non loin de là avec son bruit d'eau, ses tourbillons d'écume, et sur tout cela le soleil qui montait dans une brume dorée à côté d'un mince croissant blanc mettant dans cette belle journée, la menace des nuits plus longues et des feux de bonne heure allumés.

En effet, ce jour si beau fut bien court, du moins Jack le trouva bien court. Il ne quitta pas Cécile d'une

minute, eut tout le temps devant les yeux son chapeau
de paille à bords étroits, sa jupe de percale fleurie, et
son panier qu'il emplissait des plus belles grappes soigneusement cueillies, entourées de cette buée fraîche,
fragile comme la poussière des papillons, qui fait le
grain transparent à la façon d'un verre dépoli. Ils regardaient ensemble cette fleur du fruit ; et quand Jack
relevait les yeux, il admirait sur les joues de son amie,
au coin de ses tempes, de ses lèvres, un duvet pareil,
une poudre aussi fine, une illusion de tous les traits, ce
que l'aube, la jeunesse, la solitude, laissent aux grappes
qui tiennent à l'arbre et aux cœurs qui n'ont pas encore
aimé. Les cheveux de la jeune fille, légers et soulevés
par l'air, ajoutaient à cette apparence vaporeuse. Jamais
il ne lui avait vu une physionomie aussi épanouie.
L'exercice, l'excitation de son joli travail, la gaieté
communiquée dans toute la vigne par les appels, les
chants, les rires des vendangeurs avaient transformé
la tranquille ménagère de M. Rivals ; elle redevenait
l'enfant qu'elle était, courait sur les pentes, portait son
panier sur l'épaule, son bras relevé, son visage si pur attentif à l'équilibre du fardeau, avec cette démache rhy-
thmée que Jack se souvenait d'avoir vue aux femmes
bretonnes transportant l'eau sur leur tête à pleines
cruches et voulant concilier la hâte de leur allure et
la retenue nécessaire à la charge qu'elles soutiennent.

Il vint un moment pourtant dans la journée où la
fatigue fit asseoir les deux enfants au bord d'un petit

bois fleuri de bruyères roses, tout crépitant de feuilles sèches...

Et alors ?

Eh bien, non, ils ne se dirent rien. Leur amour n'était pas de ceux qui s'avouent et se formulent aussi vite. Ils laissèrent le soir descendre mystérieusement sur le plus beau rêve qu'ils eussent fait de leur vie, enivrant, rapide, parfumé de nature, et auquel un prompt crépuscule d'automne vint donner tout à coup un charme d'intimité en allumant, de place en place, sur l'horizon, des fenêtres ou des seuils invisibles qui faisaient penser à des retours dans des logis pleins d'êtres aimés. Comme le vent fraîchissait, Cécile voulut absolument mettre au cou de Jack un capuchon de laine qu'elle avait emporté. La douceur du tissu, sa tiédeur, sa senteur de parure soignée... ce fut comme une caresse qui fit pâlir l'amoureux.

— Qu'avez-vous Jack ?... Vous souffrez ?

— Oh ! non, Cécile... Jamais je n'ai été si bien...

Elle lui avait pris la main ; mais quand elle voulut retirer la sienne, il la retint à son tour, et ils restèrent là un moment, silencieux, les doigts enlacés.

Ce fut tout.

Quand ils descendirent à la ferme, le docteur venait d'arriver. On entendait en bas dans la cour sa bonne voix franche et le roulement de la voiture qu'on dételait. La fraîcheur des soirées d'automne a une poésie que Cécile et Jack savourèrent en entrant dans la salle

basse où flambait le feu du souper. La nappe grossière,
les assiettes à fleurs, le fumet vigoureux d'un repas de
paysans, tout contribuait à la rusticité de la fête, terminée au dessert par un écroulement de raisins sur la
table, des allées et venues de la salle à la cave et une dé-
gustation générale des crus anciens et nouveaux. Jack,
tout préoccupé de Cécile, qu'on lui avait donnée pour
voisine, témoignait un profond dédain pour les bouteilles poussiéreuses arrivant du cellier. Le docteur,
au contraire, appréciait fort cette bonne habitude des
repas de vendanges ; il l'appréciait même tellement
que sa petite-fille se leva sans bruit, fit atteler, s'enve-
loppa de son manteau, et que le brave père Rivals, en
la voyant toute prête, sortit de table, monta en voiture,
prit les guides de sa bête, laissant son verre à moitié
plein sur la table, au grand scandale des convives.

Ils s'en revinrent tous trois, comme autrefois, par la
solitude de la campagne, un peu plus serrés seulement
dans le cabriolet qui n'avait pas grandi, lui, et qui
faisait maintenant sur les chemins une petite sonnerie
de ressorts usés jusqu'à l'âme. Ce bruit n'ôtait rien du
reste au charme de la course que les étoiles, si nombreuses en automne, suivaient de haut comme une
pluie d'or suspendue dans l'air vif. On longeait des murs
de parcs débordant de branches frôleuses, terminés le
plus souvent par quelque petit pavillon mystérieux,
toutes persiennes closes, comme s'il eût enfermé le
passé dans son ombre ; de l'autre côté on avait la Seine,

10.

où les maisons d'éclusiers étaient seules éclairées et où glissaient avec lenteur, confiés au courant, de longs trains de bois, des *chalands* dont les feux allumés à l'avant et à l'arrière brûlaient silencieusement reflétés par le flot.

— Tu n'as pas froid, Jack ?... disait le docteur.

Comment aurait-il eu froid ? Le grand châle de Cécile le touchait de ses franges, et puis il y avait tant de soleil dans ses souvenirs...

Hélas ! pourquoi faut-il un lendemain à ces journées merveilleuses ? Pourquoi faut-il que la vie vous reprenne au rêve ? Jack savait maintenant qu'il aimait Cécile, mais il sentait encore que son amour le destinait à toutes les souffrances. Elle était trop haut pour lui, et quoiqu'il eût bien changé en vivant à ses côtés, quoiqu'il eût dépouillé un peu de sa rude écorce, il se sentait indigne de la jolie fée qui l'avait transformé. L'idée seule que la jeune fille avait pu deviner sa passion le gênait auprès d'elle. D'ailleurs la santé lui revenait, et il commençait à se sentir honteux de ses longues heures d'inaction dans la « pharmacie ». Cécile était si vaillante, si travailleuse ! Que penserait-elle de lui, s'il continuait à rester là ? Coûte que coûte, il fallait partir.

Un matin il entra chez M. Rivals pour le remercier et lui faire part de sa résolution :

Tu as raison, lui dit le bonhomme ; te voilà fort, ien portant, il faut travailler... Avec le livret que tu as, tu auras vite trouvé de l'ouvrage.

Il y eut un moment de silence. Jack se sentait très ému, et aussi un peu gêné par la singulière attention avec laquelle M. Rivals le regardait.

— Tu n'as pas quelque chose à me dire ?... lui demanda le docteur tout à coup.

Jack rougissant, décontenancé, répondit :

— Mais non, monsieur Rivals.

— Ah !... je croyais pourtant que quand on était amoureux d'une brave enfant qui n'a plus pour parent qu'un vieux bonhomme de grand-père, c'était à lui qu'on devait la demander.

Jack, sans répondre, cacha sa figure dans ses mains.

— Pourquoi pleures-tu, Jack ? Tu vois bien que tes affaires ne vont déjà pas si mal, puisque c'est moi le premier qui t'en parle.

— Oh ! monsieur Rivals, est-ce possible ? un misérable ouvrier comme moi !

—Travaille à ne plus l'être... On peut sortir de là. Je te dirai comment, si tu veux.

— Mais ce n'est pas tout... ce n'est pas tout. Vous ne savez pas le plus terrible. Je suis... je suis...

— Oui, je sais, tu es bâtard, dit le docteur, très calme... Eh bien, elle aussi... bâtarde, et quelque chose encore de plus triste que cela... Approche-toi, mon enfant, et écoute.

III

LE MALHEUR DES RIVALS

Ils étaient dans le cabinet du docteur. Par la fenêtre ouverte, on découvrait un beau paysage d'automne, des routes de campagne bordées d'arbres défeuillés, et, au delà, vieux et fermé depuis quinze ans, l'ancien cimetière du pays, ses ifs en déroute dans l'herbe haute, ses croix penchées par ces soulèvements de la terre de sépulture plus tourmentée et plus active que l'autre.

— Tu n'es jamais entré là-bas? dit M. Rivals, montrant de loin à Jack le vieux cimetière... Tu y aurais vu au milieu des ronces une grande pierre blanche, sur laquelle est écrit un seul mot : « MADELEINE ». C'est ma fille, c'est la] mère de Cécile qui est enterrée là. Elle a voulu être mise à part de nous tous, et qu'on n'écrivît que son prénom sur sa tombe, prétendant qu'elle n'était pas digne de porter le nom de son père et de sa mère... Chère enfant! Elle si honnête et si fière... Et rien n'a pu la faire revenir sur son immuable décision. Tu penses quel chagrin pour nous de nous dire qu'après l'avoir perdue si jeune, à vingt ans,

nous devions la laisser dormir solitaire! Mais il faut
bien que la volonté des morts s'accomplisse. C'est par
là qu'il survivent, qu'ils comptent au milieu de nous.
Voilà pourquoi notre fille est restée seule selon son
désir. Elle n'avait pourtant rien fait pour mériter cet
exil dans la mort, et si quelqu'un devait être puni, c'é-
tait bien plutôt moi espèce de vieux fou, dont l'éternelle et inconcevable étourderie a causé notre malheur.

Un jour, il y a dix-huit ans de cela, et justement
en ce mois de novembre où nous sommes, on vint me
chercher pour un accident arrivé dans une de ces
grandes chasses comme la forêt de Sénart en voit trois
ou quatre chaque année. Pendant l'encombrement de
la battue, un des chasseurs avait reçu dans la jambe
toute la décharge d'un Lefaucheux. Je trouvai le blessé
sur le grand lit des Archambauld où on l'avait transporté, un beau garçon, d'une trentaine d'années, robuste et blond, la tête un peu ramassée, les sourcils
fournis sur des yeux très clairs, ces yeux des pays du
Nord, qui semblent s'aviver à la blancheur des glaces.
Il supporta admirablement l'extraction que je dus faire
de tous les plombs grain par grain, et l'opération finie,
me remercia en très bon français, sur un accent étran-
ger, chantant et doux. Comme on ne pouvait le trans-
porter sans danger, je continuai à le soigner chez le
garde. J'appris qu'il était Russe et de grande famille ;
« le comte Nadine, » ainsi l'avaient appelé ses compagnons de chasse.

Quoique la blessure fût dangereuse, Nadine se trouva vite hors d'affaire grâce à sa jeunesse, à sa vigueur, grâce aussi aux soins de la mère Archambauld; mais il ne pouvait toujours pas beaucoup marcher, et comme je pensais qu'il devait souffrir de son isolement, que c'était bien dur pour un jeune homme habitué au luxe et à la haute vie cette convalescence en hiver au milieu de la forêt avec des branches et des feuilles pour horizon et pour toute compagnie la pipe silencieuse d'Archambauld, je vins souvent le chercher dans ma voiture en rentrant de mes courses. Il dînait avec nous. Quelquefois même, quand le temps était trop mauvais, il couchait à la maison.

Je dois en faire l'aveu, je l'adorais, ce bandit. J'ignore où il avait pris tout ce qu'il savait, mais il savait tout. Il avait navigué, servi, fait le tour du monde, connaissait la guerre et la marine. A ma femme il donnait des recettes pharmaceutiques de son pays; à ma fille il apprenait des chansons de l'Ukraine. Nous étions positivement sous le charme, moi surtout, et quand le soir je rentrais, cinglé par le vent et la pluie, cahoté dans le cabriolet, je pensais avec joie que j'allais le trouver au coin de mon feu, je l'associais dans mon esprit à ce groupe lumineux qui m'attendait dans la nuit noire au bout du chemin. Ma femme résistait bien un peu à l'entraînement général, mais comme c'était une habitude de son caractère cette méfiance qu'elle avait adoptée pour faire contrepoids à mon laisser-aller, je n'y prenais pas garde

Cependant notre malade commençait à se porter de mieux en mieux; il aurait même été très bien en état de finir son hiver à Paris, mais il ne partait pas. Le pays semblait lui convenir, le retenir. Par quels liens? Je ne songeais pas à me le demander.

Voici qu'un jour ma femme me dit:

— Écoute, Rivals, il faut que M. Nadine s'explique, ou qu'il ne vienne plus si souvent à la maison; on commence à causer autour de nous par rapport à Madeleine.

— Madeleine!... Allons donc, quelle idée!

J'avais la naïve conviction que c'était pour moi que le comte restait à Étiolles, pour la partie de jacquet que nous faisions tous les soirs, pour nos longues causeries maritimes autour des grogs. Imbécile! je n'aurais eu qu'à regarder ma fille sitôt qu'il entrait; je n'aurais eu qu'à la voir changer de couleur, s'appliquer à sa broderie, rester muette quand il était là, se pencher à la fenêtre pour guetter son arrivée. Mais il n'y a pas de pires yeux que ceux qui ne veulent pas voir, et moi je tenais à être aveugle. Il fallut bien pourtant se rendre à l'évidence, Madeleine ayant avoué à sa mère qu'ils s'aimaient. J'allai immédiatement trouver le comte, bien résolu à le faire s'expliquer.

Il s'expliqua en effet, et sur un ton de rondeur, de franchise, qui m'alla au cœur. Il aimait ma fille et me la demandait, sans me cacher tous les obstacles que sa famille, entêtée de noblesse, opposerait à nos pro-

jets. Il ajoutait qu'il était en âge de se passer d'un consentement, et que d'ailleurs son avoir personnel joint
à ce que je donnerais à Madeleine suffirait largement
aux dépenses d'un ménage. Une grande disproportion
de fortune m'aurait effrayé, ce qu'il me disait de la
modicité de ses ressources me séduisit tout de suite.
Et puis cet air de grand seigneur bon enfant, cette facilité à arranger les affaires, à tout décider, à tout signer
les yeux fermés... Bref, il était installé à la maison
comme notre futur gendre que nous nous demandions
encore par quelle porte il était entré. Je sentais bien
qu'il y avait là quelque chose d'un peu vif, d'un peu
irrégulier ; mais le bonheur de ma fille m'étourdissait,
et quand la mère me disait : « Il faut prendre des renseignements, nous ne pouvons pas donner notre enfant
au hasard, » je me moquais d'elle et de ses perpétuels
tremblements. J'étais si sûr de mon homme ! Un jour
pourtant je parlai de lui à M. de Viéville, un des prin-
cipaux actionnaires de la chasse en forêt :

— Ma foi, mon cher Rivals, me dit-il, je ne connais
pas le comte Nadine. Il m'a fait l'effet d'un excellent
garçon. Je sais qu'il porte un grand nom, qu'il est bien
élevé. C'est plus qu'il n'en faut pour tenir un affût
ensemble. Maintenant, il est clair que si j'avais à lui
donner ma fille en mariage, j'irais un peu plus au fond
des choses. A votre place, je m'adresserais à l'ambassade russe. Ils doivent avoir là tous les renseignements
nécessaires.

Tu crois peut-être, mon brave Jack, qu'après cela je n'eus rien de plus pressé que d'aller à l'ambassade. Eh bien ! non. J'étais trop insouciant, trop lambin surtout. Dans la vie, je n'ai jamais fait ce que je voulais, faute de temps. Je ne sais si j'en perds, si j'en gaspille ; mais mon existence, à quelque âge que je meure, se sera trouvée trop courte de moitié pour tout ce que j'avais à faire. Tourmenté par ma femme au sujet de ces malheureuses informations, je finis par mentir : « Oui, oui, j'y suis allé... Des renseignements excellents... De l'or en barre, ces comtes Nadine. » Depuis je me suis rappelé l'air singulier de mon drôle chaque fois qu'il supposait que je partais pour Paris ou que j'en revenais ; mais alors je ne voyais rien, j'étais tout entier à ces beaux projets d'avenir dont les enfants emplissaient leurs heureuses journées. Ils devaient habiter avec nous trois mois de l'année, et passer le reste du temps à Saint-Pétersbourg, où l'on offrait à Nadine un emploi supérieur dans l'administration. Ma pauvre femme elle-même finissait par partager la joie et la confiance de tous.

La fin de l'hiver se passa en pourparlers, en correspondances continuelles. Les papiers du comte étaient longs à venir, les parents refusaient tout consentement, et pendant ce temps les liens se resserraient de plus en plus, l'intimité croissait, tellement que je me disais quelquefois avec inquiétude : « Et si les papiers n'arrivaient pas... » Nous les reçûmes enfin ; un paquet

d'hiéroglyphes serrés, impossibles à déchiffrer, extraits
de naissance, de baptême, de libération du service militaire. Ce qui nous amusa, ce fut une page remplie
par les titres, noms et prénoms du futur, Ivanovitch
Nicolavitch Stépanovitch, toute une généalogie qui
allongeait le nom de famille à chaque génération. —
Vraiment, vous avez tant de noms que cela? lui disait
en riant ma pauvre fille, qui s'appelait tout court
Madeleine Rivals. Ah! le gueux, il en avait bien d'autres encore.

Il fut d'abord question de faire le mariage à Paris, en
grande pompe, à Saint-Thomas-d'Aquin; mais Nadine
réfléchit qu'il ne fallait pas braver à ce point l'autorité
paternelle, et la cérémonie eut lieu simplement à
Etiolles, dans cette petite église que tu connais et qui
garde sur ses registres la preuve d'un irréparable mensonge. Quelle belle journée! Que j'étais content! Il faut
être père, vois-tu, pour comprendre ces choses. Ma
fierté, en entrant dans cette église avec ma fille tremblante à mon bras, et la joie de se dire : « Mon enfant
est heureuse, c'est à moi qu'elle le doit. » Oh! ce coup
de hallebarde sous le porche me restera dans le cœur
toute la vie. Ensuite, après la messe, déjeuner à la
maison et départ des enfants en chaise de poste pour
leur beau voyage de noces. Je les vois encore tous les
deux serrés l'un contre l'autre dans le fond de cette
voiture, emportés par le double élan du voyage et de
leur bonheur, et bientôt enveloppés d'un nuage de

poussière joyeuse où l'on entendait des grelots et des coups de fouet.

Ceux qui s'en vont sont heureux en pareil cas ; mais ceux qui restent sont bien tristes. Quand nous nous mîmes à table, le soir, la mère et moi, cette place vide entre nous nous donna bien l'impression de notre isolement. Et puis cela s'était fait trop vite, sans nous laisser le temps de nous préparer à la séparation. Nous nous regardions, stupéfiés. Moi encore j'avais le dehors, mes courses, mes malades ; mais la pauvre maman était réduite à faire tourner son regret dans tous les coins du logis qui lui rappelait l'absente. C'est la destinée des femmes. Tous leurs chagrins, toutes leurs joies leur viennent de l'intérieur, s'y concentrent, s'y incrustent si bien qu'elles les retrouvent dans l'armoire qu'elles rangent ou dans la broderie qu'elles achèvent. Heureusement que les lettres que nous recevions de Pise, de Florence, étaient toutes rayonnantes d'amour et de soleil. Puis, nous nous occupions des enfants. Je leur faisais construire une petite maison à côté de la nôtre. Nous choisissions des tentures, des meubles, des papiers. Et chaque jour nous parlions d'eux : « Ils sont ici... ils sont là... ils s'éloignent... ils se rapprochent. » Enfin, nous attendions ces dernières lettres que les voyageurs jettent, au retour, avec l'envie de les devancer.

Un soir que j'étais rentré très tard de mes visites et que je dînais seul ici, ma femme étant couchée, j'entends un pas précipité dans le jardin, dans l'escalier. La porte s'ouvre. C'est ma fille. Non plus cette belle jeune femme qui était partie un mois auparavant, mais une pauvre enfant, maigrie, pâle, changée, couverte d'une méchante petite robe, un sac de voyage à la main, l'air misérable, égaré et fou.

— C'est moi... me voilà.

— Ah ! mon Dieu, qu'est-ce qu'il t'arrive ? Et Nadine ?

Elle ne répond pas, ferme les yeux, et se met à trembler, à trembler. Tu penses dans quelle angoisse j'étais.

— Par grâce, parle-moi, mon enfaut... Où est ton mari ?

— Je n'en ai pas... Je n'en ai plus... Je n'en ai jamais eu.

Et tout à coup, assise près de moi, là où tu es, elle me raconte à voix basse, sans me regarder, son horrible histoire...

Il n'était pas comte, il ne s'appelait pas Nadine. C'était un juif petit-russien du nom de Rœsch, misérable aventurier, batteur d'estrade, un de ces hommes qui ont fait tous les métiers faute de savoir se tenir à aucun. Il était marié à Riga, marié à Saint-Pétersbourg. Tous ses papiers étaient faux, fabriqués par lui. Ses ressources, il les devait à son adresse à contrefaire les billets de la banque russe. C'est à Turin qu'on l'avait arrêté sur un ordre d'extradition. Te figures-tu

ma chère petite, seule dans cette ville inconnue, séparée violemment de son mari, apprenant qu'il était bi-
game et faussaire ; car le misérable avouait lui-même
tous ses crimes. Elle n'eut qu'une pensée : se réfugier
ici, près de nous. Elle avait la tête tellement perdue,
c'est elle qui nous le racontait plus tard, qu'à la gare
elle ne trouvait plus ses mots et disait à l'employé lui
demandant où elle allait : « Là-bas, chez maman... »
Elle s'était enfuie, laissant à l'hôtel ses robes, ses bijoux, tout ce que cet infâme lui avait donné, et elle
avait fait le voyage d'une traite. Enfin, elle était là
dans l'abri, dans le nid, et pleurait pour la première
fois depuis la catastrophe. Je lui disais :

— Tais-toi... calme-toi... tu vas réveiller ta mère.

Mais je pleurais encore plus fort qu'elle.

Le lendemain, ma femme apprit tout. Elle ne me fit
pas le moindre reproche. « Je savais bien, dit-elle,
qu'il nous arriverait quelque malheur de ce mariage.»
Elle avait eu des pressentiments, dès le premier jour
où cet homme était entré chez nous. Ah ! l'on parle de
notre diagnostic, à nous autres médecins. Mais qu'est-
il en comparaison de ces avertissements, de ces confidences que la destinée chuchote à l'oreille de certaines femmes? Dans le pays, l'arrivée de ma fille fut
vite connue :

— Eh bien, monsieur Rivals, nos voyageurs son
donc de retour?

On me demandait des renseignements, des nouvelles, mais on voyait bien à mon air que je n'étais pas heureux. On remarquait que le comte était absent, que Madeleine et sa mère ne sortaient jamais, et bientôt je me sentis entouré d'une sympathie compatissante qui me semblait plus pénible que tout.

Je ne connaissais pourtant pas encore entièrement mon malheur. Ma fille ne m'avait pas confié son secret : un enfant allait naître de cette union menteuse, illégigitime, déshonorante... Quelle triste maison nous faisions alors !... Entre ma femme et moi, atterrés et muets, Madeleine cousait sa layette, ornait de rubans et de dentelles ces petits objets qui sont la joie et l'orgueil des mères, et qu'elle ne pouvait regarder sans honte, du moins je le croyais: la moindre allusion au misérable qui l'avait trompée la faisait pâlir et frissonner, la pensée d'avoir appartenu à « ça » semblait la gêner comme une souillure. Mais ma femme, qui y voyait plus clair que moi, me disait quelquefois : « Tu te trompes... je suis sûr qu'elle l'aime encore. » Oui, elle l'aimait, et, si grands que fussent son mépris et sa haine, l'amour était encore plus fort dans son cœur. Ce qui la tua certainement, ce fut le remords de continuer à aimer un être indigne; car elle mourut bientôt, quelques jours après nous avoir donné notre petite Cécile. On eût dit qu'elle n'avait attendu que cela pour s'en aller. Nous trouvâmes sous son oreiller une lettre pliée, usée aux plis, la seule que Nadine lui eût écrite avant son mariage, et dont les lignes étaient effacées, trempées de larmes. Elle avait dû la relire souvent, mais elle était bien trop fière pour en convenir, et elle mourut sans prononcer une seule fois ce nom qu'elle avait, j'en suis sûr, toujours au bord des lèvres.

Tu es étonné, n'est-ce pas, mon enfant, que dans une petite maison tranquille, au village, il ait pu tenir un de ces drames noirs et compliqués qui ne semblent possibles que dans la confusion de grandes villes comme Londres ou Paris. Quand le destin atteint ainsi par hasard un petit coin si bien caché derrière des haies et des bois d'aulnes, il me fait penser à ces balles perdues tuant pendant la bataille un laboureur au bord du champ ou un enfant qui revient de l'école. C'est la même barbarie aveugle.

Je crois que si n'avions pas eu la petite Cécile, ma femme serait morte avec sa fille. Sa vie, à partir de ce jour, ne fut qu'un long silence, gros de regrets et de reproches. Tu l'as vue du reste... Mais il fallait élever cette enfant, l'élever à la maison en lui laissant ignorer le malheur de sa naissance. Terrible tâche que nous nous étions donnée là. Nous étions, il est vrai, à jamais débarrassés du père, mort quelques mois après sa condamnation. Malheureusement deux ou trois personnes dans le pays savaient toute l'histoire. Il s'agissait de préserver Cécile d'un bavardage, et surtout d'une de ces cruautés naïves dont les enfants ont le secret, qu'ils débitent la bouche souriante et les yeux clairs, innocents délateurs de tout ce qu'ils entendent.

Tu sais comme la petite était solitaire avant de te connaître. Grâce à cette précaution, elle ignore encore
maintenant dans quelle effroyable tempête elle est
née. On lui a dit seulement qu'elle était orpheline, et
pour lui expliquer ce nom de Rivals qu'elle porte, que
sa mère s'était mariée dans la famille.

C'est égal, n'est-ce pas une preuve qu'il y a bien des
braves gens en ce monde, que cette entente tacite de
tout un petit pays si bavard d'habitude et si cancanier? Parmi ceux qui savaient notre malheur, il ne
s'est trouvé personne pour faire devant Cécile la
moindre allusion désolante, pour prononcer même un
mot qui eût pu lui donner l'éveil sur le drame qui s'est
joué autour de son berceau. Cela n'empêchait pas la
pauvre grand'mère d'être dans des transes continuelles. Elle avait peur surtout des questions de l'enfant, et je les craignais comme elle; mais j'avais des
préoccupations autrement cruelles et profondes. Ces
mystères de l'hérédité sont si terribles ! Qui sait si la
fille de ma fille n'avait pas apporté avec elle en naissant quelque instinct effroyable, cette succession du
vice qu'à défaut d'autre fortune, ces misérables lèguent parfois à leurs enfants. Oui, je peux te dire cela
à toi, Jack, qui connais ce miracle de grâce et de pureté, j'avais peur à tout moment de voir apparaître le
père dans ces traits divins, de retrouver dans cette
voix candide l'héritage paternel perverti encore par
toutes les ressources coquettes de la femme. Mais

quelle joie aussi, quelle fierté de voir se perfectionner dans l'enfant une image exquise, affinée, de sa mère, quelque chose comme un de ces portraits qu'on refait de mémoire, en y ajoutant le charme, l'intensité d'un regret. Je reconnaissais ce sourire bon et railleur, ces yeux tendres mais fiers, plus fiers encore que ceux de Madeleine, cette bouche bienveillante et sévère qui saurait si bien dire « non », et toutes les rectitudes de la grand'mère, sa vaillance, sa ferme volonté.

Cependant l'avenir m'effrayait. Ma petite-fille ne pourrait pas toujours ignorer son malheur et le nôtre. Il y a des circonstances où les registres des mairies s'ouvrent tout grands, et sur celui d'Étiolles elle est inscrite avec cette triste mention : « Père inconnu. » Pour nous, le mariage de Cécile, c'était le moment redoutable. Qu'arriverait-il si elle s'éprenait d'un homme qui, en connaissant la vérité, se retirerait pour ne pas épouser une enfant naturelle, la fille d'un faussaire ?

— Elle n'aimera que nous. Elle ne se mariera pas disait la grand'mère... Etait-ce possible ? Et quand nous ne serions plus là ? Quelle tristesse et quel danger avec une beauté pareille, de rester dans la vie sans protecteur ! Et pourtant comment faire ? On ne pouvait associer à cette destinée exceptionnelle qu'une destinée exceptionnelle aussi. Où la trouver ? Ce n'était pas dans un village où chaque famille s'étale au grand air, au grand jour, en espalier, où chacun se connaît,

s'épie et se juge... A Paris, nous ne connaissions personne ; et puis, Paris, c'est le gouffre... C'est alors que
ta mère vint s'installer dans le pays. On la croyait
mariée avec ce d'Argenton ; mais lorsque je commençai à vous voir, la femme d'Archambauld m'avertit
très secrètement de l'irrégularité du ménage. Ce fut
pour moi une lumière. Je me dis, en te voyant : « Voilà
le mari de Cécile. » Dès ce moment, je te considérai
comme mon petit-fils, je commençai à t'élever, à t'instruire...

Oh ! lorsqu'après la leçon je vous voyais dans un
coin de la pharmacie, si heureux, si unis, toi plus fort
et plus grand qu'elle, elle, déjà plus raisonnable que
toi, j'étais pris d'une émotion, d'une pitié tendre, devant l'amitié naissante qui vous attirait l'un vers
l'autre. Et plus Cécile t'ouvrait sa petite âme naïve,
plus ton intelligence se développait, allait, avide d'apprendre, aux belles et grandes choses, plus j'étais fier
et content de mon idée. J'avais tout préparé dans
mon esprit. Je vous voyais à vingt ans, venant me
dire :

— Grand-père, nous nous aimons.

Et moi je répondais :

— Je crois bien qu'il faut vous aimer, et vous aimer
bien fort, pauvres petits réprouvés que vous êtes...
car dans la vie vous serez tout l'un pour l'autre.

Voilà pourquoi tu m'as vu si terriblement en colère,
quand cet homme a voulu faire de toi un ouvrier. Il

me semblait que c'était mon enfant, le mari de ma petite Cécile, qu'on m'enlevait. Tout mon plan merveilleux s'écroulait, jeté de la même hauteur d'où l'on te précipitait dans l'action. Que je les ai maudits, tous ces fous, avec leurs visées humanitaires. Pourtant, je gardais encore un espoir. Je me disais : « Les rudes épreuves du commencement font souvent des hommes bien trempés. Si Jack prend le dessus de sa tristesse, s'il lit beaucoup, s'il garde sa tête dans l'idéal pendant que ses bras s'agiteront, il restera digne de la femme que je lui destine. » Les lettres que nous recevions de toi, si tendres, si élevées, m'entretenaient dans ces pensées. Nous les lisions ensemble, Cécile et moi, et l'on parlait de toi tous les jours.

Tout à coup la nouvelle de ce vol. Ah ! mon ami, je fus épouvanté. Combien j'en voulais à la faiblesse de ta mère, à la tyrannie de ce monstre qui t'avaient perdu en te jetant sur une mauvaise route. Je respectai cependant la sympathie, la tendresse qu'il y avait pour toi dans le cœur de mon enfant. Je n'eus pas le courage de la détromper, attendant chez elle un âge plus avancé, une raison plus solide pour qu'elle supportât mieux sa première déception... D'ailleurs, je savais bien, par l'exemple de sa mère, qu'il est des terrains si vivaces que tout ce qu'on y jette s'y enracine, s'y fortifie encore des résistances. Je sentais que tu étais enraciné dans ce petit cœur-là, et je comptais sur le temps, sur l'oubli, pour t'en arracher. Eh bien, non, rien n'y a fait. Je m'en suis aperçu le jour où, après t'avoir rencontré chez le garde, j'ai annoncé à Cécile ta visite pour le lendemain. Si tu avais vu ses yeux briller, et comme elle a travaillé toute la journée. Chez elle c'est un signe : les grandes émotions se marquent par plus d'activité, comme si son cœur, battant à coups trop précipités, avait besoin de se régulariser au mouvement de son aiguille ou de sa plume.

Maintenant, écoute-moi, Jack. Tu aimes ma fille, n'est-ce pas? Il s'agit de la gagner, de la conquérir en sortant de la condition où l'aveuglement de ta mère t'a fait descendre. Je t'ai vu de près pendant ces deux mois, le moral et le physique vont bien. Donc voici ce qu'il faut faire : travaille pour être médecin, tu prendras ma suite à Étiolles. J'avais d'abord pensé à te garder ici, mais j'ai compté qu'il te faudrait quatre ans en piochant ferme, pour devenir officier de santé, ce qui suffit dans nos campagnes, et, pendant ce temps, ta présence réveillerait dans le pays le triste roman que je viens de te raconter. Puis il est cruel à un honnête homme de ne pas gagner sa vie. A Paris, tu feras deux parts de la tienne : ouvrier pendant le jour, tu étudieras le soir, dans ta chambre, à la clinique, dans tous ces cours qui font de Paris la ville étudiante et savante. Tous les dimanches nous t'attendrons. J'inspecterai ton travail de la semaine, je le guiderai, et la vue de Cécile te donnera des forces... Je ne doute pas que tu n'arrives, et vite... Ce que tu vas entreprendre, Velpeau et d'autres l'ont fait. Veux-tu l'essayer? Cécile est au bout de cet effort.

Jack se sentait si ému, si troublé, ce qu'il venait d'entendre était si touchant, si extraordinaire, la perspective qu'on lui ouvrait lui paraissait tellement belle, qu'il ne trouva pas un mot à dire, et pour toute réponse il sauta au cou de l'excellent homme.

Mais un doute, une crainte lui restaient encore. Peut-être Cécile n'éprouvait-elle pour lui qu'une amitié de sœur. Et puis quatre ans, c'était bien long; consentirait-elle à l'attendre jusque là?

— Dame! mon garçon, dit M. Rivals gaiement, ce sont là des choses tout à fait personnelles auxquelles je ne puis répondre... mais je t'autorise à t'en informer toi-même. Elle est là-haut. Je viens de l'entendre remonter tout à l'heure. Va lui parler.

Lui parler! C'était vraiment bien difficile. Essayez donc de dire un mot, quand le cœur vous bat à tout rompre et que l'émotion vous serre à la gorge.

Cécile écrivait dans «la pharmacie.» Jamais elle n'avait paru à Jack si belle, si imposante, pas même le jour où, pour la première fois, il l'avait revue après sept ans d'absence. Mais chez lui, quel changement depuis ce jour-là! La beauté morale reconquise ennoblissait ses traits, ôtait à tous ses gestes la timidité de leur disgrâce. Il n'en était pas moins humble devant elle.

— Cécile, dit-il, je vais partir.

A cette annonce de départ, elle s'était levée très pâle.

— Je vais reprendre mon dur labeur. Mais maintenant ma vie a un but. Votre grand-père m'a permis de vous dire que je vous aimais, et que j'allais travailler à vous conquérir.

Il tremblait tellement, il parlait si bas, que tout autre que Cécile n'aurait su distinguer ce qu'il disait. Mais elle l'entendait bien, elle ; et pendant que par tous les coins de la grande salle le passé réveillé s'agitait dans les rayons du soleil couchant, la jeune fille écoutait cette déclaration d'amour, comme un écho de toutes ses pensées, de tous ses rêves depuis dix ans... Et c'était une enfant si singulière, qu'au lieu de rougir et de se cacher le visage, ainsi que font en pareil cas les jeunes personnes de bonne famille, elle restait debout avec un beau sourire reflété dans ses yeux pleins de larmes. Elle savait bien que cet amour allait être traversé d'épreuves, de longues attentes, de tous les tourments de la séparation ; mais elle se faisait forte pour donner à Jack plus de courage. Quand il eut fini de lui expliquer ses projets :

— Jack, répondit-elle en lui tendant sa petite main fidèle, je vous attendrai quatre ans, je vous attendrai toujours, mon ami.

IV

LE CAMARADE

— Dis donc, la **Balafre**, tu ne connais rien dans le fer, toi?... Voilà un garçon qui vient des paquebots qui voudrait s'embaucher.

Celui qu'on appelait la Balafre, grand diable en vareuse et en casquette, le visage traversé d'une longue cicatrice témoignant d'un ancien accident, s'approcha du comptoir, car c'est presque toujours chez un marchand de vin du faubourg que ces scènes d'embauchage se passent, toisa des pieds à la tête le compagnon qu'on lui présentait, lui tâta les biceps :

— Ça manque un peu d'abattis, fit-il d'un air doctoral, mais du moment qu'il a été dans la chauffe...

— Trois ans, dit Jack.

— Eh bien ! ça prouve que tu es plus fort que tu n'en as la mine... Va-t-en chez Eyssendeck, la grande maison de la rue Oberkampf. On demande des journaliers au découpoir et au balancier. Tu diras au contre-

coup que c'est la Balafre qui t'envoie... A présent, si **tu**
veux payer un canon de la bouteille (1).

Jack paya le canon demandé, s'en alla à l'adresse
qu'on venait de lui donner, et une heure après, engagé chez Eyssendeck à six francs la journée, il suivait la rue du Faubourg-du-Temple, l'œil brillant, **la**
tête haute, en cherchant un logement pas trop loin **de**
la fabrique. Le soir venait, la rue était très animée **par**
le lundi, jour férié maintenant dans tous les quartiers
excentriques, et sur cette longue voie en pente, c'était
une circulation ininterrompue de gens descendant
vers la ville ou remontant vers l'ancienne barrière. **Les**
cabarets ouverts débordaient jusque sur les trottoirs.
Sous les larges portes cochères, les charrettes, les ha-
quets, dételés, les brancards en l'air, annonçaient **la**
journée finie. Quel tumulte, surtout au delà du canal,
quel fourmillement sur ce pavé rocailleux, escarpé,
disjoint d'avance pour les révolutions par toutes **les**
petites charrettes à bras qui le sillonnent sans cesse,
longeant les ruisseaux, chargées de victuailles, de lé-
gumes à bas prix, de poisson étalé, tout un **marché**
ambulant où les ouvrières — pauvres femmes **que le**
labeur quotidien éloigne du logis — achètent le **souper**
de la famille juste au moment de le préparer ! Et **des**
cris de halle, des cris de Paris, les uns gais, montant
aux notes aiguës, les autres si ralentis, si monotones,

(1) Il y a le canon du litre et le canon de la bouteille. **Celui-ci**
est bien plus distingué.

qu'ils paraissent traîner à leur suite tout le poids de la
marchandise annoncée :

J'ai des petits pigeonnaux !...
Limande à frire, à frire !
Cresson de fontaine, à six liards la botte !...

Jack au milieu de cette animation s'en allait, le nez
en l'air, guettant dans le peu de jour qui restait, les
écriteaux jaunes des garnis. Il était heureux, plein de
vaillance, d'espérance, impatient de commencer la
double vie d'ouvrier et d'étudiant qu'il allait entreprendre. On le poussait, on le bousculait, il ne s'en
apercevait pas. Il ne sentait pas le froid de cette soirée
de décembre, n'entendait pas les petites ouvrières ébou-
riffées se dire l'une à l'autre en passant près de lui :
« Voilà un bel homme ». Seulement tout le grand
faubourg lui semblait à l'unisson de sa gaîté, de sa
confiance, l'encourageait avec cette bonne humeur
persistante qui est le fond du caractère parisien, insouciant et facile. En ce moment, la retraite sonnant
sur la chaussée, mettait au milieu de la foule un
groupe serré, à peine distinct, des pas réguliers, un
peu d'harmonie, un alerte *Angelus* au clairon, que
les gamins suivaient en sifflant. Et tous les visages
rayonnaient rien que pour cette note vivace jetée à la
fatigue environnante.

— Quel bonheur de vivre ! Comme je vais bien travailler ! se disait Jack en marchant. Tout à coup, il se

heurta contre un grand panier, carré comme un orgue, rempli de chapeaux de feutre et de casquettes. La vue de cette hotte accotée au mur lui remit dans l'esprit la physionomie de Bélisaire. Rien que ce panier lui ressemblait ; mais ce qui complétait la ressemblance, c'est que la hotte aux chapeaux était posée à la porte d'une échoppe sentant la poix et le cuir, et présentant à sa vitre étroite plusieurs rangées de fortes semelles ornées de clous solides et étincelants.

Jack se rappela l'éternelle souffrance de son ami le camelot, son rêve inassouvi d'une chaussure faite à sa mesure ; et regardant dans la boutique, il aperçut en effet la silhouette balourde et grotesque du marchand de casquettes, toujours aussi laid, mais visiblement plus propre, mieux vêtu. Jack éprouva une vraie joie de le retrouver, et après avoir cogné vainement au carreau deux ou trois fois, il entra sans être aperçu du forain, absorbé dans la contemplation d'une chaussure que le marchand lui montrait. Ce n'était pas pour lui qu'il achetait des souliers ; c'était pour un tout petit enfant de quatre à cinq ans, pâle, bouffi, dont la tête énorme se balançait sur des épaules maigriottes. Pendant que le cordonnier lui essayait des bottines, Bélisaire parlait au petit avec son bon sourire :

— On est bien, n'est-ce pas, m'ami, là dedans ?... Qu'est-ce qui va avoir bien chauds à ses petits petons ?... C'est mon ami Weber.

L'apparition de Jack ne sembla pas le surprendre.

— Tiens, vous voilà! lui dit-il aussi tranquillement que s'il l'avait vu la veille.

— Eh! bonjour, Bélisaire, qu'est-ce que vous faites là? C'est à vous, ce petit garçon?

— Oh! non! C'est le petit de madame Weber, dit le camelot avec un soupir qui signifiait évidemment: « Je voudrais bien qu'il fût à moi. »

Il ajouta, en s'adressant au marchand :

— Vous les lui avez tenus bien larges, au moins?... Qu'il puisse bien allonger les doigts... On est si malheureux d'avoir des bottes qui vous font mal !

Et le pauvre diable regardait ses pieds avec un désespoir qui prouvait bien que s'il était assez riche pour faire faire des bottines sur mesure au petit de madame Weber, il n'avait pas encore le moyen de s'en commander pour lui-même.

Enfin, quand il eut demandé vingt fois à l'enfant s'il se trouvait bien, qu'il l'eut fait marcher devant lui, taper du pied par terre, le camelot tira péniblement de sa poche une longue bourse en laine rouge avec des coulants, y choisit quelques pièces blanches qu'il mit dans la main du marchand de cet air réfléchi, important, que prennent les gens du peuple quand il s'agit de donner de l'argent.

Lorsqu'ils furent dehors :

— Par où allez-vous, camarade?... demanda-t-il à Jack d'un ton significatif, comme s'il eût sous-en-

tendu : « Si vous allez de ce côté, j'aurai justement affaire de l'autre. »

Jack, qui sentait cette froideur sans se l'expliquer,
répondit :

— Ma foi, je n'en sais rien par où je vais... Je suis
journalier chez Eyssendeck, et je cherche un logement
pas trop loin de ma boîte.

— Chez Eyssendeck !... dit le camelot, qui connaissait toutes les fabriques du faubourg; ce n'est pas facile d'entrer là. Il faut avoir un bon livret.

Il clignait de l'œil en regardant Jack, pour qui ce
mot de « bon livret » fut tout un éclaircissement. Il
lui arrivait avec Bélisaire ce qui lui était arrivé avec
M. Rivals. Celui-là aussi le croyait coupable du vol des
six mille francs. Tant il est vrai que ces accusations,
même reconnues injustes, laissent des taches indélé-
biles. Par exemple, quand Bélisaire sut ce qui s'était
passé à Indret, qu'il eût vu l'attestation du directeur,
sa physionomie changea tout à coup, et son adorable
grimace souriante illumina sa face terreuse, comme
au bon temps :

— Ecoutez, Jack, il est bien tard pour chercher un
marchand de sommeil (1). Vous allez venir chez-moi,
car je suis à mon compte, maintenant, et j'ai un grand
logement où vous coucherez ce soir... Mais si... mais
si... J'ai même quelque chose de fameux à vous pro-

(1) Un logeur.

poser... Mais nous causerons de cela en dînant... Allons, en route.

Et les voilà tous les trois, Jack, le camelot et le petit de madame Weber, dont les souliers neufs menaient grand train sur le trottoir, remontant le faubourg du côté de Ménilmontant, où Bélisaire habitait rue des Panoyaux. Dans le trajet, il racontait à Jack que sa sœur de Nantes étant devenue veuve, il était rentré à Paris avec elle, qu'il ne faisait plus la province, que d'ailleurs le commerce n'allait pas mal... Et de temps en temps, au milieu de son histoire, il s'interrompait pour jeter son cri de *Chapeaux, chapeaux, chapeaux* sur ce parcours habituel où il était connu de toutes les fabriques. Avant la fin de la route, il fut obligé de prendre dans ses bras le petit de madame Weber qui se plaignait doucement.

— Pauvre petit ! disait Bélisaire, il n'a pas l'habitude de marcher. Il ne sort jamais, et c'est pour pouvoir l'emmener quelquefois avec moi que je viens de lui faire faire cette belle paire de souliers sur mesure... La mère est dehors toute la journée. Elle est porteuse de pains de son métier. Un métier bien fatiguant, allez ! et une brave femme bien courageuse... Elle part le matin à cinq heures, porte son pain jusqu'à midi, revient manger un morceau, puis repart jusqu'au soir à sa boulangerie. L'enfant reste à la maison tout ce temps-là. Une voisine le surveille, et quand personne ne peut s'occuper de lui, on le met devant la table attaché sur sa chaise, à cause des allumettes... Là, nous sommes arrivés.

Ils entrèrent dans une de ces grandes maisons ouvrières percées de mille fenêtres étroites, traversées de longs couloirs où les pauvres gens établissent leur fourneau, leur portemanteau, déversent le trop plein de leurs logements restreints. Les portes s'ouvrent sur cette annexe, laissant voir des chambres pleines de fumée, de cris d'enfants. A cette heure, on dînait. Jack en passant regardait des gens attablés, éclairés d'une chandelle, ou bien il entendait le bruit de la vaisselle grossière sur le bois de la table.

— Bon appétit, les amis..., disait le camelot.

— Bonsoir, Bélisaire, répondaient des bouches pleines, des voix joyeuses, amicales. Dans certains endroits, c'était plus triste. Pas de feu, pas de lumière ; une femme des enfants guettant le père, attendant qu'il rapportât ce soir lundi ce qui lui restait de sa paye du samedi.

La chambre du camelot étant au sixième, au fond du corridor, Jack vit tous ces misérables intérieurs ouvriers, serrés comme les alvéoles d'une ruche dont son ami eût occupé le faîte. Il paraissait pourtant très fier de son logement, le brave Bélisaire.

— Vous allez voir comme je suis bien installé, Jack, comme j'ai de la place... Seulement, attendez... Avant d'entrer chez nous, il faut que je remette le petit chez madame Weber.

Il chercha devant la porte contiguë à la sienne une clef sous le paillasson, ouvrit en homme au courant des habitudes de la maison, alla droit au poêle où mijotait depuis midi la soupe du soir, alluma la chandelle, puis quand il eut attaché l'enfant sur sa haute chaise devant la table, qu'il lui eut mis dans les mains deux couvercles de casseroles pour se divertir...

— Maintenant, dit-il, allons-nous-en vite. Madame Weber va rentrer, et je suis curieux de voir ce qu'elle va dire quand elle verra les chaussures neuves du petit... Ça va être bien drôle... C'est qu'elle ne peut pas se douter d'où ça lui vient, il n'y a pas moyen qu'elle s'en doute. Il y a tant de monde dans la maison et tout le monde l'aime tant!... Ah! nous allons nous amuser.

Il en riait d'avance en ouvrant la porte de sa chambre, une longue pièce mansardée, divisée en deux par une sorte d'alcôve vitrée. Des casquettes et des chapeaux empilés disaient la profession du locataire, et la nudité des murs racontait sa pauvreté.

— Ah çà! Bélisaire, demanda Jack, vous ne logez donc plus avec vos parents?

— Non, dit le camelot un peu gêné et se grattant la tête selon son habitude en pareil cas; vous savez, dans les familles nombreuses on ne s'accorde pas toujours... Madame Weber a trouvé qu'il n'était pas juste que je travaille pour tous sans jamais rien gagner pour moi. Elle m'a conseillé de vivre à mon à part... En effet, depuis ce temps-là je gagne le double, je puis soutenir

mes parents et mettre quelque argent de côté. C'est à
madame Weber que je dois ça. C'est une femme de
tête, allez !

Tout en parlant, Bélisaire préparait sa lampe, rangeait sa marchandise, s'occupait du dîner, une superbe
salade de pommes de terre assaisonnée de harengs
saurs, dans laquelle il piochait depuis trois jours, ce
qui était arrivé à faire une marinade d'une fière saveur.
Il tira d'une armoire en bois blanc deux assiettes à
images, un couvert en étain, un autre en bois, du
pain, du vin, une botte de radis, et disposa le tout sur
un buffet boiteux, fabriqué comme l'armoire par un
menuisier du faubourg. Ce qui n'empêchait pas le
camelot d'être aussi fier de son mobilier que de sa chambre, et de dire LE BUFFET, L'ARMOIRE d'une façon absolue, comme s'il eût possédé des meubles-types.

— A présent, nous pouvons nous mettre à table,
dit-il en montrant son couvert d'un air triomphant ;
un vrai couvert auquel un journal étendu servait de
nappe, mettant ses faits divers sous l'assiette de Jack
et son bulletin politique entre le pain et les radis.
« Ah ! dame, ça ne vaut pas le fameux jambon que vous
m'avez offert, là-bas, à la campagne... Dieu de Dieu,
quel jambon !... Jamais je n'ai rien mangé de pareil. »

Sans flatterie, les pommes de terre étaient excellentes
aussi, et Jack leur rendit justice. Bélisaire, ravi de voir
l'appétit de son hôte, lui tenait tête vaillamment, tout
en remplissant ses devoirs de maître de maison, se

levant à chaque instant pour surveiller l'eau bouillant sur les cendres, ou pour moudre le café entre ses genoux cagneux.

— Dites donc, Bélisaire, fit Jack, savez-vous que vous êtes monté de tout? C'est un vrai ménage que vous avez. ·

— Oh! il y a beaucoup de choses là dedans qui ne sont pas à moi... C'est madame Weber qui me les prête, en attendant...

— En attendant quoi, Bélisaire?

— En attendant que nous soyons mariés, dit le camelot bravement, mais avec deux plaques de rouge sur les joues. Puis, voyant que Jack ne se moquait pas de lui, il continua : « Ce mariage est une affaire conve-nue entre nous depuis un bout de temps; et c'est un grand bonheur, bien inespéré pour moi, que madame Weber ait consenti à se remarier. Elle avait été si mal-heureuse avec son premier, un brigand qui buvait, qui la battait quand il avait bu... Si ce n'est pas un péché de lever la main sur une si belle femme!... Vous la verrez tout à l'heure quand elle rentrera... Et si coura-geuse et si bonne!... Ah! je vous réponds que je ne la battrai pas, moi, et que si elle veut me battre, je la laisserai bien taire.

— Et quand comptez-vous vous établir? demanda Jack.

— Ah! voilà! je voudrais bien que ce fût tout de suite. Mais madame Weber, qui est la raison même, trouve qu'au prix où sont les denrées, nous ne sommes pas assez riches pour nous mettre tout seuls en ménage, et elle voudrait que nous ayons un camarade.

— Un camarade ?

— Dame ! oui... On fait souvent cela dans le faubourg, quand on est pauvre. On cherche un camarade, garçon ou veuf, qui partage le fricot, la dépense. On le loge, on le blanchit, tout cela à frais communs. Vous pensez quelle économie pour tout le monde ! Quand il y a pour deux, il y en a pour trois... Le difficile, c'est de trouver un bon camarade, quelqu'un de sérieux, d'actif, qui ne mette pas le désordre dans la maison.

— Eh bien, et moi, Bélisaire ? me trouveriez-vous assez sérieux ? Est-ce que je ne ferais pas votre affaire ?

— Vraiment, Jack, vous consentiriez ? Il y a une heure que j'y pense, mais je n'osais pas vous en parler.

— Et pourquoi ?

— Dame ! écoutez donc... C'est si misérable chez nous... Nous allons faire un si petit ménage... peut-être que notre ordinaire sera bien simple pour un mécanicien qui va gagner des six et des sept francs par jour.

— Non, non, Bélisaire. L'ordinaire ne sera jamais trop simple pour moi. Il faut que je fasse de grandes économies, que je sois bien raisonnable, car je songe aussi à me marier.

— Vraiment ?... mais alors vous ne pouvez pas faire l'affaire... dit le camelot consterné.

Jack se mit à rire et lui expliqua que son mariage à lui ne pourrait avoir lieu que dans quatre ans, et encore à la condition qu'il travaillerait bien jusque-là

— Alors, c'est dit. C'est vous qui serez le camarade et un solide, et un vrai... Quelle chance tout de même de s'être rencontrés!... Quand je pense que si je n'avais pas eu l'idée d'acheter de la chaussure au petit... Chut!... Attention... Voilà madame Weber qui rentre. Nous allons rire.

Un terrible pas d'homme, vigoureux et pressé, ébranlait l'escalier et la rampe. L'enfant l'entendit sans doute, car il poussa un beuglement de jeune veau, en tapant ses couvercles de casseroles sur la table.

—Voilà, voilà, m'ami... Pleure pas, mon mignon criait la porteuse de pain consolant son enfant du fond du couloir.

— Ecoutez... dit tout bas Bélisaire. On entendit une porte s'ouvrir, puis une exclamation suivie d'un éclat de rire jeune et sonore. La figure de Bélisaire, pendant ce temps-là, se plissait, se ridait de contentement.

Cette gaîté bruyante, que la minceur des cloisons répandait par tout l'étage, se rapprocha des deux amis et fit enfin son entrée dans la mansarde sous la figure d'une grande et vigoureuse femme du peuple de trente à trente-cinq ans, serrée dans un de ces longs sarreaux bleus à bavette avec lesquels les porteuses de

pain se préservent de la farine. Celui de madame
Weber faisait valoir une taille robuste et bien prise.

— Ah ! farceur, farceur, dit-elle en entrant, son enfant sur le bras... c'est vous qui avez fait ce coup-là...
Mais voyez donc comme il est bien chaussé, mon
garçon !

Et elle riait, elle riait, avec une petite larme dans le
coin de l'œil.

— Est-elle malicieuse, hein'?... disait Bélisaire, riant
à se tordre lui aussi... Comment a-t-elle pu deviner
que c'était moi ?

Cette grande joie apaisée, madame Weber s'assit à la
table, prit une tasse de café dans quelque chose qui
pouvait bien être un ancien pot à moutarde ; puis on
lui présenta Jack comme le futur camarade. Je dois
dire qu'elle accueillit d'abord cette idée avec une certaine réserve ; mais quand elle eut bien examiné le
postulant à cette distinction suprême, quand elle eut
appris que Jack et Bélisaire se connaissaient depuis dix
ans, et qu'elle avait en face d'elle le héros de la fameuse
histoire du jambon, qu'on lui avait racontée tant de
fois, sa figure perdit son expression de méfiance, elle
tendit la main à Jack.

— Allons, je vois que cette fois Bélisaire ne s'est pas
trompé... C'est que vous le connaissez, vous savez
quelle bête à bon Dieu ça fait. Il m'a déjà amené une
demi-douzaine de camarades dont le meilleur ne valait
pas la corde pour le pendre. A force d'être bon, il en

devient innocent. Si je vous racontais ce qu'ils lui ont fait souffrir dans sa famille ! C'était la victime, la bête de somme ; il nourrissait tout le monde et n'avait en retour que des avanies.

— Oh ! madame Weber..., dit le brave camelot, qui n'aimait pas à entendre mal parler des siens.

— Eh bien ! quoi, madame Weber ?... Il faut bien que j'explique au camarade pourquoi je vous ai séparé de toute cette race-là ; sans quoi j'aurais l'air d'avoir agi par intérêt, comme tant de femmes. Voyons, est-ce que vous n'êtes pas plus heureux maintenant que vous vivez à part et que votre travail vous profite un peu ?...

Elle continua en s'adressant à Jack :

— J'ai beau faire, on l'exploite encore, allez ! On lui envoie les plus petits, car ils sont là dedans une ribambelle d'enfants tout frisés, qui ont déjà les doigts crochus comme ce vieux juif de papa Bélisaire. Ils viennent ici quand je n'y suis pas, et ils trouvent toujours moyen d'emporter quelque chose. Je vous dis tout cela, Jack, pour que vous m'aidiez à le défendre contre les autres et contre lui-même, ce scélérat de trop bon cœur.

— Vous pouvez compter sur moi, madame Weber.

Alors on s'occupa d'installer le camarade. Il fut convenu que jusqu'au moment du mariage, il vivrait avec Bélisaire, coucherait dans la première pièce sur un lit de sangle. Les repas se feraient en commun, et Jack payerait sa part de logement et de nourriture tous les samedis. Après la noce, on verrait à s'intaller plus grandement, et aussi un peu plus près de chez Eyssendeck.

Pendant que ces graves questions se discutaient, madame Weber, son enfant endormi sur le bras, préparait le lit du camarade, enlevait le couvert, rinçait la vaisselle, Bélisaire se mettait à coudre ses chapeaux, et Jack, sans perdre une minute, empilait les livres du docteur Rivals dans un coin du buffet en bois blanc, comme pour bien prendre possession de ce logis de travailleurs et se mettre à l'unisson des braves gens qui l'entouraient.

Quelques jours auparavant, quand il était encore à Etiolles, on l'eût bien étonné en lui disant qu'il recommencerait avec ardeur sa vie d'ouvrier sans en sentir l'humiliation ni la fatigue, qu'il rentrerait dans son enfer le cœur joyeux. Ce fut pourtant ce qui arriva. Oui, certainement, c'était l'enfer à traverser une seconde fois, mais Eurydice l'attendait au bout, patiente et drapée dans ses voiles d'épouse; il le savait, et ce but à ses efforts, à ses peines lui rendait le chemin facile.

Son nouvel atelier de la rue Oberkampf lui rappela Indret avec moins de grandeur. Ici, comme la place manquait, on avait superposé dans la même salle trois étages d'établis et de machines. Jack fut placé tout en haut sous un vitrage où tous les bruits de l'atelier, sa buée, sa poussière montaient en se confondant. Quand il s'appuyait à la rampe bordant une espèce de galerie où il travaillait, il apercevait un terrible outillage

humain toujours en mouvement, les forgerons à leurs
feux, les mécaniciens à leurs pièces, et en bas, vêtues
de blouses qui leur donnaient l'aspect de jeunes apprentis, un certain nombre d'ouvrières occupées à des
travaux de détail.

La chaleur était suffocante, d'autant plus qu'on ne
sentait pas comme à Indret l'espace et le vent de mer
autour des halles surchauffées, mais qu'on savait au
contraire l'immense bâtiment resserré entre d'autres
fabriques, aligné sur la rue, fenêtre à fenêtre, avec
d'autres métiers fatigants. N'importe, désormais Jack
était assez aguerri à la peine pour tout supporter; il se
sentait élevé au-dessus des difficultés et des chagrins
de sa condition, autant qu'à l'atelier il dominait la
foule des travailleurs dont l'effort arrivait à ses oreilles
dans une sonorité de cathédrale. Il se considérait là
comme de passage, faisant sa besogne en conscience,
mais la pensée toujours ailleurs.

Les autres compagnons s'en apercevaient bien. Ils
le voyaient vivant à part d'eux, indifférent à leurs
querelles ou à leurs rivalités. Les conspirations contre
le *singe* ou le *contre-coup*, les batailles à la sortie, les
nouveaux venus payant leur « *quand est-ce* (1) », les
stations dans les *assommoirs*, les *consolations*, les *mines
à poivre*, Jack ne se mêlait à rien, ne partageait avec
les autres ni leurs plaisirs, ni leurs haines. Il n'en-

(1) C'est le nom qu'on donne à la bienvenue.

tendait pas les plaintes sourdes, les grondements de
révolte de ce grand faubourg, perdu comme un Ghetto
dans la ville somptueuse, et faisant reluire de ses haillons tout le luxe qui l'environne. Il n'entendait pas les
théories socialistes que la misère souffle à ces malheureux trop dépossédés et vivant trop près de ceux qui
possèdent pour ne pas désirer un bouleversement général qui change tout à coup leur destinée infime.
L'histoire et la politique professées sur le zinc du
comptoir par la Balafre, le grand Louis, ou François
la Bouteille, le laissaient également froid, histoire
mêlée de livraisons à un sou, des drames ou des romans de Dumas, et dont tous les héros sortent de l'Am-
bigu. Je ne dirai pas que ses camarades eussent de l'a-
mitié pour lui, mais on le respectait. Aux premières
plaisanteries un peu trop fortes, il avait répondu par
un regard si clair, un regard de blond, aigu et déter-
miné, qui fit taire les railleurs; puis on savait qu'il
arrivait des chambres de chauffe, dont les batailles à
coup de ringard sont célèbres chez les mécaniciens.

Aux yeux des hommes, cela suffisait pour le rendre
presque sympathique; aux yeux des femmes, il possédait un autre prestige, cette lumière où marchent ceux
qui aiment et qui sont aimés. Avec sa longue taille
élégante, redressée maintenant par l'élan d'une volonté,
sa tenue soignée, il faisait aux ouvrières, qui toutes
avaient lu les *Mystères de Paris*, l'effet d'un prince
Rodolphe à la recherche d'une Fleur-de-Marie. **Mais**

les pauvres filles perdaient les sourires fanés qu'elles lui jetaient, lorsqu'il traversait leur coin d'atelier plein de bavardages, toujours animé de quelque drame, presque toutes ayant un amant dans la fabrique, et ces liaisons amenant des jalousies, des ruptures, des scènes perpétuelles. A l'heure du déjeuner, quand sur le bord de l'établi elles prenaient leur maigre repas, les discussions s'allumaient entre ces créatures qui ne renonçaient pas à être des femmes, se coiffaient pour l'atelier comme pour le bal, et, en dépit des limailles de fer, des éclaboussures du travail, gardaient dans leurs cheveux un ruban, une épingle brillante, un reste de coquetterie.

En sortant de l'usine, Jack s'en allait vite et toujours seul. Il avait hâte d'arriver dans son logement, de quitter sa blouse d'atelier et de changer d'occupation. Entouré de ses livres, petits livres scolaires aux marges desquels son enfance avait laissé bien des souvenirs, il commençait le labeur du soir et s'étonnait chaque fois des facilités qui lui venaient, de ce que le moindre mot classique ressuscitait en lui d'anciennes leçons apprises. Il était plus savant qu'il ne croyait. Parfois cependant des difficultés inattendues surgissaient entre les lignes, et c'était touchant de voir ce grand garçon, dont les mains se déformaient tout le jour aux lourdeurs du balancier, s'énerver à tenir une plume, la brandir, la jeter quelquefois dans un mouvement de colère impuissante. A côté de lui, Bélisaire cousait les visières de ses casquettes ou la paille de ses chapeaux d'été avec un silence religieux, la stupéfaction d'un sauvage assistant à des incantations de magicien. Il suait des efforts que faisait Jack, tirait la langue, s'impatientait, et quand le camarade était venu à bout de quelque passage difficile, lui-même hochait la tête d'un air vainqueur. Le bruit de la grosse aiguille du camelot traversant la paille épaisse, la plume de l'étudiant grinçant sur le papier, ses gros dictionnaires lourdement remués emplissaient la mansarde d'une atmosphère de travail tranquille et saine, et quand Jack levait les yeux, il apercevait en face de lui, derrière les vitres, des lueurs de lampes laborieuses, des ombres actives prolongeant courageusement leur veillée, l'envers d'une nuit de Paris, tout ce qui rayonne au fond de ses cours pendant que ses boulevards s'allument.

· Vers le milieu de la soirée, son enfant couché et endormi, madame Weber, pour économiser le charbon et l'huile, venait travailler auprès de ses amis. Elle raccommodait les effets du petit, ceux de Bélisaire et du camarade. Il avait été convenu que le mariage ne se ferait qu'au printemps, l'hiver étant pour les pauvres plein de surcharges et d'inquiétudes. En attendant, les deux amoureux travaillaient courageusement l'un à côté de l'autre, ce qui est encore une façon de se faire la cour. C'était déjà le ménage à trois qu'ils projetaient ; mais il paraît que pour Bélisaire il y manquait encore quelque chose, car assis à côté de la porteuse de pains, il avait des attitudes mélancoliques, des soupirs sourds et rauques, comme les naturalistes ont remarqué que les grandes tortues d'Afrique en poussent sous leur lourde carapace pendant la saison des amours. De temps en temps, il essayait bien de prendre la main de madame Weber, de la garder un peu dans les siennes, mais elle trouvait que l'ouvrage en était retardé, et ils se contentaient de tirer leurs deux aiguilles en mesure, se parlant tout bas entre eux avec ce sifflement des grosses voix qui veulent se contenir.

Jack ne se retournait pas de peur de les gêner, et, tout en écrivant, il pensait : « Qu'ils sont heureux ! »

Lui n'était heureux que le dimanche, le jour d'Étiolles.

Jamais petite-maîtresse n'eut autant de soin d'elle que Jack n'en prenait lui-même le matin de ce grand jour, à la lueur de la lampe allumée dès cinq heures. Madame Weber lui préparait d'avance du linge blanc, son vêtement de monsieur bien étalé au dos d'une chaise. Et en avant le citron, la pierre ponce pour effacer les stigmates du travail. Il voulait que rien en lui ne rappelât le mercenaire qu'il était toute la semaine. C'est pour le coup que les ouvrières de chez Eyssendeck l'auraient pris pour le prince Rodolphe, si elles l'avaient vu partir là-bas.

Journée délicieuse, sans heures, sans minutes, d'une félicité ininterrompue ! Toute la maison l'attendait, lui

faisait accueil, le bon feu allumé dans la salle, les bouquets de verdure sur la cheminée, et la gaieté du docteur, et l'émotion de Cécile à qui la seule présence de
son ami mettait sur tout le visage la rougeur d'un
baiser épandu. Comme autrefois, quand ils étaient
enfants, il prenait sa leçon devant elle, et le regard in-
telligent de la jeune fille l'encourageait, l'aidait à
comprendre. M. Rivals corrigeait les devoirs de la
semaine, les expliquait, en donnait d'autres, et le
maître était en cela aussi courageux que l'élève, cette
après-midi du dimanche, qu'à moins de visites imprévues le vieux médecin se gardait libre d'ordinaire, se
trouvant presque exclusivement consacrée à reprendre
les livres de sa jeunesse pour les marquer, les annoter
à l'usage d'un commençant. La leçon finie, quand le
temps le permettait, on allait faire un tour dans la
forêt, dépouillée, rouillée par les gelées, frissonnante
et craquante, où couraient les lapins traqués et les
chevreuils au découvert.

C'était là le meilleur moment du jour.

Le bon docteur, ralentissant le pas exprès, laissait
passer devant lui les jeunes gens, au bras l'un de
l'autre, alertes et vifs, tourmentés de confidences que
sa bonhomie naïve gênait un peu. Il les eût mis trop
vite à l'aise, et ils en étaient encore à ces heureuses
minutes où l'amour est fait bien plus de divinations
que de paroles. Pourtant ils se racontaient la semaine
écoulée, mais avec de longs silences qui étaient comme

la musique, l'accompagnement discret et passionné de cet opéra à deux voix.

Pour entrer dans cette partie de la forêt qu'on appelle le grand Sénard, on passait devant le chalet des Aulnettes, où le docteur Hirsch continuait à venir faire de temps en temps des expériences sur la.thérapeutique des parfums. On eût dit qu'on brûlait là tous les baumes de la forêt et des champs, tellement la fumée montant du toit était épaisse et vous saisissait à la gorge par son âcreté aromatique.

— Ah! ah!... L'empoisonneur est arrivé, disait M. Rivals aux enfants... La sentez-vous, sa cuisine du diable?

Cécile voulait le faire taire :

— Prends garde, grand-père, il pourrait t'entendre.

— Eh! qu'il m'entende... Est-ce que tu crois que j'ai peur de lui?... Pas de danger qu'il bouge, va! Depuis le jour où il voulait m'empêcher d'arriver jusqu'à notre ami Jack, il sait que le vieux Rivals a le poignet encore solide.

Mais il avait beau dire, les enfants parlaient plus bas, marchaient plus vite en passant devant « *Parva domus.* » Ils sentaient qu'il n'y avait rien de bon pour eux là dedans et semblaient deviner le regard venimeux que leur lançaient les lunettes du docteur Hirsch embusqué derrière ses persiennes closes. En somme, qu'avaient-ils à craindre de l'espionnage de ce fantoche? Tout n'était-il pas fini entre d'Argenton et le

fils de Charlotte? Depuis trois mois ils ne se voyaient
plus, vivaient séparés par une constante pensée de
haine qui les éloignait chaque jour davantage comme
deux rivages que le flot creuse en allant sans cesse de
l'un à l'autre. Jack aimait trop sa mère pour lui en
vouloir d'avoir un amant, mais depuis que son amour
pour Cécile lui avait appris la dignité, il haïssait
l'amant de sa mère, le faisait responsable de la faute
de cette femme faible, rivée à sa chaîne par la violence, la tyrannie, tout ce qui éloigne les âmes fières
et indépendantes. Charlotte, qui craignait les scènes,
les explications, avait renoncé à réconcilier ces deux
hommes. Elle ne parlait plus à d'Argenton de son
fils; seulement, en cachette, elle donnait à celui-ci des
rendez-vous.

Deux ou trois fois même, elle était venue en fiacre
et voilée à l'atelier de la rue Oberkampf, demander
Jack, que ses compagnons purent voir à la portière,
causant avec une femme encore jeune, d'une élégance
un peu voyante. Le bruit se répandit qu'il avait une
maîtresse crânement « gironde. « On le complimenta,
on crut voir là une de ces liaisons étranges, mais assez
fréquentes, par lesquelles certaines rouleuses, sorties
du faubourg, une fois riches et lancées, reviennent au
ruisseau natal. C'est une rencontre dans un bal de
barrière, où madame est allée par chic, ou bien sur ce
chemin de courses qui traverse les quartiers pauvres.
Ces ouvriers-là sont mieux mis que les autres; ils ont

l'air faraud, le regard dédaigneux et distrait des hommes que les reines ont choisis.

Pour Jack, ces soupçons étaient doublement outrageants, et sans les communiquer à Charlotte, il allégua pour l'empêcher de revenir, le règlement de l'atelier, interdisant toute sortie pendant les heures de travail. Dès lors ils ne se virent plus que de loin en loin dans des jardins publics, dans des églises surtout, car ainsi que toutes ses pareilles, elle devenait dévote en vieillissant par un débordement de sentimentalité inactive, et aussi par un goût des honneurs, des cérémonies, le besoin de satisfaire ses dernières vanités de jolie femme, en s'agenouillant sur un prie-Dieu, à l'entrée du chœur, les jours de sermon. Dans ces rares et courts rendez-vous, Charlotte parlait tout le temps selon son habitude, quoique d'un air triste, un peu fatigué. Elle se disait pourtant très tranquille, très heureuse, pleine de confiance dans l'avenir littéraire de M. d'Argenton. Mais un jour, à la fin d'une de ces causeries et comme ils sortaient de l'église du Panthéon :

— Jack, lui dit-elle avec un peu d'embarras, est-ce que tu pourrais... Figure-toi, je ne sais pas comment j'ai fait mon compte, je n'ai plus assez d'argent pour aller jusqu'à la fin du mois. Je n'ose pas lui en demander, ses affaires vont si mal. Il est malade avec cela, ce pauvre ami. Pourrais-tu m'avancer seulement par quelque jours...

Il ne la laissa pas achever. Il venait de toucher sa

paye et la mit dans la main de sa mère en rougissant.
Puis au grand jour de la rue, il remarqua ce qu'il n'a-
vait pu voir dans l'ombre de l'église, des traces de désespoir sur ce visage souriant, ces pâleurs marbrées
de rouge où l'on dirait que la fraîcheur s'en va, dé-
layée dans des ruisreaux de larmes. Une immense
pitié le prit.

— Tu sais, ma mère, si tu étais malheureuse... Je
suis là... Viens me trouver... Je serais si fier, si content de t'avoir!

Elle tressaillit :

— Non, non, c'est impossible, dit-elle à voix basse.
Il est trop éprouvé en ce moment. Ce ne serait pas
digne.

Elle s'éloigna précipitamment, comme si elle eût
craint de céder à quelque tentation.

V

JACK EN MÉNAGE

C'est un matin d'été, à Ménilmontant, dans le petit logement de la rue des Panoyaux. Le camelot et son camarade sont déjà levés, bien qu'il fasse à peine jour. L'un va et vient en clopinant, avec le moins de bruit possible, range, balaye, cire les souliers ; et c'est miracle de voir comment cet être d'aspect balourd est adroit, léger, attentif à ne pas déranger son vaillant compagnon établi devant le croisée ouverte, sous un ciel matinal du mois de juin, un ciel d'un bleu tendre cendré de rose, que la grande cour faubourienne découpe à la hauteur de ses mille cheminées. Quand Jack quitte son livre des yeux, il aperçoit en face de lui le toit en zinc d'une grande fabrique de métallurgie. Tout à l'heure, lorsque le soleil donnera dessus, ce sera là un miroir terrible, d'une réverbération insupportable. En ce moment, la lumière naissante s'y reflète en teintes vagues et douces, si bien que la haute cheminée établie au milieu du bâtiment, consolidée de longs

cordages qui vont rejoindre les toits voisins, semble le
mât de quelque navire voguant sur une eau luisante et
lourde. En bas, les coqs chantent dans ces poulaillers
que les commerçants de faubourgs installent en un coin
de hangar ou de jardin. On n'entend pas d'autre bruit
jusqu'à cinq heures. Tout-à coup un cri retentit :

— « Ma'me Jacob, m'ame Mathieu, v'là le pain ! »

C'est la voisine de Jack qui commence sa tournée.
Son tablier rempli de pains de toutes les grandeurs,
embaumés, encore chauds, elle s'en va par les couloirs,
les escaliers, et, dans l'angle des portes où les boîtes à
lait sont pendues, pose le pain tout debout en appelant
par leur nom ses pratiques à qui elle sert de réveille-
matin ; car elle est toujours la première levée dans le
faubourg.

— « V'là le pain ! »

C'est le cri de la vie, l'appel éloquent et irrésistible.
Voilà le réconfort de la journée, le pain terrible à gagner, qui fait la maison joyeuse, la table animée. Il en
faut dans le bissac du père, dans le petit panier d'école
de l'enfant, pour le café du matin et pour la soupe du
soir.

— « V'là le pain ! v'là le pain ! »

Les tailles de bois crient sous le long couteau de la
porteuse. Encore une coche, encore une dette, et des
heures de travail engagées bien avant d'être accom-
plies. N'importe ! aucun moment de la journée ne donnera la sensation de celui-ci. C'est le réveil avec son

appétit immédiat, son instinct animal, la bouche ouverte aussitôt que les yeux. Aussi, à l'appel de madame
Weber, qui monte, qui descend, qu'on peut suivre à
tous les étages, la maison s'éveille, des portes battent,
des dégringolades joyeuses retentissent par les escaliers, les enfants poussent des cris de triomphe et re-
montent en portant dans leurs bras une miche plus
grosse qu'eux, avec ce mouvement d'Harpagon serrant
sa cassette, que vous verrez à tous les pauvres gens
sortant de chez le boulanger, et qui donne une fière
idée de ce que c'est que le pain.

Bientôt tout le monde est sur pieds. En face de Jack,
de l'autre côté de la fabrique, des fenêtres s'ouvrent,
des quantités de fenêtres, toutes celles dont il aperçoit
la lumière à la nuit et qui lui laissent voir à cette heure
le mystère de leur pauvreté laborieuse. A l'une, une
femme triste vient s'asseoir, manœuvrant une machine
à coudre, aidée de sa fillette, qui lui tend un à un les
morceaux d'étoffe. A l'autre, une jeune fille, déjà
coiffée, sans doute quelque employée de magasin, se
penche pour couper le pain de son mince déjeuner, de
peur de répandre des miettes dans sa chambre balayée
à l'aube. Plus loin, c'est un châssis de mansarde où
bat un petit miroir suspendu, et qui, sitôt le soleil levé,
s'abrite d'un grand rideau rouge, à cause de la cruelle
réverbération du zinc. Tous ces logis de pauvres
s'ouvrent sur le revers d'une énorme maison, sur ce
côté où tournent les étages, où s'écoulent les eaux

ménagères, où serpentent.les lézardes de la bâtisse, les
conduits de ses cheminées. C'est noir, c'est laid. Mais
l'étudiant ne s'en attriste pas. Une seule chose le
touche, c'est d'entendre la voix d'une vieille femme
jetant chaque jour et sur le même ton dans l'air matinal
encore vide des bruits de la rue, cette phrase toujours
semblable et navrante comme une plainte : « Les personnes qui sont à la campagne d'un temps pareil doivent
être bien heureuses. » A qui dit-elle cela, la pauvre
vieille? A personne, à tout le monde, à elle-même,
peut-être au serin dont elle accroche à sa persienne
la cage parée de verdure fraîche, peut-être aux pots de
fleurs alignés devant sa croisée. Jack est bien de son
avis, et volontiers il formulerait avec elle son regret
lamentable ; car sa première pensée s'en va toujours,
courageuse et tendre, vers une tranquille rue de village,
vers la petite porte verte où ces mots sont tracés sur
une plaque : « *Sonnette du médecin.* » Or, pendant qu'il
est là, rêvant, oubliant une minute sa besogne enragée,
le frôlement d'une robe de soie se fait entendre dans le
couloir, la clef tourmente la serrure.

— A droite, dit Bélisaire, en train de faire le café.

La clef tourne à gauche.

— A droite donc.

La clef tourne de plus en plus à gauche. Le camelot,
impatienté, va ouvrir, sa cafetière à la main, et Charlotte se précipite dans la chambre. Bélisaire, stupéfait
de cette invasion de volants, de plumes, de dentelles,

fait de grandes révérences, sautille sur ses jambes ca-
gneuses, frotte le carreau avec enthousiasme, pendant
que la mère de Jack, qui ne reconnaît pas l'être hirsute
et mal peigné qu'elle a devant elle, s'excuse et recule
vers la porte :

— Pardon, monsieur... je me trompais.

Au son de cette voix, Jack a levé la tête, et s'élance :

— Mais non, maman... tu ne te trompes pas.

— Ah ! mon Jack, mon Jack.

Elle se jette à son cou, se réfugie entre ses bras.

— Sauve-moi, Jack, défends-moi... Cet homme, ce
misérable à qui j'ai tout donné, tout sacrifié, ma vie,
celle de mon enfant ; il m'a battue, oui, il vient de me
battre... Ce matin, quand il est rentré, après deux
nuits passées dehors, j'ai voulu lui faire quelques observations. C'était mon droit, je pense... Alors le misérable s'est mis dans une colère affreuse, et il a levé la
main sur moi, sur moi, sur m...

La fin de sa phrase se perd dans une explosion de
larmes, de sanglots effrayants. Dès les premiers mots
de la malheureuse femme, Bélisaire s'est retiré discrètement, en refermant la porte sur cette scène de
famille. Jack, debout, devant sa mère, la regarde, plein
de terreur et de pitié. Comme elle est changée, comme
elle est pâle ! Dans la jeunesse du jour et le soleil levant
dont la petite chambre est inondée, les marques du
temps paraissent plus creuses sur son visage, et des
cheveux blancs qu'elle n'a pas pris la peine de cacher,

13.

brillent sur ses tempes éclaircies. Sans songer à es-
suyer ses larmes, elle parle avec volubilité, raconte tous
ses griefs contre l'homme qu'elle vient de quitter, sans
ordre, au hasard, car il y en a tant qui se pressent sur
ses lèvres et la font bégayer :

— Oh ! que j'ai souffert, mon Jack, depuis dix ans !
Comme il m'a blessée, déchirée... C'est un monstre, je
te dis... Il passe sa vie au café, dans des brasseries où
il y a des femmes. C'est là qu'ils font leur journal
maintenant. Aussi il est bien fait... Le dernier numéro
était d'un creux !... Tu sais, quand il est venu à Indret pour apporter l'argent, j'étais là, moi aussi, dans
le village en face, et j'avais bien envie de te voir, va !
Mais monsieur n'a pas voulu. Faut-il être méchant,
dis ? Il te déteste tant, il t'en veut tellement de te passer de lui. C'est cela surtout qu'il ne te pardonne pas.
Et pourtant il nous l'a assez reproché le pain que tu
mangeais chez lui. Il est si rat... Veux-tu que je te
dise encore une chose qu'il t'a faite ? Jamais je n'aurais
voulu t'en parler. Mais aujourd'hui tout déborde. Eh
bien ! j'avais dix mille francs pour toi que « Bon ami »
m'avait donnés au moment de cette affaire d'Indret.
Il les a mis dans sa revue, oui, mon cher, dans sa revue... Oh ! je sais bien qu'il pensait leur faire rapporter
de gros intérêts, mais les dix mille francs ont été en-
gloutis avec tant d'autres, et quand je lui ai demandé
s'il ne t'en tiendrait pas compte, car enfin dans ta position, cet argent-là aurait pu te rendre bien service,

sais-tu ce qu'il a fait? Il a dressé une longue note de
tout ce qu'il a dépensé pour toi dans le temps, pour ton
entretien, ta nourriture à Étiolles, chez Roudic. Il y en
a pour quinze mille francs. Mais, comme il dit, il
n'exige pas d'autre restitution. C'est généreux, hein?...
Pourtant j'avais tout supporté, ses injustices, ses mé-
chancetés, les fureurs qui le prenaient à cause de toi,
l'indigne façon dont il parlait avec ses amis de cette affaire d'Indret, comme si ton innocence n'avait pas été
reconnue, proclamée, oui, même cela je le souffrais,
parce qu'enfin tout ce qu'ils pouvaient dire ne m'empêchait pas de t'aimer, de penser à toi cent fois dans
le jour. Mais me laisser deux nuits de suite dans tous
les tourments de l'attente, de la jalousie, me préférer
je ne sais quelle fille de théâtre, quelle femme perdue
du faubourg Saint-Germain (il paraît qu'elles sont
comme des enragées après lui, toutes ces comtesses),
accueillir mes reproches avec des airs dédaigneux, des
haussements d'épaules, et dans un accès de colère
oser me frapper, moi, moi, Ida de Barancy! C'était
trop pour ma fierté, pour mon amour-propre. Je me
suis habillée, j'ai mis mon chapeau. Puis je me suis
plantée en face de lui, et je lui ai dit ceci : « Regardez
moi bien, monsieur d'Argenton, c'est la dernière fois
de votre vie que vous me verrez. Je vous quitte. Je vais
avec mon enfant. Je vous souhaite de trouver une autre
Charlotte; moi, j'en ai assez. » Alors je suis partie, et
me voilà.

Jack l'avait écoutée jusqu'au bout sans l'interrompre, pâlissant seulement à chaque révélation d'infamie, et si honteux pour elle de tout ce qu'elle lui racontait, qu'il n'osait pas la regarder. Quand elle eut fini, il lui prit la main, et avec beaucoup de douceur, de tendresse, beaucoup de gravité aussi :

— Je te remercie d'être venue, ma mère... Une seule chose manquait à mon bonheur, à la dignité de ma vie, c'était toi. A présent te voilà, je te tiens, je te possède, c'est tout ce que je pouvais désirer. Seulement, prends garde, je ne te laisserai plus partir.

— Partir, moi ! retourner près de cet homme !... Non, mon Jack ; avec toi, toujours avec toi, rien que nous deux... Tu sais ce que je t'avais dit qu'un jour viendrait où j'aurais besoin de toi. Il est arrivé, ce jour-là, et je te le jure.

Sous les caresses de son fils, son émoi se dissipait peu à peu, s'éloignait en de grands soupirs, comme en ont les enfants qui ont beaucoup pleuré : « Tu vas voir, mon Jack, quelle belle vie nous allons mener. C'est que je te dois tout un arriéré de soins et de tendresses. Je vais m'acquitter, n'aie pas peur. Te dire comme je me sens libre, comme je respire ! Tiens, ta chambre est bien étroite, bien nue, bien affreuse, un vrai chenil. Eh bien ! depuis que je suis là, il me semble que je suis entrée dans un Paradis. »

Cette appréciation un peu légère de son logement, que Bélisaire et lui trouvaient magnifique, donna à

Jack certaines inquiétudes pour l'avenir ; mais il n'avait pas le temps de s'y arrêter. Il lui restait à peine une demi-heure avant d'aller à l'atelier, et il fallait décider, installer tant de choses qu'il ne savait par où commencer. Il alla d'abord consulter le camelot qui continuait à arpenter patiemment le corridor et qui l'eût arpenté jusqu'au soir sans frapper une seule fois pour voir si l'explication était finie.

— Voici ce qui m'arrive, Bélisaire. Ma mère vient vivre avec moi. Comment allons-nous nous arranger ?

Bélisaire tressaillit à cette pensée qui lui vint tout de suite : « Il ne pourra plus être le camarade. Voilà le mariage encore renvoyé. » Mais il ne laissa rien voir de son désappointement et ne songea qu'à tirer son ami d'embarras. Il fut convenu que leur logement étant ce qu'il y avait de mieux sur le palier, Jack l'occuperait avec sa mère, que le camelot mettrait ses casquettes et ses chapeaux chez madame Weber et chercherait pour lui un cabinet dans la maison.

— Ce n'est rien du tout, rien du tout... disait le pauvre garçon en essayant de prendre un air dégagé. Ils rentrèrent. Jack présenta à sa mère son ami Bélisaire qui, maintenant, se rappelait très bien la belle dame des Aulnettes ; et, pour cette journée d'installation le camelot se mit au service d'Ida de Barancy, car il n'était plus question de Charlotte. Il s'agissait de louer un lit, deux chaises, une toilette. Jack prit dans le tiroir où il mettait ses économies trois ou quatre louis qu'il donna à sa mère.

— Tu sais, maman, si la cuisine t'ennuie, madame Weber, en rentrant, s'occupera du dîner.

— Non pas certes. C'est moi que cela regarde. M. Bélisaire m'indiquera seulement les marchands. Je veux être ta ménagère, ne rien déranger dans ta vie. Tu verras le bon petit dîner que je vais te faire, puisque tu es trop loin de l'atelier pour venir déjeuner. Tout sera prêt quand tu rentreras.

Elle avait déjà quitté son châle, retroussé ses manches et sa traîne pour se mettre à l'ouvrage. Jack, enchanté de la voir si résolue, l'embrassa de tout son cœur et partit plus joyeux qu'il ne l'avait jamais été. Avec quel courage il travailla ce jour-là, en songeant aux devoirs multiples dont il allait se trouver chargé! La situation pénible de sa mère l'avait tant de fois préoccupé, depuis ses projets de mariage Cette pensée lui gâtait ses joies, ses espérances. Jusqu'où cet homme la ferait-il descendre? A quoi était-elle destinée? Une honte lui venait parfois de donner pour belle-mère à sa chère Cécile cette déclassée que d'autres que son fils trouveraient sans doute méprisable. Dorénavant tout était changé. Ida reconquise, protégée par l'amour le plus attentif, le plus tendre, allait devenir digne de celle qu'elle appellerait un jour « ma fille. » Il semblait à Jack que, par ce seul événement, la distance diminuait entre sa fiancée et lui, et dans sa joie,

il maniait le lourd balancier de l'usine Eyssendeck
d'un tel élan, que les compagnons le remarquèrent :

— Regarde donc l'Aristo, là-haut comme il a l'air
content !... Faut croire que les affaires vont bien avec
ta payse, eh ! l'Aristo.

— Ma foi, oui... disait Jack en riant.

Toute la journée il ne fit que rire. Mais voici qu'après
le travail, tandis qu'il remontait la rue Oberkampf, une
peur le prit. Allait-il retrouver, dans sa chambre, celle
qui y était venue si précipitament ? Il savait avec quelle
promptitude Ida attachait des ailes à tous ses caprices ;
et puis la passion dégradante que cette faible créature
avait toujours eue pour sa chaîne, lui laissait craindre
qu'elle n'eût senti la tentation de la renouer sitôt après
l'avoir rompue. Aussi arpenta-t-il vivement la distance ;
mais, dès l'escalier, sa crainte cessa. Parmi les bruits,
les grincements de la maison ouvrière, une voix fraîche
montait en roulades éclatantes, filant des sons comme
un chardonneret captif dans une cage nouvelle. Jack
la connaissait bien, cette voix sonore.

. Au premier pas qu'il fit dans son « chenil, » il s'arrêta stupéfait. Nettoyée de fond en comble, débarrassée
de la cargaison de Bélisaire, ornée d'un beau lit, d'une
toilette, loués par Ida, la chambre était agrandie, trans-
formée. De gros bouquets achetés aux petites voitures
de la rue se dressaient partout dans des vases, et une
table servie étalait ses gaietés de linge blanc et de vaisselle commune, chargée d'un beau pâté et de deux

bouteilles de vin cacheté. Ida elle-même se ressemblait à peine, en jupon brodé, en camisole claire, un petit bonnet jeté sur ses cheveux bouffants, et là-dessus l'épanouissement d'une physionomie de jolie femme, consolée, reposée, gazouillante.

— Eh bien, qu'en dis-tu ? cria-t-elle en courant au-devant de lui, les bras ouverts.

Il l'embrassa.

— C'est superbe.

— Crois-tu que j'ai eu vite arrangé cela ? Il faut dire que Bel m'a bien aidée... Quel garçon complaisant !

— Qui donc ? Bélisaire ?

— Mais oui, mon petit Bel, et puis maman Weber aussi.

— Oh ! oh ! je vois que vous êtes déjà de grands amis.

— Je crois bien ! Ils sont si gentils, si prévenants ! Je les ai invités à dîner avec nous.

— Diable !... Et la vaisselle ?

— Tu vois, j'en ai acheté un peu très peu. Le ménage d'à côté m'a prêté quelques couverts. Ils sont très complaisants aussi, ces petits Levindré.

Jack, qui ne se savait pas des voisins si obligeants, ouvrait des yeux étonnés.

— Mais ce n'est pas tout, mon Jack... Tu n'as pas vu ce pâté. Je suis allée le chercher place de la Bourse, à un endroit que je connais, où on les vend quinze sous de moins que partout ailleurs. Par exemple, c'est loin

En revenant, je n'en pouvais plus. J'ai été obligée de prendre une voiture.

C'était elle tout entière. Une voiture de deux francs pour économiser quinze sous! Du reste, on voyait qu'elle connaissait les bons endroits. Les petits pains venaient de la boulangerie Viennoise, le café et le dessert du Palais-Royal.

Jack l'écoutait avec stupeur. Elle s'en aperçut, et naïvement demanda :

— J'ai peut-être un peu trop dépensé, n'est-ce pas?

— Mais... non...

— Si, si. je le vois bien à ton air. Mais que veux-tu? Ça manquait d'un tas de choses ici ; et puis on ne se retrouve pas tous les jours. D'ailleurs, tu vas voir si je suis disposée à être raisonnable...

Elle tira de la commode un long cahier vert qu'elle agita d'un air triomphant.

— Regarde-moi ce beau livre de dépense que j'ai pris chez madame Lévêque.

— Lévêque, Levindré!... Ah çà! tu connais donc tout le monde dans le quartier?

— Dame! oui, Lévêque, le papetier d'à côté. Une bonne vieille dame qui tient aussi un cabinet de lecture. C'est très commode, car enfin il faut suivre le mouvement littéraire... En attendant, j'ai toujours pris un livre de dépense. C'était indispensable, vois-tu, mon enfant. Dans une maison un peu régulière, on ne peu pas marcher sans cela. Ce soir, après dîner, si tu veux nous ferons nos petits comptes. Tu vois, tout est déjà écrit.

— Oh ! alors, si tout est écrit...

Ils furent interrompus par l'arrivée de Bélisaire, de madame Weber et de l'enfant à grosse tête. Rien de plus comique que la familiarité protectrice avec laquelle Ida de Barancy parlait à ses nouveaux amis :

— Dites donc, mon petit Bel, sans vous commander... Maman Weber, fermez la porte; le petit vient d'éternuer.

Et des grands airs, une dignité de reine aimable, des façons condescendantes de traiter ces pauvres gens, de les mettre à l'aise. A l'aise, madame Weber s'y trouvait complétement. C'était une brave femme qui ne s'intimidait pas, ayant la conscience de son petit mérite et de la vigueur de ses bras. Le jeune Weber ne ressentait pas non plus la moindre gêne à se bourrer de croûte de pâté. Bélisaire seul manquait un peu d'entrain, et il y avait bien de quoi. Se croire à quinze jours du bonheur, avoir sa félicité à portée de sa main, et voir tout s'éloigner dans les « peut-être » de l'avenir, c'est terrible ! De temps en temps, il tournait un œil lamentable vers madame Weber, qui semblait supporter cette perte du camarade assez tranquillement, ou vers Jack enchanté, s'occupant à servir sa mère avec des attentions d'amoureux. Ah ! l'on peut bien dire que les événements de ce monde ressemblent à ces balançoires que les enfants établissent sur une pièce

de bois et qui n'élèvent un des joueurs qu'à la condition de faire sentir à l'autre toutes les duretés, toutes
les aspérités du sol. Jack montait vers la lumière
tandis que son pauvre compagnon redescendait de
tous ses rêves vers l'implacable réalité. Pour commencer, lui qui se trouvait si bien dans son logement,
qui en était si fier, il allait habiter désormais une es-.
pèce de serre-bois ouvert dans le mur de l'escalier,
aéré seulement par un vasistas. Il n'y avait pas d'autre.
chambre libre à l'étage, et Bélisaire, à aucun prix, ne
se serait éloigné de madame Weber seulement de
quelques marches. Cet être-là s'appelait Bélisaire ;
mais il s'appelait aussi Résignation, Bonté, Dévouement, Patience. Il avait ainsi une foule de noms
très nobles qu'il ne portait pas, dont il ne se vantait
jamais, mais que devinaient peu à peu ceux qui vivaient près de lui.

Leurs invités partis, quand Jack et sa mère restèrent
seuls, elle fut très étonnée de le voir débarrasser la
table bien vite et poser de gros livres de classe dessus.

— Qu'est-ce que tu vas faire ?

— Tu vois, je travaille.

— A quoi donc ?

— Mais c'est vrai... Tu ne sais pas encore.

Alors il lui apprit le secret de son cœur, et la double
vie qu'il menait, avec quelle splendide espérance au
bout. Jusqu'ici il ne lui en avait jamais parlé. Il connaissait trop bien cette tête à l'évent, pleine de lacunes

et de fentes, pour lui confier ses projets de bonheur. Il
craignait trop la révélation qu'elle n'aurait pas manqué
de faire à d'Argenton ; et l'idée que son rêve d'amour
traînerait dans cette maison où il ne se connaissait
que des haines, le révoltait, lui faisait peur. Il se méfiait du poëte, de son entourage, et son bonheur lui
aurait semblé compromis entre leurs mains. Mais à
présent que sa mère était revenue à lui, à présent qu'il
la tenait enfin, indépendante et seule, il pouvait lui
parler de Cécile, se donner cette joie suprême. Jack
raconta donc son amour avec l'ivresse, la fougue de
ses beaux vingt ans, l'éloquence qu'il trouvait dans la
sincérité de sa parole et dans cette maturité d'impressions qu'il devait à ses souffrances passées. Hélas ! sa
mère ne le comprenait pas. Tout ce qu'il y avait de
grand, de sérieux dans l'affection de ce déshérité lui
échappait. Quoique très sentimentale, l'amour n'avait
pas la même signification pour elle que pour lui. En
l'écoutant, elle était émue comme à un troisième acte
du Gymnase, quand l'ingénue, en robe blanche, en
tablier à bretelles roses écoute la déclaration de l'a-
moureux frisé au fer, en veston. Elle se pâmait d'aise,
le cou tendu, les mains ouvertes, doucement chatouillée
par le spectacle de cette passion ingénue qui la faisait
sourire : « Oh ! que c'est gentil, que c'est gentil ! disait-
elle tout le temps ; comme vous devez être mignons tous
les deux ! ça fait penser à Paul et Virginie. » Mais ce
qui la frappait surtout, c'était ce que l'histoire de Cécile

avait d'imprévu, de compliqué, d'anormal. Elle interrompait Jack à chaque instant : « Tu sais que c'est un
roman, un vrai roman... On en ferait une machine
épatante. » « Machine épatante, » elle avait comme
cela une foule de mots rapportés du milieu intellectuel. Heureusement qu'il y a des grâces d'état pour
les amoureux parlant de leur passion, et que dans les
réponses qu'on leur fait, il n'écoutent en général que
l'écho de leur propre parole. Jack savourait tous ses
bons souvenirs, ses transes passées, ses projets, ses
rêves, sans entendre les interruptions saugrenues de
sa mère, sans s'apercevoir que pour elle toute cette
histoire se résumait en une impression banale comme
un refrain de romance, et légèrement apitoyée sur les
naïvetés bêtasses de deux petits amoureux si innocents

VI

LA NOCE DE BÉLISAIRE

Jack était en ménage depuis huit jours à peine, lorsqu'un soir Bélisaire vint l'attendre à la sortie de l'atelier, la figure épanouie,

— Je suis bien content, Jack. Nous avons enfin un camarade. Madame Weber l'a vu, il lui va. C'est une affaire entendue. Nous allons nous marier.

Il était temps. Le malheureux dépérissait, maigrissait, surtout en voyant l'été s'avancer, et que l'arrivée des petits ramoneurs et des marchands de marrons ajournerait encore son bonheur ; car pour ce camelot les saisons étaient personnifiées par les nomades de la rue, comme pour les gens de la campagne elles le sont par les oiseaux voyageurs. Trop soumis au destin pour se plaindre, il jetait son cri de « Chapeaux, chapeaux, chapeaux, » avec une tristesse à donner envie de pleurer. De là vient sans doute la mélancolie que prennent à certains jours ces cris de Paris traduisant en des mots indifférents toutes les inquiétudes, toutes les détresses d'une existence. Le ton seul est significatif dans ces chansons toujours pareilles. Mais cherchez combien il y a de façons de crier : « Chand d'habits, » et si l'appel courageux du matin ressemble à celui du soir, à la mélopée éreintée, aphone, découragée, que le forain jette machinalement en rentrant à son domicile, Jack qui avait été la cause involontaire du chagrin de son ami, fut presque aussi enchanté que lui de la bonne nouvelle qu'il venait d'apprendre :

— Ah çà, je voudrais bien le voir, moi, ce camarade.

— Il est là, dit Bélisaire en lui montrant à quelques pas derrière lui un grand diable en tenue de travail, en manches de chemise, un marteau sur l'épaule, un tablier de cuir roulé sous le bras. La figure remarquable par l'insignifiance de ses traits, endormie, enflammée d'un reflet de bouteille, se cachait à moitié sous une barbe abondante, la barbe embroussaillée, malpropre, décolorée, de cet ancien commensal du Gymnase Moronval que les Ratés appelaient « l'homme qui a lu Proudhon. » Si les ressemblances physiques entraînent des rapports moraux, le nouveau camarade de Bélisaire, appelé Ribarot, ne devait pas être un méchant homme, mais un paresseux, solennel, prétentieux, ignorant et ivrogne. Jack se garda bien de faire part de ses fâcheuses impressions au camelot qui contemplait avec joie sa nouvelle acquisition, et lui prodiguait sans motif de fortes poignées de main. D'ailleurs madame Weber ayant donné son approbation, c'était là le principal. Il est vrai que la brave femme avait fait comme Jack : voyant son soupirant si heureux, elle n'avait pas osé se montrer trop difficile, et passant sur un extérieur défectueux, elle s'était contentée de ce camarade-là faute d'un autre.

Pendant la quinzaine qui précéda le mariage, de quels joyeux « Chapeaux ! chapeaux ! » retentirent les cours ouvrières de Ménilmontant, de Belleville, de la Villette ! C'était sonore et gai, un vrai réveil de coq triomphant et clair, quelque chose comme l'antique « Hymen ! ô Hyménée ! » traduit par une bouche ignorante. Enfin, il arriva, le beau jour, le grand jour. En dépit de tout ce que put dire madame Weber, Bélisaire avait tenu à faire les choses grandiosement, et, sur sa longue bourse de laine rouge, les coulants d'acier glissèrent jusqu'aux bords. Aussi quelle noce, que de splendeurs !

Dans la bourgeoisie en général, on prend un jour pour le mariage à la mairie, un autre pour le mariage à l'église ; mais le peuple, qui n'a pas de temps à perdre, accumule toutes les cérémonies, s'en acquitte en une seule fois, et choisit presque toujours le samedi pour cette longue et fatigante corvée dont il se repose le dimanche. Il faut voir les mairies de faubourg dans ce jour consacré. Dès le matin, les fiacres à balcons, les tapissières s'arrêtent à la porte, les couloirs poussiéreux s'emplissent de défilés plus ou moins longs, stationnant pendant des heures dans la grande salle

commune. Toutes les noces sont mêlées, les garçons
d'honneur font connaissance, vont tuer le ver ensemble, les mariées se regardent, se dévisagent, s'a-
nalysent, tandis que les parents, désœuvrés d'une longue attente, causent entre eux, mais à voix basse ; car,
malgré toutes ses laideurs, la nudité de ses murs et la
banalité de ses affiches, la municipalité impressionne
ces pauvres gens. Le velours râpé des banquettes, la
hauteur des salles, l'huissier à chaîne, l'adjoint solennel, tout les terrifie et les amuse. La Loi leur fait
l'effet d'une grande dame inconnue, invisible, qui les
recevrait dans ses salons. Je dois dire que parmi les
innombrables défilés qui traversèrent la petite cour de
la mairie de *Ménilmonte* en ce bienheureux samedi, la
noce de Bélisaire fut une des plus brillantes, bien
qu'elle manquât de cette robe blanche de la mariée qui
met toutes les femmes aux fenêtres et tous les oisifs de
la rue en rumeur. Madame Weber, en sa qualité de
veuve, portait une robe d'un bleu éclatant, de cette
couleur indigo cru chère aux personnes qui aiment le
solide, un châle tapis plié sur le bras et un bonnet
somptueux orné de rubans et de fleurs qui voltigeaient
au-dessus de son visage luisant d'Auvergnate débar-
·bouillée. Elle accompagnait le père Bélisaire, un petit
vieux tout jaune, avec un nez crochu, des mouvements vifs et des quintes de toux perpétuelles que sa
nouvelle bru avait toutes les peines du monde à calmer en lui administrant de vigoureuses frictions dans

le dos. Ces frictions réitérées troublaient la majesté de
la noce interrompue à chaque instant dans sa marche
triomphale et dont tous les couples se trouvaient serrés
l'un contre l'autre, attendant la fin de la quinte.

Bélisaire marchait en second, donnant le bras à sa
sœur, la veuve de Nantes, le bec crochu comme son
père, sournoise et crépue. Quant à lui, ses pratiques
habituelles ne l'auraient pas reconnu. Le pli d'atroce
souffrance qui sillonnait ses joues de chaque côté, sa
grosse veine bleue gonflée au milieu du front, cette
bouche toujours ouverte qui disait « aïe » sans parler,
rien de tout cela n'existait plus ; et la tête levée, presque beau, il avançait fièrement l'un devant l'autre d'é-
normes escarpins cirés, des souliers sur mesure faits
tout exprès pour lui, tellement larges, tellement longs,
qu'ils lui donnaient l'aspect d'un habitant du Zuyder-
zée chaussé de ses patins d'hiver. N'importe ! Bélisaire
ne souffrait plus, il avait l'illusion d'une paire de pieds
tout neufs, et une double félicité faisait resplendir son
visage. Il tenait par la main l'enfant de madame Weber
dont la grosse tête était encore exagérée par une de ces
frisures extravagantes dont les coiffeurs du faubourg ont
le secret. Le Camarade, à qui on avait eu toutes les peines du monde à faire quitter pour un jour son marteau
et son tablier de cuir, le boulanger, patron de madame
Weber, et son gendre, tous deux remarquables par
l'énorme bourrelet rouge que formaient leurs cous vigoureux entre les cheveux coupés ras et le drap du

collet, offraient une succession de redingotes grotesques, froissées de tous les plis de l'armoire d'où elles
sortaient rarement, et raides aux manches où les coudes
ne marquaient pas. Ensuite venait le ménage Levindré,
les frères et sœurs de Bélisaire, des voisins, des amis,
enfin Jack sans sa mère, madame de Barancy ayant
consenti à honorer le repas de sa présence, mais n'ayant
pu se résoudre à suivre la noce tout le jour.

Après l'encombrement à la mairie, l'interminable
attente accompagnée de maux d'estomac, car midi
était sonné depuis longtemps, le cortége se mit en
marche pour aller prendre le chemin de fer à la gare
de Vincennes. Le repas, espèce de goûter dînatoire,
devait avoir lieu à Saint-Mandé, sur l'avenue du Bel-
Air, dans un restaurant dont Bélisaire avait encore
l'adresse chiffonnée au fond de sa poche. Ce rensei-
gnement n'était pas inutile, le même rond-point, à
l'entrée du bois, présentant quatre ou cinq établissements tout pareils, avec la même enseigne « NOCES
ET FESTINS » répétée sur des chalets, des kiosques
ornés de verdures tentantes. Quand la noce de Bélisaire arriva, son salon n'était pas encore libre, et en
l'attendant, on alla faire le tour du lac de Vincennes, ce
bois de Boulogne des gueux. Des quantités d'autres noces, repues ou établies autour de ripailles en
plein air, dispersaient sur la verdure des pelouses des
parures blanches, des vêtements noirs, des uniformes ;
il y a toujours en effet, dans ces sortes de fêtes, un col-

légien, un militaire, quelque caserné en tunique. Tout
ce monde riait, chantait, s'amusait, bâfrait, avec des
cris, des poursuites, des rondes et des quadrilles autour
des orgues de Barbarie. Les hommes avaient mis des
chapeaux de femmes, les femmes des chapeaux d'hommes. On apercevait derrière les haies des parties de
colin-maillard en bras de chemises, des couples qui
s'embrassaient, ou quelque demoiselle d'honneur ra-
justant autour de la mariée des volants décousus de sa
robe. Oh ! ces robes blanches, empesées et bleuâtres, de
quel cœur ces pauvres filles les laissaient traîner sur
les pelouses en se figurant être pour un jour des dames
élégantes. C'est cela surtout que le peuple recherche
dans ses plaisirs, une illusion de richesse, passer de sa
condition sociale dans celle des enviés et des heureux
de la terre !

Le camelot et sa noce se promenaient mélancoliquement parmi la poussière et le bruit de cette ker-
messe hyménéenne, se bourraient de biscuits et de
croquets en attendant le festin si désiré. Certes, les
éléments de gaiete ne leur manquaient pas, on allait
en juger tout à l'heure, mais pour le moment la faim
paralysait toute expansion. Enfin un des membres de
la tribu Bélisaire, envoyé en éclaireur, vint annoncer
que tout était prêt, qu'on n'avait plus qu'à se mettre
à table, et l'on reprit bien vite la route du restaurant.

Le couvert était mis dans une de ces grandes
salles séparées par des cloisons mobiles, peintes de

couleurs fades, agrémentées de dorures et de glaces
toutes pareilles. On entendait parfaitement ce qui se
passait d'une pièce à l'autre, les rires, les chocs de
verres, et les appels aux garçons, et les sonnettes im-
patientes. Avec la buée chaude qui régnait là dedans,
le petit jardin en quinconces sous les fenêtres, on se
serait cru dans quelque vaste établissement de bains.
Ici comme à la mairie, les invités furent pris d'abord
d'un craintif respect devant cette grande table servie,
ornée à ses deux bouts d'un bouquet d'oranger artificiel, de pièces montées invraisemblables, de sucreries
vertes et roses, le tout immuable, depuis des siècles,
préparé pour des noces permanentes, pointillé par des
générations de mouches, qui venaient s'y poser encore
malgré les coups de serviettes des garçons. En attendant madame de Barancy, qui n'arrivait pas, on prit
place. Le marié voulait se mettre à côté de sa femme,
mais la sœur de Nantes dit que cela ne se faisait plus,
que ce n'était pas convenable, qu'il fallait les placer en
face l'un de l'autre. Ce qui fut fait, mais après un
long débat, pendant lequel le vieux Bélisaire, se tournant vers sa nouvelle bru, lui demanda d'un ton très
désagréable :

« Voyons, vous, comment fait-on ? Comment avez-
vous fait avec M. Weber? »

Ainsi interpellée, la porteuse de pain répondit bien
tranquillement qu'elle s'était mariée au pays, dans
une ferme, et que même elle avait servi à table ce

14.

jour-là. Le vieux en fut pour sa malice ; mais il était
facile de voir que les Bélisaire n'étaient pas contents,
et que toutes les splendeurs du dîner ne suffiraient
pas à leur rendre la sérénité. L'aîné marié, c'était la
vache à lait tarie pour la famille, le plus clair des bénéfices envolé.

En commençant, chacun mangeait silencieusement,
d'abord parce qu'on avait une faim intense, et puis
aussi à cause d'une certaine intimidation causée par
le service de ces messieurs en habit noir, que Bélisaire
essayait en vain de dérider avec son bon sourire. Sin-
guliers types ces garçons de banlieue, fanés, flétris,
effrontés, avec leurs mentons rasés, leurs grands fa-
voris tombants laissant voir la bouche, lui donnant
des expressions ironiques, sévères, administratives.
On aurait dit des préfets destitués et réduits à des
besognes humiliantes. Le comique, c'était l'air dédaigneux avec lequel ils regardaient tous ces pauvres
hères, gens de peu, conviés à une noce à cent sous par
tête. Ce chiffre énorme de cent sous, que chacun des
convives se redisait avec admiration, qui entourait
d'une auréole luxueuse ce Bélisaire capable de dépenser cent francs d'un seul coup pour son dîner de
noce, remplissait les garçons d'un profond mépris traduit par des clignements d'yeux entre eux et un sérieux
impassible vis-à-vis des invités. Bélisaire avait à côté
de lui un de ces messieurs qui l'accablait, l'opprimait
d'une sainte terreur ; un autre planté en face, derrière

la chaise de sa femme, le fixait si désagréablement que
le brave camelot, pour échapper à cette surveillance,
avait pris la carte placée à sa gauche et ne faisait que la
lire et la relire. Un éblouissement, cette carte ! Parmi
certains mots familiers faciles à reconnaître, comme
canards, navets, filet, haricots, se dressaient des épithètes
grandioses ou baroques, des noms de villes, de gé-
néraux, de batailles, *Marengo, Richelieu, Chateaubriand,
Barigoule*, devant lesquels Bélisaire, comme tous les
autres convives, demeurait stupéfié. Dire qu'ils allaient
manger de tout cela ! Et vous figurez-vous la tête de ces
malheureux quand on leur présentait deux assiettes de
potage : « bisque ou purée Crécy ?... », deux bouteilles
de vins d'Espagne : « Xérès ou Pacaret ?... », comme
dans ces jeux de société où l'on vous donne à choisir
entre deux noms de fleurs sous lesquelles s'abritent des
gageures imprévues. Comment se décider. Chacun hésitait, puis lançait son choix au hasard. Le choix impor-
tait peu, du reste, les deux assiettes contenant la
même eau tiède et douceâtre, les deux boutueilles n'é-
tant qu'une seule et même liqueur jaune et troublée,
une étrange rinçure qui rappelait à Jack *l'églantine* du
gymnase Moronval. Les convives se jetaient des regards
effarés, épiaient leurs voisins pour voir comment ils s'y
prenaient, quel était celui de leurs nombreux verres
de formes différentes qu'il fallait tendre au garçon. Le
« Camarade » s'en tirait, lui, en buvant tout dans le
même, le plus grand. C'est égal, tant d'inquiétudes et

de gênes avaient mis un froid excessif dans le début de
ce repas-illusion. Ce fut la mariée qui, la première,
surmonta cette situation ridicule. L'excellente femme,
chez qui un raisonnement très juste faisait bien vite
la lumière, se rassura elle-même en s'adressant à son
enfant.

— Te gêne pas, m'ami, lui disait-elle, te gêne pas,
mange de tout. Ça nous coûte assez cher pour que
nous nous régalions.

Cette parole pleine de sagesse eut son effet sur l'assemblée, et bientôt un formidable bruit de mâchoires
et de rires circula autour de la table, où la corbeille au
pain était surtout très demandée. Seule, la tribu Bélisaire détonnait au milieu de la gaieté générale. Les
jeunes chuchotaient, ricanaient sournoisement ; le
vieux parlait tout haut d'une voix cassante, se pouffait
d'un rire ironique en regardant son fils, qui lui montrait pourtant beaucoup de respect et, à travers la table,
recommandait à la mariée « l'assiette du père, » « le verre
du père. » A les voir tous réunis là, ces affreux Bélisaire
rapaces et clignotant, on se demandait comment madame Weber avait pu soustraire son pauvre camelot à leur
tyrannie. Il avait fallu toute la magie de l'amour pour
accomplir cette révolution ; mais elle était accomplie
maintenant, et la brave femme se sentait de force à
assumer cette grande responsabilité, à affronter les
antipathies, les rancunes, les allusions méchantes qui
rôdaient à cette heure autour d'elle et ne l'empêchaient

pas de sourire à tous de sà large face, en remplissant
bravement l'assiette de son garçon : « Te gêne pas,
m'ami ! » Le festin commençait à s'animer, quand un
froufrou de soie se fit entendre, et la porte s'ouvrit largement pour donner passage à Ida de Barancy, pressée,
souriante, éblouissante :

— Je vous demande bien pardon, bonnes gens. Mais
j'avais une voiture qui ne marchait pas ; et puis c'est
si loin ! j'ai cru que je n'arriverais jamais.

Elle avait mis sa plus belle robe, heureuse de s'ha-
biller, car les occasions de toilette lui manquaient depuis un mois qu'elle vivait avec son fils. Elle produisit
un effet extraordinaire. La façon dont elle s'assit à côté
de Bélisaire, dont elle mit ses gants dans son verre,
dont elle fit signe à un des garçons d'approcher pour
lui donner la carte, plongea l'assemblée dans l'admiration. Il fallait voir comme elle les menait ces
garçons si imposants, si dédaigneux. Elle avait reconnu l'un d'eux, celui qui terrifiait Bélisaire, pour
l'avoir vu dans un restaurant du boulevard où elle
soupait quelquefois avec d'Argenton en sortant du
théâtre :

— Vous êtes ici, vous, maintenant ?... Voyons,
qu'est-ce que vous allez me donner ?

Elle riait haut, levait ses bras nus sous la manche
ouverte pour avoir les mains plus blanches, secouait
ses bracelets en se regardant dans la glace en face d'elle,
envoyait du bout des doigts un bonjour à son fils.

Ensuite elle demandait un tabouret, de l'eau de Seltz,
de la glace, comme quelqu'un qui sait à fond les
ressources du restaurant. Pendant qu'elle parlait, un
silence profond régnait autour de la table ainsi
qu'au début du repas. A part les jeunes Bélisaire absor-
bés dans la contemplation des bracelets d'Ida que leur
regards luisants essayaient comme des pierres de
touche, chacun avait retrouvé cet embarras de parler, de
se mouvoir, causé d'abord par les garçons. Jack, lui
non plus, n'était pas disposé à animer la fête. Toutes
ces cérémonies de mariage le faisaient rêver d'amour
et d'avenir, et ce qui l'entourait ne l'intéressait guère.

— Ah çà, mais ce n'est pas gai ici !... dit tout à coup
Ida de Barancy, quand elle eut bien joui de son facile
triomphe... Allons, mon petit Bel, un peu d'entrain,
que diable ! D'abord, attendez donc...

Elle se leva, prit son assiette d'une main, son verre
de l'autre : « Je demande à changer de place avec madame Bélisaire... Je suis sûre que son mari ne s'en
plaindra pas. »

Ce fut fait avec tant de grâce, de condescendance,
cette proposition remplit Bélisaire d'une joie si complète, le petit Weber poussa de tels hurlements quand
sa mère l'enleva de la chaise qu'il occupait, que l'atmosphère de gêne où les convives agitaient leurs four-
chettes bruyamment, se dispersa à tout jamais, et que
le repas devint un véritable repas de noces. Chacun
mangea ou plutôt se figura manger. Les garçons

firent je ne sais combien de fois le tour de la table,
exécutant des prodiges de prestidigitation, servant
vingt personnes avec un seul canard, un seul poulet,
découpés si habilement, que tout le monde en avait,
qu'on pouvait même en reprendre. Et les petits pois à
l'anglaise tombant en grêle sur les assiettes ; et les
haricots à l'anglaise, aussi préparés sur un coin de table,
du sel, du poivre, un peu de beurre (et quel beurre !)
le tout amalgamé par un garçon qui souriait hargneu-
sement en agitant cette préparation malsaine ! Mais le
plus beau, ce fut l'arrivée du champagne. A part Ida
de Barancy, qui en avait bu beaucoup dans sa vie, tous
ceux qui étaient là ne connaissaient ce vin magique
que de nom, et rien que ce mot de champagne signifiait pour eux richesses, boudoirs, parties fines. Ils
en parlaient tout bas entre eux, l'attendaient, le guet-
taient. Enfin, au dessert, un garçon parut tenant une
bouteille à chapeau d'argent, qu'il s'apprêta à décoiffer
avec des pinces. Au geste que fit pour se boucher
les oreilles la nerveuse Ida, qui ne manquait jamais un
effet, une pose, rien de ce qui pouvait mettre ses
grâces en évidence, toutes les autres femmes se prépa-
rèrent aussi à une détonation formidable. Il n'en fut
rien. Le bouchon sortit très naturellement, sans explo_
sion, comme tous les bouchons du monde, et aussitôt le
garçon, la bouteille haute, s'élança autour de la table
en courant et disant très vite : « champagne... champagne... champagne... » Les coupes se tendaient sur

son passage, pendant qu'il faisait cette fois le prodige
de la bouteille inépuisable. Il y eut de la mousse pour
vingt personnes, un pétillement aigre au fond du
verre, que chacun huma avec respect; et même il faut
croire que le tour fait, il en restait encore, puisque
Jack, qui était placé en face de la porte, vit le garçon
retourner le goulot dans son gosier en s'en allant.
C'est égal, la magie de ce mot champagne est
telle, il y a tant de gaîté française dans la moindre
parcelle de sa mousse, qu'une animation étonnante
circula à partir de ce moment parmi les convives.
Chez les Bélisaire, elle se traduisit par une rapacité
extraordinaire. Ils faisaient des rafles sur la nappe,
fourraient tout ce qu'il pouvaient dans leuss poches,
les oranges, les papillotes, les petits-fours rances,
disant qu'il valait mieux les emporter que de les
laisser aux garçons. Tout à coup, au milieu des rires
et des chuchotements, on passa à madame Bélisaire
une assiette de bonbons fallacieux, embellie du petit
bébé en sucre rose et bleu qu'on ne manque jamais
d'offrir à la mariée dans ces sortes de fêtes : mais le petit
Weber avec son énorme frisure était là déjà pour
empêcher la brave femme de se choquer de cette grosse
plaisanterie traditionnelle. Elle en rit plus fort que
tous les autres, pendant que Bélisaire rougissait, rougissait...

Ensuite ce fut le tour des chansons. Le Camarade se
leva le premier, commanda le silence d'un regard, et,

la main sur son cœur, entonna d'une voix sentimentale et éraillée une romance populaire de 48 : « *Le
travail plaît à Dieu.* »

> Enfants de Dieu, créateur de la terre,
> Accomplissons chacun notre métier...

Scélérat de Camarade ! Il avait bien compris ce qu'il
fallait chanter pour séduire le courageux ménage dans
lequel il venait d'entrer. Mais afin de ne pas laisser
l'assemblée sous une impression aussi grave, tout de
suite après *Le travail plaît à Dieu*, il entreprit quelque
chose de plus gai :

> A Charonne, c'est le moins qu'on entre
> Boire un p'tit coup chez Savard...

Il en savait comme cela des centaines. Ah ! c'était
un fameux compagnon que M. et madame Bélisaire
allaient avoir là ! Quelles délicieuses soirées on passerait rue des Panoyaux ! En attendant, les garçons
s'étaient sans doute aperçus des soustractions opérées
par les doigts crochus de la tribu Bélisaire, car en un
tour de la main la table fut desservie, démontée, esca-
motée. C'était fini ! Les convives se regardèrent
consternés. Au-dessus d'eux, autour d'eux, retentis-
sait une bacchanale effroyable. On dansait, on chantait, les planchers étaient secoués en mesure, fortement. «Et si nous dansions, nous aussi ! » Oui, mais
cela coûte cher, la musique. Quelqu'un proposa de se
servir de celle qui venait de tous côtés. Malheu-

reusement les quadrilles, les polkas, les varsoviennes, les schottish mêlaient si bien leurs élans dans ce tumulte de violons et de pistons, qu'il était impossible de s'y reconnaître.

— Ah ! si l'on avait un piano ! soupirait Ida de Barancy faisant voltiger ses doigts sur tous les meubles comme si elle avait su jouer. Madame Bélisaire aurait bien voulu danser également, mais elle avait défendu à son mari toute dépense supplémentaire, ce qui n'empêcha pas le camelot de disparaître un moment avec son Camarade et de revenir cinq minutes après, accompagné d'une espèce de ménétrier de village qui s'installa sur une petite estrade improvisée, un litre entre ses jambes, son violon solidement appuyé sur son bras, et en avant la musique, jusqu'à demain matin, si vous voulez ! Ce violoneux rustique qui criait : « En place pour la pastourelle » avec un fort accent berrichon, la précaution que prenaient les femmes d'entourer leur taille d'un mouchoir enroulé pour la préserver des mains des danseurs, les pas de bourrées que madame Bélisaire mêlait à toutes les figures du quadrille, mettaient dans le salon de guinguette à rosaces d'or un parfum de fête champêtre. C'était bien la banlieue, cette ligne intermédiaire où les traditions campagnardes et les mœurs parisiennes se rencontrent en se confondant. Seule, Ida avec son Jack semblait égarée, tombée de quelque région supérieure dans le bas-fonds populaire ; et encore elle s'y plaisait trop pour ne pas donner à penser qu'elle retrouvait là, malgré ses prétentions nobiliaires, quelques vestiges d'une existence antérieure, quelque regain de jeunesse dû à de lointains souvenirs. Elle riait, se démenait, organisait des rondes, des boulangères, des quadrilles croisés, un cotillon ; et le frou-frou de sa robe de soie, le cliquetis de ses bracelets laissaient dans l'âme des assistants une impression profonde d'admiration ou de jalousie.

La noce de Bélisaire était donc très gaie. Le marié lui-même, heureux d'utiliser ses pieds neufs, brouillait avec enthousiasme toutes les figures de la contre-danse. Dans les salons voisins on écoutait, on disait : « Comme ils s'amusent ! » On venait les regarder à la porte entr'ouverte à tous moments par les garçons qui circulaient avec des saladiers de vin sucré. Bientôt, comme il arrive toujours dans ces fêtes, des intrus commencèrent à se glisser parmi les invités, dont le nombre s'augmentait d'une manière insolite. Toute cette cohue sautait, criait, buvait surtout prodigieusement, et madame Bélisaire eût été très inquiète si le boulanger, son patron, n'avait déclaré qu'il prenait à son compte tous les frais du bal. Cependant le jour approchait. Depuis longtemps le petit Weber ronflait, étendu sur une banquette, entouré du châle-tapis de sa mère. Jack avait déjà fait à Ida bien des signes, qu'elle feignait de ne pas comprendre, emportée par le plaisir que sa nature heureuse savait ramasser autour d'elle

partout où elle se trouvait. Il ressemblait à un vieux
papa cherchant à emmener sa fille d'une soirée :

— Allons, il est tard.

Elle passait, en tournant au bras de n'importe qui :

— Tout de suite... Attends.

Mais le bal prenait une tournure abandonnée et fo-
lâtre qui le gênait pour elle. Le Camarade commençait à faire des bêtises, et parmi les honnêtes bourrées
de l'ancienne madame Weber, risquait des « cavalier
seul » sur les mains, sans lâcher sa pipe ! Jack parvint
à prendre sa mère au vol, à l'envelopper de sa grande
mante à capuchon et à la faire monter dans le dernier
fiacre errant sur l'avenue. Derrière eux, le ménage
Bélisaire ne tarda pas à se retirer aussi, abandonnant
ses joyeux invités. Pas de chemin de fer à cette heure
matinale, pas encore d'omnibus non plus. Les nouveaux époux décidèrent de revenir à pied par le bois
de Vincennes, Bélisaire portant l'enfant sur son épaule
et donnant le bras à sa femme. La fraîcheur leur
semblait bonne après l'étouffement de la guinguette,
dont l'aspect était du reste lugubre au jour levant.
Le petit jardin, encombré de bouteilles vides, de
grands baquets où l'on rinçait les verres, apparaissait
dans un restant de brume, semé de morceaux de tulle,
de mousseline, arrachés aux robes des danseuses par
les talons de leurs danseurs. Pendant qu'on entendait encore des crincrins au rez-de-chaussée, les garçons hébétés, endormis, mais toujours sardoniques,

ouvraient les fenêtres du premier, battaient les tapis, arrosaient les planchers, commençaient déjà à poser le décor neuf pour la représentation prochaine. Des gens éreintés, le teint brouillé, les yeux battus, demandaient des voitures, s'endormaient sur des bancs devant la porte en attendant le premier train. Il y avait des disputes au comptoir pour régler les additions, des scènes de famille, des querelles, des batailles. M. et madame Bélisaire furent bientôt loin de ces victimes du plaisir. Heureux, solides, la tête haute, ils avaient pris d'un pas rapide un chemin de traverse mouillé d'aube, plein de petits cris d'oiseaux, de rumeurs matinales, et rentrèrent à Paris en suivant les grandes avenues du Bel-Air ombragées d'acacias en fleurs. C'était une fière étape, mais la route ne leur sembla pas longue. L'enfant dormit tout le long du chemin en appuyant avec confiance sa grosse tête sur la poitrine du camelot, et ne se réveilla pas même quand on l'eut posé dans sa bercette d'osier, en arrivant au logis vers six heures du matin. Immédiatement madame Bélisaire quitta sa belle robe indigo, son bonnet à fleurs, et remit le grand tablier bleu à bavette. Pour elle le dimanche n'existait pas. Le pain est aussi demandé ce jour-là que les autres. Elle commença donc bien vite sa tournée, et pendant que son enfant et son homme dormaient là-haut à poings fermés, la brave créature jetait son retentissant « V'là le pain » à toutes les portes de ses pratiques avec une sorte de courageux contentement, comme si elle eût commencé dès lors à racheter tous les frais de cette splendide noce.

Il ne fallut pas longtemps au nouveau ménage pour s'apercevoir de l'incapacité du Camarade et de la mauvaise affaire qu'on avait faite en le prenant pour associé. Le repas du mariage avait déjà donné à Bélisaire l'occasion de constater les penchants d'ivrognerie du personnage. Huit jours après, il était édifié sur tous ses autres vices entretenus par une paresse indélébile entrée dans la chair de cet homme comme une crasse, et qui avait rouillé pour toujours ses facultés laborieuses. De son état, le Camarade était serrurier ; mais de mémoire de compagnon on ne se souvenait pas de l'avoir vu travailler, quoiqu'il ne se montrât jamais sans son marteau sur l'épaule et son tablier de cuir roulé sous le bras. Ce tablier, qu'il ne dépliait jamais, lui servait d'oreiller plusieurs fois par jour, lorsqu'en sortant d'un cabaret où il avait fait une station trop longue il éprouvait le besoin d'une sieste sur un banc des boulevards extérieurs ou dans quelque chantier de démolition. Quant au marteau, c'était un attribut, pas autre chose ; il le portait comme l'Agriculture, sur les places publiques, soutient sa corne d'abondance, sans en rien laisser tomber jamais. Tous les matins, avant de sortir, il disait en le brandissant : « Je vas chercher de l'ouvrage... » Mais il faut croire que son geste, la façon dont il parlait dans sa barbe farouche, en roulant des yeux flamboyants, devait faire peur à l'ouvrage, car jamais le Camarade ne le rencontrait sur sa route, et il passait tout son temps à rôder dans le faubourg d'un cabaret à un autre, « à faire sa panthère », comme disent les ouvriers parisiens, par allusion sans doute à ce mouvement de va-et-vient qu'ils voient aux fauves encagés, dans leurs promenades du dimanche au Jardin des Plantes.

Bélisaire et sa femme prirent patience d'abord. L'air sentencieux du Camarade leur imposait un peu ; et puis il chantait si bien : « Le travail plaît à Dieu ! » Mais comme en fin de compte il mangeait d'un fort appétit, les nouveaux mariés, qui s'escrimaient du matin au soir pendant que l'autre faisait sa panthère toute la semaine et n'apportait jamais rien le jour de la Sainte-Touche, commencèrent à se lasser. L'avis de madame Bélisaire était de le renvoyer tout bonnement, de le rendre à la rue, au tas de balayures où le camelot avait dû le ramasser dans son désir d'avoir un camarade. Mais Bélisaire, que le bonheur parfait dont il jouissait dans son ménage et dans ses bottes neuves rendait encore meilleur, supplia sa femme de patienter. Quand un juif se mêle d'être généreux, sa charité est inépuisable.

—Qui sait, disait-il, si on ne pourrait pas le corriger, le changer ?

Il fut donc convenu que lorsque Ribarot rentrerait

en battant les murs, la langue épaisse, on ne lui don-
nerait pas à souper, ce qui était une grande privation
pour l'ivrogne qui, par un bénéfice de nature, avait
encore plus faim ces jours-là que les autres. C'était
une comédie de voir les efforts qu'il faisait pour se tenir droit, pour saluer sans desserrer les dents. Mais la
porteuse de pain était douée d'une sagacité extraordinaire, et souvent en servant la soupe par cuillerées,
quand le Camarade tendait déjà son assiette, elle écla-
tait contre lui :

— Vous n'avez pas honte de venir vous mettre à
table dans l'état où vous êtes ?... car vous êtes encore
en ribote, allez, je le vois bien.

— Tu crois ?... disait Bélisaire. Pourtant il me
semble...

— C'est bon, je sais ce que je sais... Allons, haut ! à
la paille, et plus vite que ça.

Le Camarade se levait, prenait son marteau et son
tablier en bégayant quelques mots de supplication ou
de dignité, avec un regard éperdu à la soupe qui fu-
mait, puis s'en allait se coucher comme un chien dans la
petite niche que Bélisaire occupait avant son mariage.
Il n'avait pas le vin méchant, et sous cette barbe touf-
fue, malpropre et barricadière, cachait un visage d'enfant vicieux et faible. Quand il était parti : — Allons,
disait le camelot en avançant ses bonnes grosses lèvres,
allons, donne-lui tout de même un peu de soupe.

— Oh ! je sais bien... toi, si on t'écoutait ..

— Seulement pour une fois... Allons.

La femme résistait encore un moment avec cette indignation que la femme du peuple qui travaille comme un homme a contre l'homme qui ne fait rien; mais toujours elle finissait par céder et Bélisaire s'en allait porter triomphalement une platée de soupe au Camarade dans son chenil. Il revenait tout ému.

— Eh bien ! qu'est-ce qu'il a dit ?

— Oh ! tiens, il me fait de la peine tellement il a l'air désolé. Il dit que s'il boit, c'est du chagrin de ne par trouver d'ouvrage et de nous être toujours sur le dos.

— Qu'est-ce qui l'empêche d'en trouver de l'ouvrage ?

— Il dit qu'on ne veut pas de lui parce qu'il n'a pas des vêtements propres, et que s'il pouvait se requinquer un peu...

— Merci, j'en ai assez de le requinquer... Et sa redingote de la noce que tu lui as fait faire sans me le dire, pourquoi l'a-t-il vendue ?

A cela il n'y avait pas de réplique. Pourtant ces excellentes gens faisaient encore un effort, achetaient à Ribarot une blouse de travail, une *salopette*. Un beau matin il partait avec du linge frais blanchi, un nœud de cravate fait par madame Bélisaire, et ne se montrait plus pendant huit jours, au bout desquels on le retrouvait endormi dans sa niche, dépouillé de la plupart de ses vêtements, n'ayant sauvé du désastre que son marteau et l'éternel tablier de cuir. Après plusieurs frasques de ce genre, on n'attendait plus qu'une occa-

15.

sion pour se défaire de cet intrus qui, au lieu d'être
un soulagement pour le ménage, devenait un fardeau
très lourd. Bélisaire lui-même était obligé d'en convenir, et souvent il venait se plaindre de Ribarot à son
ami Jack, qui mieux que personne comprenait son
chagrin, car lui aussi s'était donné un camarade terriblement incommode, mais un camarade dont il ne
pouvait pas se plaindre. Il l'aimait bien trop pour
cela !...

VII

IDA S'ENNUIE

La première visite de madame de Barancy à Etiolles causa à Jack beaucoup de joie et une grande inquiétude. Il était fier de sa mère reconquise, mais il la savait si folle, si bavarde, si inconsidérée de gestes et de propos ! Il craignait le jugement de Cécile, cette lumière imprévue, ces divinations si rapides et si sévères qui se font dans les jeunes esprits, même sur les choses qu'ils ignorent. Les premiers instants de l'entrevue la tranquillisèrent un peu A part le ton emphatique dont Ida appela Cécile « ma fille » en lui jetant ses bras autour du cou, tout se passa d'une façon satisfaisante ; mais quand, sous l'influence d'un bon déjeuner, madame de Barancy eut perdu son air grave pour retrouver cet entrain facile de la fille qui rit afin qu'on puisse voir ses dents, quand elle commença à dévider ses histoires extravagantes, Jack sentit revenir toutes ses appréhensions. Justement la joie, l'émotion, la mettaient en veine d'aventures, et elle maintint ses auditeurs soule coup d'une surprise permanente. On parlait des parents que M. Rivals avait dans les Pyrénées.

— Ah! oui, les Pyrénées, soupirait-elle, Gavarni, les gaves, la mer de glace... J'ai fait ce voyage là il y a quinze ans, avec un ami de ma famille, le duc de Cassarès, un Espagnol ; tenez, précisément le frère du général... Quel grand fou, quand j'y pense... S'il ne m'a pas fait rompre le cou vingt fois. Figurez-vous que nous menions en Daumont à quatre chevaux, ventre à terre tout le temps, et du champagne plein la voiture ! Du reste, c'était un original fini, ce petit duc... J'avais fait sa connaissance à Biarritz d'une façon si amusante !

Cécile ayant dit ensuite qu'elle adorait la mer :

— Ah ! ma bonne petite, si vous l'aviez vue comme je l'ai vue, près de Palma, une nuit de tempête... J'étais dans le salon du steamer avec le capitaine, un grossier personnage, qui voulait me forcer à boire du punch... Moi, je ne voulais pas... Alors ce misérable devient fou de colère, ouvre la fenêtre de l'arrière, me prend comme ceci par la nuque, c'était un homme très fort, et il me tenait penchée au-dessus de l'eau, dans la pluie, l'écume, les éclairs .. C'était affreux.

Jack essayait bien de couper en deux ces dangereux récits, mais ils recommençaient toujours par quelque bout, semblables à ces reptiles dont chaque tronçon reste plein de vie et frétille en dépit des mutilations. Cécile n'en entourait pas moins la mère de son ami

d'un respect affectueux, un peu inquiète seulement de
voir Jack aussi préoccupé ce matin-là. Que devint-il, le
malheureux, lorsque, au moment de la leçon, il entendit la jeune fille dire à sa mère : « Si nous descen-
dions au jardin? » Rien n'était plus naturel; mais l'idée
qu'elles se trouveraient seules toutes deux le remplit
d'une terreur indicible. Qu'allait-elle encore lui raconter, mon Dieu?... Pendant les explications du docteur,
il les regardait marcher côte à côte dans l'allée du verger.
Cécile, mince, élancée, sobre de gestes comme toutes les
femmes vraiment élégantes, caressant de sa jupe rose
les thyms en fleurs de la bordure ; Ida, majestueuse,
belle encore, mais exubérante de parure, d'attitudes.
Coiffée d'une toque à plumes, reste de ses anciennes
toilettes, elle sautillait, faisait la petite fille, puis tout
à coup s'arrêtait pour exécuter un grand geste en rond
que suivait son ombrelle ouverte. Elle parlait seule,
c'était visible ; et tout en l'écoutant, Cécile levait de
temps en temps son joli visage vers la fenêtre où lui
apparaissaient, penchées l'une vers l'autre, la tête bouclée de l'écolier et la chevelure blanche du professeur.
Pour la première fois, Jack trouva que la leçon était
bien longue ; et il ne fut content que lorsqu'il put arpenter les routes du bois, sa fiancée légèrement appuyée
à son bras. Connaissez-vous cet élan merveilleux que la
la voile donne au bateau, qui le fait voler, fendre le
courant et la brise ? C'était cela que l'amoureux ressentait en ayant le bras de Cécile sous le sien ; alors les

difficultés de la vie, les obstacles de la carrière qu'il
tentait, il était sûr de tout traverser, en vainqueur,
aidé par une influence réconfortante qui planait au-
dessus de lui dans ces régions mystérieuses où le destin
souffle ses tempêtes. Mais ce jour-là la présence de sa
mère troublait cette impression délicieuse. Ida ne comprenait rien à l'amour, le voyait ridiculement sentimental, ou, sinon, sous la forme d'une partie carrée.
Elle avait, en montrant les amoureux au docteur, des
petits rires scélérats, des « hum!... hum!... » ou bien
elle s'appuyait à son bras, avec de longs soupirs d'orgue
expressif : « Ah! docteur, c'est beau la jeunesse. »
Mais le pis de tout, c'étaient des susceptibilités qui
lui venaient subitement à l'endroit des convenances;
elle rappelait les jeunes gens, trouvait qu'ils s'éloi-
gnaient trop : « Enfants, n'allez pas si loin... qu'on
vous voie ! » Et elle faisait des yeux singulièrement
significatifs.

Deux ou trois fois, Jack surprit une grimace du bon
docteur. Evidemment elle l'agaçait Malgré tout, la
forêt était si belle, Cécile si complétement affectueuse,
les mots qu'ils échangeaient se mêlaient si bien au
bourdonnement des abeilles, aux murmures tourbil-
lonnants des moucherons en haut des chênes, aux
gazouillis des nids et des ruisseaux dans les feuilles,
que peu à peu le pauvre garçon finit par oublier son
terrible camarade. Mais avec Ida on n'était pas longtemps tranquille ; il fallait toujours s'attendre à un

éclat. Les promeneurs s'arrêtèrent un moment chez le garde. En voyant son ancienne dame, la mère Archambauld se confondit en prévenances, en compliments de toutes sortes, sans demander aucune nouvelle de monsieur, dont, avec son bon sens paysan, elle avait bien compris qu'il ne fallait pas parler. Mais la vue de cette bonne créature, si longtemps mêlée à leur vie commune, fut désastreuse pour l'ancienne madame d'Argenton. Sans vouloir toucher au goûter que la mère Archambauld préparait en grande hâte dans la salle, elle se leva tout à coup, sortit précipitamment et prit toute seule le chemin des Aulnettes, marchant à grands pas comme si quelqu'un l'appelait. Elle voulait revoir « *Parva domus.* »

La tourelle de la maison était plus que jamais enveloppée de vigne folle et de lierre qui la fermaient, la cloîtraient de la base au faîte. Hirsch devait être absent, car toutes les persiennes étaient fermées, et le silence planait sur le jardin où le perron verdissait sans la moindre trace d'un passage. Ida s'arrêta un moment, écouta tout ce que lui racontaient ces pierres muettes, mais si éloquentes ; puis elle coupa une branche de clématite qui jetait en dehors du mur des myriades de petites étoiles blanches, et la respira longuement, les yeux fermés, assise sur la marche du seuil.

— Qu'est-ce que tu as ? lui demanda Jack qui, très inquiet, la cherchait depuis un moment.

Elle répondit, la figure inondée de larmes :

— Ce n'est rien... Un peu d'émotion... J'ai tant de
choses enterrées là.

Le fait est qu'avec sa mélancolie silencieuse, son
inscription latine au-dessus de la porte, la petite
maison ressemblait à un tombeau. Elle essuya ses
yeux, mais ce fut fini de sa gaieté jusqu'au soir. En
vain Cécile, à qui l'on avait dit que madame d'Argenton était séparée de son mari, essaya-t-elle d'effacer
par des tendresses cette impression pénible ; en vain
Jack chercha-t-il à l'intéresser à tous ses beaux projets
d'avenir pour la distraire des années écoulées.

— Vois-tu, mon enfant, lui disait-elle en revenant
le soir vers la gare d'Evry, je ne t'accompagnerai
pas souvent ici. J'ai trop souffert; la blessure est trop
récente.

Sa voix tremblait en parlant. Ainsi, après tout ce
que cet homme lui avait fait, les humiliations, les
outrages qu'elle avait subis près de lui, elle l'aimait
encore.

Ida passa plusieurs dimanches sans venir à Étiolles;
et dès lors Jack dut partager son jour de vacances,
en donner la moitié à Cécile, mais renoncer au
meilleur de leurs entrevues, aux courses en forêt,
aux bonnes causeries qu'ils faisaient à la nuit tom-
bante, sur le banc rustique du verger, pour retourner à Paris dîner avec sa mère. Il s'en revenait
par les trains de l'après-midi, déserts et surchauffés.
passant du calme des bois à l'animation des dimanches

faubouriens. Les omnibus encombrés, les trottoirs
envahis par les tables des petits cafés où des familles au
grand complet, père, mère, enfants, s'asseyaient
devant des bocks et des journaux à images, des foules
arrêtées, le nez en l'air, à regarder au-dessus de l'usine
à gaz un gros ballon jaune qui montait, toute cette
cohue faisait un si grand contraste avec ce qu'il venait
de quitter, qu'il en demeurait étourdi et navré. Dans
la rue des Panoyaux plus déserte, il retrouvait des
habitudes de province, des parties de volants devant
les portes, et dans la cour de la grande maison silencieuse, le concierge avec quelques voisins assis sur des
chaises, savourant la fraîcheur entretenue par de fré-
quents arrosages à l'entonnoir. D'ordinaire, quand il
arrivait, sa mère causait dans le corridor avec le ménage Levindré. Bélisaire et sa femme, qui sortaient
régulièrement tous les dimanches de midi à minuit,
auraient bien désiré emmener madame de Barancy ;
mais elle avait honte de se montrer avec ces pauvres
gens et d'ailleurs se plaisait bien mieux dans la compagnie de ce couple d'ouvriers paresseux et phraseurs·
La femme Levindré, couturière de son état, attendait
depuis deux ans, pour se mettre au travail, qu'elle pût
acheter une machine à coudre de six cents francs ; six
cents francs, pas un sou de moins ! Quant au mari,
autrefois patron bijoutier, il déclarait ne vouloir travailler qu'à son compte. Quelques secours quêtés deci
delà aux parents de l'un et de l'autre entretenaient

tant bien que mal ce triste ménage, véritable nid
à rancunes, à révoltes, à plaintes contre la société.
Avec ces déclassés, Ida s'entendait à merveille, s'api-
toyait sur leur détresse, se repaissait des admirations,
des adulations prodiguées par ces gens qui espéraient
d'elle les six cents francs de la machine à coudre ou la
somme nécessaire à l'achat d'un fonds; car elle leur
avait dit qu'elle se trouvait dans une gêne momen-
tanée, mais qu'elle n'avait qu'à vouloir pour redevenir
très riche. Il en entendait, le sombre et étouffant
couloir, des confidences, des soupirs :

— Ah! madame Levindré...

— Ah! madame de Barancy...

Et M. Levindré, qui avait inventé tout un sytème
politique, le déroulait en phrases retentissantes, pendant que du chenil, où le Camarade cuvait son vin,
montait un ronflement sonore et monotone. Mais les
Levindré eux-mêmes allaient quelquefois le dimanche
chez des parents, des amis, ou se rendaient à des repas
de francs-maçons, ce qui leur économisait un dîner.
Ces jours-là, pour fuir l'ennui, la mélancolie de sa solitude, Ida descendait au cabinet de lecture de madame Lévêque, où Jack savait d'avance la retrouver.

Cette petite boutique borgne, pleine de livres à dos
vert qui sentaient le moisi, était littéralement obstruée
par les brochures, les journaux illustrés, vieux de
quinze jours, les feuilles de soldats à un sou ou les
gravures de modes s'étalant à sa devanture, et ne re-

cevait un peu d'air et de jour que de sa porte ouverte, qui agitait aussi contre son vitrage toutes sortes de paperasses coloriées. Là dedans vivait une vieille femme archi-vieille, prétentieuse et malpropre, qui passait son temps à faire de la « mignonette » en rubans de-couleur, de ces garnitures comme on en voyait aux ridicules de nos grand'mères. Il paraît que madame Lévêque avait connu des jours meilleurs et que, sous le premier Empire, son père était un personnage con-sidérable, quelque huissier à la cour ou concierge de palais.

— Je suis filleule du duc de Dantzick... » disait-elle à Ida avec emphase. C'était un de ces vieux champions des choses disparues, comme on n'en retrouve que dans les quartiers excentriques où Paris les rejette chaque jour dans son flux perpétuel. Pareille au fonds poussiéreux de sa boutique, à ses livres à dos de lus-trine tous incomplets ou déchirés, sa conversation était pleine de splendeurs romanesques et dédorées. La féerie de ce règne magique, dont elle n'avait vu que la fin, lui avait laissé dans les yeux un éblouis-sement, et rien que la façon dont elle disait « MM. les maréchaux » valait tout un défilé de panaches, de bro-deries, d'aiguillettes, de chapeaux bordés d'hermine blanche. Et les anecdotes sur Joséphine, les mots de la maréchale Lefèvre ! Il y avait surtout une histoire que madame Lévêque racontait encore mieux et plus souvent que les autres, c'était l'incendie de l'ambassade d'Autriche, la nuit du fameux bal donné par la princesse de Schwartzenberg. Toute sa vie était restée éclairée à la lueur de cet incendie célèbre, et c'est dans sa flamme qu'elle voyait passer les maréchaux étincelants, les dames à taille haute, décolletées, coiffées à la Titus ou à la Grecque, et l'empereur en habit vert, en culottes blanches, portant dans ses bras, à travers le jardin embrasé madame de Schwartzenberg évanouie. Avec sa manie de noblesse, Ida se trouvait bien auprès de cette vieille folle. Et pendant qu'elles étaient là, assises dans l'échoppe sombre, à faire sonner des noms de ducs, de marquis, comme des brocanteurs triant des vieux cuivres ou des bijoux cassés, un ouvrier entrait acheter un journal d'un sou, ou quelque femme du peuple, impatiente de la suite d'un feuilleton à surprise, venait voir si la livraison avait paru, donnait ses deux sous, se privant de son tabac si elle était vieille, de la botte de radis de son déjeuner si elle était jeune, pour dévorer les aventures du *Bossu* ou de *Monte-Cristo,* avec cet affamement de lectures romanesques qui tient le peuple de Paris. Malheureusement, madame Lévêque avait des petits-enfants tailleurs pour livrées dans le faubourg Saint-Germain, — « tailleurs de la noblesse », comme elle disait, — qui l'invitaient à dîner tous les quinze jours. Pour passer son dimanche, madame de Barancy n'avait plus alors que la ressource du vieux fonds littéraire de madame Lévêque, une cargaison d'exemplaires dépareillés, fanés, salis par tous les doigts du faubourg, et gardant entre leurs feuillets, qui n'avaient plus que le souffle, des miettes de pain ou des taches de graisse qui prouvaient qu'on les avait lus en mangeant. Ils racontaient, ces livres, des paresses de filles, des flânes d'ouvriers ou même des prétentions littéraires, car beaucoup avaient dans leurs marges des notes au crayon, des remarques saugrenues.

Elle restait là, affaissée et veule devant la croisée, à lire ses romans jusqu'à ce que la tête lui tournât. Elle lisait pour éviter de penser et de regretter. Déclassée dans cette grande maison ouvrière, les croisées laborieuses qu'elle avait en face d'elle ne lui causaient pas, comme à son fils, une excitation au courage, à un labeur quelconque, mais une lassitude plus grande, un dégoût plus amer. La femme toujours triste qui cousait sans relâche près de sa fenêtre, la pauvre vieille qui disait : « les personnes qui sont à la campagne d'un temps pareil... » aggravaient son ennui à elle de leur plainte muette ou formulée. La pureté du ciel, la chaleur de l'été sur toutes ces misères, les lui faisaient paraître plus noires, de même que l'oisiveté du dimanche où passaient seulement les cloches de vêpres, mêlées à des sifflements d'hirondelles, lui pesait de son silence et de sa tranquillité. Et elle se souvenait. Ses premenades d'autrefois, des courses en voiture, des parties de campagne lui apparaissaient, dorées par le regret comme par un couchant disparu. Mais les

années d'Etiolles, plus récentes, lui causaient la plus
vive blessure. Oh ! la belle vie, les dîners joyeux, les
cris des arrivants, les longues veillées sur la terrasse
italienne, et LUI, debout contre un pilier, le front
levé, le bras étendu, récitant au clair de l'une :

Moi je crois à l'Amour comme je crois en Dieu.

Où était-il ? Que faisait-il ? Comment ne lui avait-il
pas écrit depuis trois mois qu'il était sans nouvelles ?
Alors le livre lui tombait des mains, et elle demeurait
pensive, le regard perdu, jusqu'au retour de son fils,
pour qui elle essayait un sourire. Mais il devinait tout
de suite son état moral au désordre de la chambre
au négligé de cette femme si coquette jadis, et qui
maintenant traînait par la mansarde un peignoir fané
et des sandales indolentes. Rien n'était prêt pour le
dîner :

— Tu vois, je n'ai rien fait. Le temps est si chaud.
C'est accablant. Puis je suis si découragée.

— Pourquoi découragée ? Tu ne te trouves donc pas
bien avec moi ? Tu t'ennuies, n'est-ce-pas ?

— Non, certes, je ne m'ennuie pas... M'ennuyer
avec toi, mon Jack !

Elle l'embrassait avec passion, essayant de s'accrocher à lui pour se tirer de l'abîme où elle se sentait
disparaître.

— Allons dîner dehors, disait Jack... cela te dis-
traira.

Mais il manquait à Ida la distraction suprême de pouvoir faire une toilette, de pouvoir tirer de l'armoire où ils restaient pendus ses jolis costumes d'autrefois, trop coquets, trop excentriques pour sa situation présente, et dont le luxe demandait celui d'une voiture ou du moins un autre quartier. Elle s'habillait aussi modestement que possible pour ces promenades dans des rues indigentes. Malgré tout, il y avait toujours dans sa mise quelque chose de choquant, l'échancrure du corsage, la frisure des cheveux, les grands plis des jupons, et Jack prenait exprès une allure un peu bonhomme, protégeait de toute sa gravité cette mère affichante comme une maîtresse. Ils s'en allaient parmi ces longues files de petits bourgeois, d'ouvriers endimanchés marchant à petits pas, les uns derrière les autres, par des rues, des boulevards dont ils connaissent toutes les enseignes lettre à lettre, mélange d'honnêtes visages et de tournures grotesques, des redingotes qui montent dans le cou, des châles qui descendent dans le dos, des vêtements passés de mode, exhibés seulement en ce jour du dimanche, synonyme de repos et de promenade, et qui remplit la ville entière du piétinement, du murmure d'une foule s'écoulant de toutes parts, après un feu d'artifice. Il y a bien, en effet, de cette lassitude dans la fin du dimanche déjà assombrie de la préoccupation du lendemain. Jack et sa mère suivaient le flot vivant, s'arrêtaient à un petit restaurant de Bagnolet ou de Romainville, et dînaient mélancoliquement. Ils essayaient de causer ensemble, de confondre un peu leurs idées ; mais c'était là la grande difficulté de leur existence en commun. Depuis si longtemps qu'ils vivaient loin l'un de l'autre, leur destinée avait été trop différente. Si les délicatesses d'Ida se soulevaient devant la nappe grossière du cabaret, à peine débarrassée d'anciennes taches de vin, si elle essuyait avec dégoût son verre et son couvert, Jack s'apercevait à peine de ces négligences de service, habitué depuis de longues années à tous les écœurements de la pauvreté. En revanche, son esprit élevé, son intelligence ouverte de jour en jour s'étonnaient de la vulgarité de sa mère autrefois ignorante, mais instinctive, faussée maintenant par son long séjour au milieu des Ratés. Elle avait des phrases typiques, des façons de parler prises à d'Argenton, un ton cassant et péremptoire dans toutes leurs discussions. « Moi, je... moi, je... » Elle commençait toujours ainsi et finissait par quelque geste dédaigneux qui signifiait clairement : « Je suis bien bonne de discuter avec toi, pauvre misérable ouvrier... » Grâce à ce miracle d'assimilation qui fait qu'au bout de quelques années de ménage la femme et le mari se ressemblent, Jack était effrayé de voir sur le beau visage de sa mère des expressions de « l'Ennemi, » jusqu'à ce sourire en coin, effroi de son enfance persécutée. Jamais sculpteur maniant une glaise docile ne la pétrit mieux que ce faux poëte, tourmenté de domination, n'avait pétri cette fille.

Après le dîner, une de leurs promenades favorites, par ces longues soirées d'été, était le square des Buttes-Chaumont que l'on venait de terminer, square immense et mélancolique, improvisé sur les anciennes hauteurs de Montfaucon, orné de grottes, de cascades, de colonnades, de ponts, de précipices, de bois de pins dégringolant tout le long de la butte. Ce jardin avait un côté artificiel et romanesque qui faisait à Ida de Barancy une illusion de parc grandiose. Elle laissait traîner sa robe avec délices sur le sable des allées, admirait les massifs exotiques, les ruines où volontiers elle eût écrit son nom. Puis quand ils s'étaient bien promenés, ils montaient s'asseoir tout en haut sur un banc dominant la vue admirable que l'on a de ces sommets. Un Paris bleuâtre, noyé de poussière flottante et de lointain, s'étendait à leurs pieds. Une cuve gigantesque, surmontée de buées chaudes, de rumeurs confuses. Les collines qui entourent les faubourgs formaient dans cette brume comme un cercle immense, que Montmartre d'un côté, le Père-Lachaise de l'autre rejoignaient à l'ancien Montfauçon.

Plus près d'eux, ils avaient le spetacle de la joie populaire. Dans les allées tournantes, entre les quinconces du jardin, les petits boutiquiers en grande tenue circulaient autour de la musique, pendant que là-haut, sur ce qu'il restait des vieilles buttes, parmi la verdure pelée et le sol d'ocre rouge, des familles, d'ouvriers, dispersées comme un grand troupeau aux

flancs du mont, couraient, se vautraient, faisaient des
glissades, enlevaient de grands cerfs-volants, avec des
cris jetés dans un air extrêment sonore, au-dessus de
la tête des promeneurs. Chose étrange, ce square magnifique disposé en plein quartier ouvrier, une flatterie
de l'empire aux habitants de La Villette et de Belleville,
leur semblait trop soigné, trop ratissé ; et ils le délais-
saient pour leurs anciennes buttes plus accidentées,
plus compagnardes. Ida regardait ces jeux non sans un
certain dédain, et, là encore, son attitude, l'alanguis-
sement de sa tête sur sa main ouverte, les arabesques de
son ombrelle sur le sable, tout disait : « Que je m'ennuie ! » Jack se sentait bien insuffisant devant cette
mélancolie persistante ; il aurait voulu connaître
quelque honnête famille pas trop vulgaire, où sa mère
eût trouvé des femmes à qui confier toutes les puérilités
de son esprit. Une fois il crut avoir rencontré ce qu'il
cherchait. C'était justement dans le jardin des Buttes-
Chaumont, un dimanche. Devant eux marchait un vieux
bonhomme de tournure rustique, voûté, en veste
brune, escorté de deux petits enfants vers lesquels il
se penchait de cet air d'intérêt, de patience inaltérable
qu'ont seulement les grands-pères.

— Voilà une tournure que je connais, disait Jack à
sa compagne, mais oui... Je ne me trompe pas... C'est
bien M. Roudic.

Le père Roudic, en effet, mais si vieilli, si affaissé,
que l'ancien apprenti d'Indret l'avait reconnu surtout

à la fillette qui marchait près de lui, carrée, joufflue, taillée à coups de rabot, une réduction de Zénaïde, tandis qu'il ne manquait au petit garçon qu'un képi de la douane pour ressembler parfaitement à M. Mangin.

— « Tiens ! le petit gas... » dit le bonhomme à Jack qui l'abordait, et il eut un sourire triste qui éclaira sa figure en en montrant tous les ravages. Alors Jack s'aperçut qu'il portait un grand crêpe à son chapeau, et de peur de raviver un récent chagrin, il n'osait lui demander des nouvelles de personne, lorsqu'à un tournant d'allée Zénaïde fit son apparition, plus massive que jamais, à présent qu'elle avait changé sa jupe à gros plis pour une vraie robe et sa coiffe guérandaise pour un chapeau parisien. Un vrai paquet, mais l'air si bon enfant. Elle donnait le bras à M. Mangin, l'ancien brigadier, monté en grade, passé aux douanes de Paris, et dont l'uniforme en drap fin était passementé d'or sur les manches. Comme Zénaïde était fière de ce joli officier, comme elle paraissait l'aimer, son petit Mangin, malgré sa façon de le mener tambour battant, de répondre pour lui à tout propos. Il faut croire d'ailleurs que M. Mangin aimait à être mené ainsi, car il avait une physionomie heureuse, ouverte, et, rien qu'à la façon dont il regardait sa femme, on sentait que si c'était à refaire, maintenant qu'il la connaissait, il la prendrait bien sans dot. Jack présenta sa mère à tous ces braves gens ; puis, comme on marchait en deux groupes :

— Qu'est-il donc arrivé ? demanda-t-il tout bas à Zénaïde. Est-ce que madame Clarisse...

— Oui, elle est morte, il y a deux ans, d'une façon affreuse, noyée dans la Loire, par accident.

Zénaïde ajouta, en baissant la voix :

— Nous disons « par accident, » à cause du père ; mais vous qui la connaissiez, Jack, vous savez bien que ce n'est pas par accident qu'elle est morte, et quelle s'est fait périr elle-même, du chagrin de ne plus voir son Nantais... Ah ! vraiment, il y a de ces hommes .. on ne sait pas ce qu'ils vous font boire !

Elle était loin de se douter, la bonne Zénaïde, qu'en parlant ainsi elle serrait le cœur à Jack, qui regardait sa mère en soupirant.

— Pauvre père Roudic, continua Zénaïde, nous avons bien cru qu'il passerait lui aussi... Et encore, il ne s'est jamais douté de la vraie vérité. Sans ça... Quand M. Mangin a été nommé à Paris, nous l'avons emmené avec nous, et nous vivons tous ensemble, rue des Lilas, à Charonne, une petite rue où il n'y a que des jardins, tout près de la caserne de la douane... Il faudra venir le voir, n'est-ce pas, Jack... Vous savez qu'il a toujours bien aimé son petit gas... Peut-être parviendrez-vous à lui faire desserrer les dents. A nous il ne nous dit jamais un mot... Il n'y a que les enfants qui l'amusent, qui l'intéressent... Mais rapprochons-nous. Il a déjà regardé deux ou trois fois de notre côté. Il se doute bien que nous parlons de lui, et il n'aime pas cela.

Ida, qui était en grande conversation avec M. Mangin, s'arrêta court en voyant Jack près d'elle. Que disait-elle donc de si mystérieux? Un mot du père Roudic le mit tout de suite au courant :

— Ah! dame! oui dame! Un beau parleur, et qui aimait bien la galette de blé noir.

Il comprit qu'il s'agissait de d'Argenton. On aviat demandé à Ida des nouvelles de son mari, et heureuse de parler de lui, elle s'était étendue sur ce sujet intéressant. Le talent du poëte, ses luttes artistiques, la haute situation qu'il occupait dans la littérature, les sujets de drames ou de romans qu'il roulait dans sa tête, elle avait tout raconté, tout analysé, pendant que les autres l'écoutaient par politesse, sans rien comprendre. On se sépara en se promettant de se revoir. Jack était enchanté d'avoir rencontré ces braves gens, plus agréables à fréquenter pour sa mère que les Lévêque et les Levindré, et d'une condition sociale un peu au-dessus du couple Bélisaire. Il alla donc chez eux quelquefois avec Ida, et retrouva dans un étroit logement de faubourg les coquillages, les éponges, les hippocampes sur la cheminée comme à Indret, et les images de piété de la chambre de Zénaïde, et la grosse armoire à ferrures, tout un intérieur breton expatrié près des fortifications avec une illusion de campagne autour de lui. Il se plaisait dans ce milieu honnête et d'une propreté toute provinciale. Mais il ne tarda pas à s'apercevoir que sa mère s'ennuyait avec Zénaïde, trop

laborieuse, trop positive pour elle, et que là comme
partout où il la conduisait, elle était poursuivie de la
même mélancolie, du même dégoût qu'elle exprimait
par ces trois mots :

— Ça sent l'ouvrier !

La maison de la rue des Panoyaux, le couloir, la
chambre qu'elle occupait avec son fils, le pain qu'elle
mangeait, tout lui semblait imprégné d'une odeur,
d'un goût particuliers, de cet air vicié que les quartiers
pauvres, les accumulations de peuple, les fumées des
usines, la sueur du travail entretiennent dans certaines parties des grandes villes. Ça sentait l'ouvrier, Si
elle ouvrait sa fenêtre, elle retrouvait cette odeur dans
la cour ; si elle sortait, la rue la lui apportait dans ses
bouffées malsaines, et les gens qu'elle voyait, son Jack
lui-même quand il revenait de l'atelier avec sa blouse
tachée d'huile, exhalaient cette même odeur indigente
qui s'attachait à elle, la pénétrait d'une immense tristesse, de cet écœurement qui fait les suicides.

VIII

Un soir, Jack trouva sa mère dans un état d'exaltation extraordinaire, les yeux brillants, le teint animé, délivrée de cette atonie dont il commençait à s'inquiéter.

— D'Argenton m'a écrit, lui dit-elle tout de suite... Oui, mon cher, ce monsieur a osé m'écrire... Après m'avoir laissée quatre mois sans un mot, sans rien, il a fini par perdre patience en voyant que je ne bougeais pas... Il m'écrit pour m'avertir qu'il rentre à Paris, au retour d'un petit voyage, et que, si j'ai besoin de lui, il est tout à ma disposition.

— Tu n'as pas besoin de lui, j'imagine? demanda Jack qui épiait sa mère, très ému.

— Moi, besoin de lui!... Tu vois si je m'en passe... C'est lui, au contraire, qui doit se trouver bien seul sans moi... Un homme qui ne sait rien faire de ses mains que tenir un porte-plume. Ah! c'est bien un véritable artiste, celui-là.

— Est-ce que tu vas répondre?

— Répondre?... à un insolent qui s'est permis de lever la main sur moi... Ah! tu ne me connais pas. J'ai, grâce à Dieu, plus de fierté que cela... Je n'ai pas seulement fini de la lire, sa lettre. Je l'ai jetée je ne sais où, déchirée en mille morceaux... Merci! Ce n'est pas avec des femmes élevées comme je l'ai été, dans un château, au milieu de l'opulence, qu'on se permet des vivacités pareilles... C'est égal! je serais curieuse de voir son intérieur maintenant que je ne suis plus là pour tout mettre en ordre. Ce doit être un beau gâchis. A moins que... Oh! non, ce n'est pas possible. On ne retrouve pas tous les jours une grande sotte comme moi... D'ailleurs il est bien clair qu'il s'ennuyait, puisqu'il a été obligé d'aller passer deux moi à... à... comment donc appelle-t-il ce pays-là?...

— Elle tira tranquillement de sa poche la lettre qu'elle disait avoir perdue et lacérée, et chercha le nom qu'elle voulait:

— Ah! oui... c'est aux eaux de Royat qu'il est allé... Quelle folie! c'est tout ce qu'il y a de plus mauvais pour lui, ces eaux minérales... Après tout, qu'il fasse ce qu'il voudra; cela ne me regarde plus.

Jack rougit pour elle de son mensonge, mais ne lui en fit aucune observation. Toute la soirée il sentit rôder autour de la table cette activité inquiète de la femme qui se distrait d'une pensée par l'agitation. Elle avait retrouvé son entrain courageux des premiers jours, rangeait, nettoyait la chambre, et tout en marchant, en s'affairant, bourdonnait avec des intonations de reproche, des mouvements de tête. Puis elle venait s'appuyer sur la chaise de Jack, l'embrassait, le câlinait :

— Comme tu es courageux, mon chéri ! Comme tu travailles bien !

Il travaillait fort mal, au contraire, préoccupé de ce qui se passait dans l'âme de sa mère.

— Est-ce bien moi qu'elle embrasse ! se disait-il ; et ses soupçons se trouvaient confirmés par un petit détail qui prouvait à quel point le passé triomphant avait repris ce pauvre cœur de femme. Elle ne cessait de fredonner la romance favorite de d'Argenton, une certaine « valse des feuilles » , que le poële aimait tapoter au piano, entre chien et loup, sans lumière :

> Valsez, valsez, comme des folles.
> Pauvres feuilles, valsez, valsez !

Sentimental et traînard, ce refrain qu'elle aveulissait encore en ralentissant les notes finales, l'obsédait, la poursuivait ; elle le laissait, le reprenait par fragments, comme s'il eût marqué les intervalles de sa pensée. Air et paroles, tout rappelait à Jack des souvenirs honteux et douloureux. Ah ! s'il avait osé, quelles dures vérités il eût dites à cette insensée ; comme il eût volontiers jeté à la hotte avec indignation tous ces bouquets fanés, toutes ces feuilles mortes et sèches,

assez folles pour valser encore dans cette pauvre tête
vide et la remplir de leurs tourbillons. Mais c'était sa
mère. Il l'aimait, il voulait à force de respect, lui apprendre à se respecter elle-même; il ne lui parla donc
de rien. Seulement ce premier avertissement du danger
avait lancé son esprit dans tous les tourments jaloux
des êtres que l'on va trahir. Il en arriva à épier l'air
qu'elle avait quand il partait, et au retour l'accueil de
son sourire. Il craignait tant pour elle ces fièvres, ces
rêveries que la solitude cause aux femmes inactives. Et
nul moyen de la faire surveiller. C'était sa mère. Il ne
pouvait confier à personne la défiance qu'elle lui ins-
pirait. Pourtant Ida, depuis cette lettre de d'Argenton,
s'était remise plus vaillamment aux soins du ménage,
elle s'occupait de sa maison, préparait le dîner de son
fils, et même tirait de l'oubli où elle l'avait laissé le
livre de dépense plein de blancs et de lacunes. Jack se
méfiait toujours. Il savait l'histoire de ces maris trom-
pés dont on enveloppe la vigilance de petits soins,
d'attentions délicates, et qui peuvent reconnaître la
date de leur infortune à toutes les manifestations d'un
remords inexprimé. Une fois, en revenant de l'atelier,
il crut voir Hirsch et Labassindre, au bras l'un de l'autre, tourner le coin de la rue des Panoyaux. Que pou-
vaient-ils bien avoir à faire dans ce quartier perdu, si
loin de la *Revue* et du quai des Augustins?

— Personne n'est venu?... demanda-t-il au concierge, et à la façon dont on lui répondit, il sentit

qu'on le trompait, qu'il y avait déjà quelque complot
organisé contre lui. Le dimanche d'après, en revenant
d'Etiolles, il trouva sa mère si complétement abîmée
dans sa lecture, qu'elle ne l'avait pas entendu monter.
Il n'aurait pas pris garde à ce détail, étant dès longtemps habitué à sa manie des romans; mais Ida fit
. disparaître trop vite la brochure ouverte sur ses genoux

— Tu m'as fait peur... dit-elle en même temps,
exagérant à dessein son émotion pour détourner l'attention de Jack

— Qu'est-ce que tu lisais donc là?

— Oh! rien, des niaiseries... Comment vont nos
amis, le docteur, Cécile? L'as-tu bien embrassée pour
moi, cette chère petite?

Mais à mesure qu'elle parlait, une rougeur lui envahissait le front sous sa peau transparente et fine;
car c'était une des particularités de cette nature d'enfant d'être aussi prompte au mensonge que mala-
droite à mentir. Gênée par ce regard qui ne la quittait
pas, elle se leva, agacée :

— Tu veux savoir ce que je lis... tiens, regarde.

Il reconnut la couverture satinée de la revue qu'il
avait lue pour la première fois dans la chambre de
chauffe du *Cydnus*, seulement bien plus mince, réduite de moitié, imprimée sur du papier pelure avec
cet aspect particulier des revues où l'on ne paye pas.
Du reste, la même emphase ridicule, des titres ron-
flants et creux, des études sociales en délire, de la

science en goguettes, des poésies de mirliton. Jack ne l'aurait pas même ouvert, ce recueil grotesque, si le titre suivant, en tête du sommaire, n'avait attiré son attention :

LES RUPTURES

Poëme lyrique,

Par le Vte AMAURY D'ARGENTON.

Cela commençait ainsi :

A UNE QUI EST PARTIE

Quoi ! sans un mot d'adieu, quoi ! sans tourner la tête,
Quoi ! pas même un regard au seuil abandonné ;
Quoi !...

Deux cents vers suivaient, longs et serrés, noircissant les pages comme une prose ennuyeuse ; et ce n'était que le prélude. Afin que l'on ne pût s'y tromper, le nom de Charlotte qui revenait tous les quatre ou cinq vers éclairait le lecteur suffisamment. Jack jeta la brochure en haussant les épaules :

— Et ce misérable a osé t'envoyer cela ?

— Oui, on a posé le numéro en bas, il y a deux ou trois jours, dit-elle timidement... Je ne sais pas qui.

Il y eut un moment de silence. Ida mourait d'envie de ramasser la brochure ; mais elle n'osait pas. Enfin elle se pencha d'un petit air négligent. Jack vit le mouvement :

— Tu ne vas pas garder cela ici, j'imagine. Ils sont ridicules, ces vers.

Elle se redressa :

— Je ne trouve pas, par exemple !

— Allons donc ! Il a beau se battre les flancs pour avoir l'air ému, faire : « Coua ! coua ! » tout le temps comme une cigogne, il ne parvient pas à nous toucher une seule fois.

— Ne soyons pas injuste, Jack (Sa voix tremblait.) Dieu sait que je connais M. d'Argenton mieux que personne et toutes les défectuosités de sa nature, puisque j'en ai souffert. L'homme, je te l'abandonne. Quant au poëte, c'est autre chose. De l'aveu de tous, M. d'Argenton a la note émue comme on ne l'a jamais eue en France... La note émue, mon cher !... Musset l'avait, lui, mais sans élévation, sans idéal. A ce point de vue, le *Credo de l'amour* est incomparable. Pourtant je trouve que ce commencement des *Ruptures* a quelque chose encore de plus touchant. Cette jeune femme qui s'en va le matin, en robe de bal, dans le brouillard, sans un mot d'adieu, sans tourner la tête...

Jack ne put retenir un cri d'indignation :

— Mais c'est toi, cette femme ! Et tu sais comment tu es partie, dans quelles circonstances odieuses.

Elle répondit toute frissonnante :

— Mon cher, tu auras beau chercher à m'humilier, renouveler l'outrage en me le rappelant, il y a ici une

question d'art et je crois m'y entendre un peu plus que
toi. M. d'Argenton m'aurait outragée cent fois plus qu'il
n'a fait, cela ne m'empêcherait pas de reconnaître qu'il
est une des sommités littéraires de ce temps. Plus d'un
en parle avec mépris aujourd'hui, qui sera fier de dire
plus tard : Je l'ai connu... Je me suis assis à sa table.

Là-dessus, elle sortit majestueusement pour aller
retrouver madame Levindré, l'éternelle confidente ; et
Jack, déjà remis au travail, — c'était sa seule ressource
dans le chagrin, cette étude qui le rapprochait de Cécile, — entendit bientôt chez les voisins une lecture à
haute voix, interrompue d'exclamations enthousiastes
et de larmes trahies par le bruit des mouchoirs.

— Tenons-nous bien... l'Ennemi approche.. pensait le pauvre garçon. Il ne se trompait pas.

Amaury d'Argenton était aussi malheureux loin de
sa Charlotte que celle-ci s'ennuyait de n'être plus auprès de lui. Victime et bourreau, indispensables l'un à
l'autre, ils sentaient profondément, chacun de son
côté, le vide des existences dépareillées. Dès le premier
jour de la séparation, le poëte avait pris une attitude
de cœur blessé, donné à sa grosse tête blafarde une expression dramatique et byronienne. On le rencontrait dans les restaurants de nuit, dans les brasseries
où l'on soupe, entouré de sa cour d'adulateurs et d'ex-
ploiteurs, qu'il entretenait d'Elle, rien que d'Elle. Il
voulait faire dire aux femmes, aux hommes qui se
trouvaient là :

— C'est d'Argenton, le grand poëte... Sa maîtresse l'a quitté... Il cherche à s'étourdir.

Il cherchait à s'étourdir, en effet, soupait dehors, passait les nuits; mais la fatigue lui vint bientôt de cette existence irrégulière et dispendieuse. C'est superbe, parbleu! de taper sur la table d'un restaurant de nuit, et de crier: « Garçon, une absinthe pure... » pour faire dire à des provinciaux autour de soi: « Il se tue... C'est pour une femme... » Pourtant, quand la santé s'y refuse, quand après avoir demandé très haut « une absinthe pure, » on est obligé de dire tout bas au garçon: « Beaucoup de gomme, » ce sont là des poses par trop héroïques. En quelques jours de cette existence, d'Argenton acheva de se délabrer l'estomac, les « crises » reparurent plus fréquentes, et l'absence de Charlotte se fit sentir dans toute son horreur. Quelle autre femme aurait pu supporter ces plaintes perpétuelles, surveiller l'heure des poudres et des tisanes, les apporter avec la religion de M. Fagon médicamentant le grand roi? Des puérilités de malade lui revenaient. Il avait peur tout seul, et gardait toujours quelqu'un, Hirsch ou un autre, couché la nuit sur le divan. Les soirées lui paraissaient lugubres, parce qu'il était environné du désordre, de la poussière, que toutes les femmes, même cette folle d'Ida, savent éviter autour d'elles. Le feu ne chauffait pas, la lampe brûlait mal, des courants d'air soufflaient sous les portes; et saisi dans son égoïsme, dans ce qu'il avait

de plus sensible, d'Argenton regretta sincèrement sa
compagne. Il devint véritablement malheureux à
force d'avoir voulu le paraître. Alors, pour se distraire,
il essaya de voyager ; mais le voyage ne lui réussit
guère, à en juger du moins par le ton lamentable de
sa correspondance.

— « Ce pauvre d'Argenton m'a écrit une lettre
navrante... » se disaient les Ratés entre eux en
s'abordant d'un air à la fois contrit et satisfait. Il leur
en écrivait à tous, de ces « lettres navrantes. » C'était
ce qui remplaçait « les mots cruels. » De loin comme
de près, une idée fixe le rongeait : « Cette femme se
passe de moi, elle est heureuse sans moi, par son fils.
Son fils lui tient lieu de tout. » Cette pensée l'exaspé-
rait.

— Fais donc un poëme là-dessus, lui dit Moronval
en le voyant aussi désolé au retour qu'au départ... Ça
te soulagera. »

Immédiatement il se mit à l'œuvre, et les rimes se
suivant avec le système de travail sans rature dès longtemps adopté par le poëte, il eut bientôt composé le
prologue des « *Ruptures.* » Le malheur, c'est que la
composition poétique, au lieu de le calmer, l'excita
encore. Comme il avait besoin de se monter, il imagina une Charlotte idéale, plus belle, plus séraphique
que l'autre, élevée au-dessus de terre de toute la hauteur de son inspiration forcée. Dès lors, la séparation
lui devint intolérable. Sitôt que la revue eut publié le

prologue du poëme, Hirsch et Labassindre furent chargés d'aller porter un exemplaire rue des Panoyaux.
Cet appeau jeté, d'Argenton, voyant que bien décidément il ne pouvait plus vivre sans Lolotte, résolut
de frapper un grand coup. Il se fit friser, pommader,
cirer à la hongroise, prit un fiacre qui devait l'attendre
à la porte, et se présenta rue des Panoyaux à deux
heures de l'après-midi, alors que les femmes sont
seules et que toutes les usines du faubourg envoient
au ciel des tourbillons de fumée noire. Moronval qui
l'accompagnait descendit parler au concierge, puis
revint :

— Tu peux monter... Au sixième, au fond du
coïdo... Elle y est.

D'Argenton monta. Il était plus pâle que d'habitude et son cœur battait. O mystères de la nature hu-
maine, que des êtres comme celui-là aient un cœur,
et que ce cœur puisse battre ! C'était moins l'amour, il
est vrai, que l'entourage de l'amour qui l'émouvait, le
côté romanesque de l'expédition, la voiture au coin
de la rue comme pour un enlèvement, et surtout sa
haine satisfaite, la pensée du désappointement de Jack
revenant du travail et trouvant l'oiseau déniché. Voici
le plan qu'il avait fait : paraître devant elle à l'impro-
viste, tomber à ses pieds, profiter du trouble, de l'é-
garement où la surprise la mettrait pour l'enlacer, l'envelopper, lui dire : « Viens, partons ! » la faire monter
en voiture, et bon voyage ! Ou elle serait bien changée

depuis trois mois, ou elle ne résisterait pas à l'entraînement. Voilà pourquoi il ne l'avait pas prévenue,
pourquoi il marchait doucement dans le couloir afin
de mieux la surprendre. Sombre couloir suant la misère de toutes ses lézardes, et dont les nombreuses
portes avec leurs clefs en évidence semblaient dire :
« Il n'y a rien voler à ici... Entre qui veut. »

Il entra vivement, sans frapper, avec un « C'est
moi » mystérieusement modulé.

Cruelle déception, déception éternelle attachée aux
pas majestueux de cet homme ! Au lieu de Charlotte,
ce fut Jack qu'il trouva debout devant lui, Jack qu'une
fête de ses patrons avait fait libre pour une journée
et qui feuilletait activement ses livres, pendant que
Ida, étendue sur son lit dans l'alcôve, abrégeait comme
tous les jours l'ennui de son oisiveté par une sieste de
quelques heures. En présence l'un de l'autre, les deux
hommes se regardèrent stupéfaits. Cette fois, le poëte
n'avait pas l'avantage. D'abord, il n'était pas chez lui ;
puis comment traiter en inférieur ce grand garçon à
la mine intelligente et fière, où quelque chose de la
beauté de la mère apparaissait pour mieux désespérer
l'amant.

— Qu'est-ce que vous venez faire ici ? demanda Jack
en travers de la porte, qu'il barrait.

L'autre rougit, pâlit, balbutia :

— Je croyais... on m'avait dit que votre mère était
là.

— Elle y est en effet ; mais j'y suis avec elle, et vous ne la verrez pas.

Tout ceci fut dit rapidement, à voix basse, dans un même souffle de haine. Puis Jack, en s'avançant sur l'amant de sa mère avec une violence encore plus pressentie que réelle, le força à reculer, et ils se trouvèrent dans le couloir. Stupide, interloqué, d'Argenton essaya de se remettre d'aplomb à l'aide de quelque attitude, et prenant un air à la fois majestueux et attendri :

— Jack, dit-il, il y a eu pendant longtemps un malentendu entre nous. Mais, maintenant que vous voilà homme et sérieux, bien ouvert aux choses de la vie, il est impossible que ce malentendu s'éternise. Je vous tends la main, cher enfant, une main loyale qui n'a jamais menti à son étreinte.

Jack haussa les épaules :

— A quoi bon cette comédie entre nous, monsieur ? Vous me détestez et je vous exècre...

— Et depuis quand donc sommes-nous tant ennemis que cela, Jack ?

— Je pense que c'est depuis que nous nous connaissons, monsieur. Du plus loin que je me rappelle, je me sens de la haine au cœur contre vous. D'abord, que pourrions-nous être l'un à l'autre, sinon deux ennemis ? Quel autre nom pourrais-je vous donner ? Qui êtes-vous pour moi ? Devrais-je seulement vous connaître ? Et si parfois dans ma vie j'ai pensé à vous sans coîère, croyez-vous que j'aie jamais pu y penser sans rougir?

— C'est vrai, Jack, je conviens que notre situation réciproque était fausse, très-fausse. Mais vous ne sauriez me rendre responsable d'un hasard, d'une fatalité... Après tout, mon cher ami, la vie n'est pas un roman... Il ne faut pas exiger d'elle...

Mais Jack l'arrêta court au milieu de ces considérations filandreuses qui ne lui faisaient jamais défaut.

— Vous avez raison, monsieur. La vie n'est pas un roman; elle est très sérieuse au contraire et positive. La preuve, c'est que tous mes moments, à moi, sont comptés, et qu'il m'est interdit de perdre mon temps en discussions oiseuses... Pendant dix ans, ma mère a été à vous, votre servante, votre chose. Ce que j'ai souffert pendant ces dix années, ma fierté d'enfant ne vous l'a jamais appris; mais passons. Ma mère est à moi maintenant. Je l'ai reprise, et par tous les moyens possibles je saurai la retenir. Je ne vous la rendrai jamais... D'ailleurs, pourquoi faire?... Qu'est-ce que vous lui voulez?... Elle a des cheveux gris, des rides. Vous l'avez tant fait pleurer... Ce n'est plus une jolie femme, une maîtresse qui puisse satisfaire votre vanité. C'est une mère, c'est maman, laissez-la moi.

Ils se regardaient bien en face sur le palier lugubre et sordide où montaient par intervalles des piaillements d'enfants, des échos d'autres disputes, fréquentes dans la grande ruche ouvrière. C'était le cadre qui convenait à cette scène humiliante et navrante qui remuait des hontes à chacun de ses mots.

— Vous vous méprenez étrangement sur le sens de ma démarche, dit le poëte, tout pâle malgré son grand aplomb... Je sais Charlotte très digne, vos resources fort modiques... Je venais comme un vieil ami... voir si rien ne manquait, si on n'avait pas besoin de moi.

— Nous n'avons besoin de personne. Mon travail nous suffit largement à tous deux.

— Vous êtes devenu bien fier, mon cher Jack... Vous ne l'étiez pas autant autrefois.

— C'est vrai, monsieur. Aussi votre présence que je supportais jadis m'est odieuse aujourd'hui ; et je vous préviens que je ne veux pas en subir l'injure plus longtemps.

L'attitude de Jack était si déterminée, si provocante, son regard soulignait si bien ses paroles, que le poëte n'osa pas ajouter un mot et se retira gravement, redescendant les six étages, où son costume soigné, sa frisure faisaient une tache singulière, donnaient bien l'idée de ces erreurs sociales qui d'un bout à l'autre de cet étrange Paris relient entre eux tant de contrastes. Quand Jack l'eut vu disparaître, il rentra. Ida, toute blanche, décoiffée, les yeux gonflés de sommeil et de larmes, l'attendait debout contre la porte :

— J'étais là, lui dit-elle à voix basse... J'ai tout entendu, tout, même que j'étais vieille et que j'avais des rides.

Il s'approcha d'elle, lui prit les mains, et la regardant jusqu'au fond des yeux :

Il n'est pas loin... Veux-tu que je le rappelle ?

Elle dégagea ses mains, et sans hésiter, lui sauta au cou, dans un de ses élans qui l'empêchaient d'être une vile créature :

— Non, mon Jack, tu as raison... Je suis ta mère, rien que ta mère, je ne veux plus être que cela.

Quelques jours après cette scène, Jack écrivait à M. Rivals la lettre suivante :

« Mon ami, mon père, c'est fini, elle m'a quitté, elle est retournée avec lui. Cela s'est passé dans des circonstances si navrantes, si imprévues, que le coup m'a été encore plus rude... Hélas ! celle dont je me plains est ma mère. Il serait plus digne de garder le silence mais je ne peux pas. J'ai connu dans mon enfance un pauvre petit négrillon qui disait toujours : « Si le monde n'avait pas soupir, le monde étoufferait. » Je n'ai jamais compris cette parole comme aujourd'hui. Il me semble que si je ne vous écrivais pas cette lettre, si je ne poussais pas ce grand soupir vers vous, ce que j'ai là sur le cœur m'empêcherait de respirer et de vivre. Je n'ai même pas eu le courage d'attendre jusqu'à dimanche. C'était trop loin ; et puis, devant Cécile, je n'aurais pas osé parler... Je vous avais dit, n'est-ce pas ? l'explication que nous avions eue ensemble, cet homme et moi. Depuis ce jour-là, je voyais

ma pauvre mère si triste, ce qu'elle avait fait me
semblait tellement au-dessus de ses forces, que je
m'étais résolu à la changer de quartier pour distraire
et dépayser son chagrin. Je comprenais bien qu'une
bataille était engagée, et que si je voulais la gagner, si
je voulais garder ma mère avec moi, je devais user de
tous les moyens, de toutes les ruses possibles. Notre
rue, notre maison lui déplaisaient. Il fallait quelque
chose de plus riant, de plus aéré, qui l'empêchât de
trop regretter son quai des Augustins. Je louai donc
à Charonne, rue des Lilas, au fond d'un jardin de
maraîcher, trois petites pièces nouvellement réparées,
tendues de papier neuf, que j'ornai d'un mobilier un
peu plus soigné, un peu plus complet que le mien. Toute
ma petite réserve, pardonnez-moi ces détails, mais je
me suis juré de tout vous dire, les économies que je
faisais depuis dix mois pour mes inscriptions, mes
examens, passèrent à ces soins que je savais d'avance
a pprouvés par vous. Bélisaire et sa femme m'aidèrent
à l'installation, ainsi que la bonne Zénaïde établie dans
la même rue avec son père, et sur qui je comptais pour
égayer ma pauvre maman. Tout cela s'était fait en
cachette, une vraie surprise d'amoureux, puisque dans
cette lutte nouvelle il me fallait combattre mon ennemi, mon rival sur son propre terrain. Vraiment
il me semblait qu'elle serait bien là. Cette fin de faubourg, tranquille comme une rue de village, les arbres
dépassant les murs, des chants de coq montant entre

des ais de planches, tout me paraissait devoir la charmer, lui donner un peu l'illusion de cette vie de campagne qu'elle regrettait tant.

« Hier soir enfin, la maison était prête à la recevoir. Bélisaire devait lui dire que je l'attendais chez les Roudic, et me l'amener à l'heure du dîner. J'étais arrivé bien avant eux, joyeux comme un enfant, arpentant fièrement notre petit logis tout luisant de propreté, embelli de rideaux clairs à toutes ses fenêtres et de gros bouquets de roses sur la cheminée. J'avais fait du feu, la soirée étant un peu fraîche, et cela donnait à l'endroit un air confortable, déjà habité, qui me réjouissait... Eh bien, le croiriez-vous? Au milieu de mon contentement, je sentis passer tout à coup un pressentiment lugubre. Ce fut vif et rapide comme une étincelle électrique : « Elle ne viendra pas ! » J'avais beau me traiter de fou, préparer sa chaise, son couvert, guetter son pas dans la rue silencieuse, parcourir les pièces où tout l'attendait. Je savais qu'elle ne viendrait pas... Dans toutes les déceptions de mon passé, j'ai eu de ces divinations. On dirait qu'avant de me frapper, le destin m'avertit par une sorte de pitié, pour que ses coups me soient moins, douloureux. Elle ne vint pas. Bélisaire arriva seul, très tard, avec un billet qu'elle lui avait donné pour moi. Ce n'était pas long, rien que quelques mots écrits en hâte, m'annonçant que M. d'Argenton était très malade et qu'elle considérait comme un

devoir d'aller s'asseoir à son chevet. Sitôt qu'il serait
guéri, elle reviendrait. Malade! je n'avais pas pensé à
cela. Sans quoi, j'aurais pu me faire plaindre, moi
aussi, et la retenir à mon chevet comme il l'appelait
au sien ... Oh! qu'il la connaissait bien, ce misérable!
Comme il avait étudié ce cœur si faible et si bon, empressé à se dévouer, à protéger ! Vous les avez soignées
ces crises bizarres dont il se plaignait à Etiolles et qui
se dissipaient si vite à table, après un bon dîner. C'est
de ce mal qu'il est repris. Mais ma mère, heureuse
sans doute d'une occasion de rentrer en grâce, s'est
laissé prendre à cette feinte. Et dire que si je tombais
malade, vraiment malade, elle ne me croirait peut-être
pas ! Pour en revenir à ma lamentable histoire, me
voyez-vous tout seul dans mon petit pavillon, au milieu de mes préparatifs de bienvenue, après tant de
courses, d'efforts, d'argent dépensé en pure perte ? Ah!
cruelle, cruelle... Je n'ai pas voulu rester là. Je suis
retourné à mon ancienne chambre. La maison m'eût
semblé trop triste, triste comme une maison de morte;
car pour moi ma mère y avait habité déjà. Je suis
parti, laissant le feu tomber en cendres dans l'âtre et
mes bouquets de roses s'effeuiller sur le marbre avec
un bruit doux. La maison est louée pour deux ans, et
je la garderai jusqu'à la fin du bail, avec cette supersti-
tion qui fait que l'on conserve longtemps ouverte et ac-
cueillante la cage d'où quelque oiseau favori s'est envolé. Si ma mère revient, nous retournerons là ensem-

ble. Mais si elle ne revient pas, je n'y habiterai jamais.
Ma solitude aurait la tristesse d'un deuil. Et maintenant que je vous ai tout raconté, ai-je besoin de vous
dire que cette lettre est pour vous, rien que pour
vous, que Cécile ne doit pas la lire? J'aurais trop
honte. Il me semble qu'à ses yeux quelque chose de
ces infamies rejaillirait sur moi, sur la pureté de mon
amour. Peut-être ne m'aimerait-elle plus... ah! mon
ami, que deviendrais-je si un pareil désastre m'arrivait? Je n'ai plus qu'elle. Sa tendresse me tient lieu de
tout; et dans mon plus grand désespoir, quand je me
suis trouvé seul devant l'ironie de cette maison vide,
je n'ai eu qu'une pensée, qu'un cri: « Cécile. »...
Si elle aussi allait m'abandonner... Hélas! voilà ce
que les trahisons de nos bien-aimés ont de terrible,
c'est qu'elles nous glissent dans le cœur la crainte
d'autres trahisons... Mais à quoi vais-je songer? J'ai
sa parole, sa promesse; et Cécile n'a jamais menti. »

IX

LA PETITE NE VEUT PLUS.

Longtemps il crut que sa mère reviendrait. Le matin, le soir, dans le silence de son travail, il s'imagina entendre bien des fois le frôlement de sa robe dans le couloir, son pas léger près de la porte. Lorsqu'il allait chez les Roudic, il regardait toujours au pavillon de la rue des Lilas, espérant le trouver ouvert et son Ida installée dans ce refuge dont il lui avait envoyé l'adresse : « La maison t'attend... Elle est là pour toi... Quand tu voudras, tu n'as qu'à venir... » Rien, pas même une réponse. L'abandon était réel, définitif, plus implacable que jamais.

Jack eut un grand chagrin. Quand nos mères nous font du mal, cela blesse comme une erreur ou une cruauté de Dieu, comme une douleur contre nature. Mais Cécile était magicienne. Elle connaissait les baumes, les simples, tous ces calmants qui ont des noms de fleurs et qui parfument les guérisons. Elle savait les mots enchantés qui a aisent, les fermes regards qui

font revivre, et sa tendresse délicate, ingénieuse, défiait
toutes les férocités du destin. Un puissant reconfort
aussi, c'était le travail, le travail acharné, cuirasse
lourde et gênante, mais qui défend bien contre la douleur. Pendant que sa mère était là, elle l'avait souvent
empêché de travailler, sans le savoir, avec sa nature
d'oiseau étourdi, ses envolements, et cette volonté en
zigzag qui la faisait tout à coup s'apprêter pour sortir,
puis se débarrasser de son chapeau et de son châle dans
une soudaine décision de rester. Il n'y avait pas jusqu'au soin maladroit qu'elle prenait de ne pas le déranger qui ne fût un véritable dérangement pour lui.
Maintenant qu'elle était partie, il marchait à grands
pas et regagnait le temps perdu. Tous les dimanches il
allait à Étiolles, un peu plus amoureux et un peu plus
savant. Le docteur était ravi des progrès de son élève ;
avant un an, en continuant ce train-là, il serait bachelier et pourrait prendre sa première inscription à
l'école de médecine. Ce mot de bachelier faisait sourire Jack de plaisir, et quand il le prononçait devant
les Bélisaire dont il était redevenu le Camarade après
une frasque nouvelle de Ribarot, la petite mansarde de
la rue des Panoyaux en était positivement agrandie et
illuminée. Du coup la porteuse de pain dans son enthousiasme avait pris un goût subit pour la science.
Le soir, à la veillée, lorsqu'elle avait fini ses travaux
d'aiguille, il fallait que Bélisaire lui montrât à lire,
lui fît suivre les lettres du bout de son doigt carré qui

les cachait en les désignant. Mais si M. Rivals était ravi des progrès de Jack, il l'était bien moins de sa santé. Depuis le commencement de l'automne, l'ancienne toux revenue creusait ses joues, allumait ses yeux d'une flamme aiguë, donnait à sa poignée de mains la brûlure d'un feu ardent.

— Je n'aime pas ça, disait le brave homme en considérant son élève avec inquiétude, tu travailles trop, ton esprit est trop monté, trop chauffé... Il faut enrayer, ralentir un peu... Tu as le temps, que diable! Cécile ne s'en va pas.

Non, certes, elle ne s'en allait pas. Jamais elle n'avait été plus aimante, plus attentive, plus près de lui ; on eût dit qu'elle devinait toutes les tendresses perdues, la part de bonheur tardive que ce déshérité devait trouver en elle. Et c'est justement cela qui aiguillonnait l'ami Jack, lui donnait une ardeur au travail que rien ne pouvait modérer. Quoi qu'il fît, en prenant sur sa nuit, des journées de dix-sept heures, il ne sentait pas sa fatigue ; et dans l'état d'excitation qui centuplait ses forces, le balancier de l'usine Eyssendeck ne pesait pas plus à ses mains que sa plume.

Les ressources du corps humain sont inépuisables. Jack, en traitant le sien à force de veilles excitantes et d'indifférence absolue, en était arrivé comme les fakirs de l'Inde à cette fébrilité intense où la douleur elle-même devient une sorte de plaisir. Il bénissait jusqu'au froid de la mansarde qui le tirait dès cinq heures du lourd sommeil de ses vingt ans, jusqu'à la petite toux sèche qui le tenait vaillant et éveillé bien avant dans la nuit. Quelquefois, à sa table, il sentait tout à coup une légèreté de tout son être, des lucidités de Voyant, une émotion extraordinaire de ses facultés intellectuelles mêlée à une faiblesse défaillante. C'était comme un évanouissement vers un monde supérieur. Alors sa plume courait rapidement, toutes les difficultés du travail s'aplanissaient devant lui. Il serait allé ainsi certainement jusqu'au bout de sa rude tâche, mais à la condition que rien ne vînt se mettre en travers de la route où il était lancé à toute vitesse. En pareil cas, en effet, le moindre choc est dangereux, et il allait en avoir un terrible.

Ne viens pas demain... Nous partons pour huit jours.

RIVALS.

Jack reçut cette dépêche du docteur un samedi soir pendant que madame Bélisaire lui repassait du beau linge blanc pour le lendemain, et que lui-même s'épanouissait déjà, en sentant dans cette fin du samedi le dimanche qui commençait. L'imprévu de ce départ, le laconisme de la dépêche, tout jusqu'à l'indifférence des caractères imprimés remplaçant l'écriture connue et amie, lui fit un effroi singulier. Il attendait une lettre de Cécile ou du docteur pour lui expliquer ce mystère; mais il ne reçut rien, et pendant huit jours, secoué par toutes les terreurs, passa des frissons de

l'angoisse aux transports de l'espérance, le cœur serré
ou dilaté sans autre motif qu'un nuage couvrant le
soleil ou le dévoilant tour à tour.

La vérité est que ni le docteur ni Cécile n'étaient
partis, et que M. Rivals avait éloigné l'amoureux pour
avoir le temps de le préparer à un grand coup, à une
décision de Cécile, subite, inouïe, et sur laquelle il
espérait encore que sa petite-fille reviendrait. C'était
arrivé subitement. Un soir, en rentrant, le docteur
trouvait à Cécile une physionomie étonnante, quelque
chose de sombre et de résolu dans la pâleur de ses
lèvres et l'agitation inusitée de ses beaux sourcils
bruns. Il essaya vainement de la faire sourire à dîner ;
et tout à coup à une phrase qu'il disait : « Dimanche,
quand Jack viendra .. »

— Je désire qu'il ne vienne pas..., répondit-elle.

Il la regarda stupéfait. Elle répéta, pâle comme une
morte, mais d'une voix très ferme :

—Je désire qu'il ne vienne pas... qu'il ne vienne plus.

— Qu'est-ce qu'il y a donc?

—Une chose bien grave, grand-père, mon mariage
avec Jack n'est pas possible.

— Pas possible?... Tu me fais peur. Que s'est-il
passé?

— Rien, seulement une lumière qui s'est faite en
moi sur moi-même. Je ne l'aime pas, je me suis trompée.

— Misère de nous ! Que nous arrive-t-il là? Cécile,

mon enfant, reviens à toi...Vous **aurez eu ensemble**
quelque querelle d'amoureux, un enfantillage?

— Non, grand-père, je te jure qu'il n'y a pas ici **le**
moindre enfantillage. J'ai pour Jack une amitié **de**
sœur, voilà tout. Je me suis efforcée de l'aimer; **je**
vois maintenant que c'est impossible.

Le docteur eut un mouvement d'épouvante; le souvenir de sa fille venait de lui traverser l'esprit.

— Tu en aimes un autre?

Elle rougit.

— Non, **non**, je n'aime personne. **Je ne veux pas me**
marier.

A tout ce que M. Rivals put lui dire, à tout ce qu'il
voulut invoquer, Cécile n'eut qu'une réponse :

— Je ne veux pas me marier. ··

Il essaya de la prendre par l'orgueil. Que dirait-**on**
dans le pays? Ce jeune homme qui venait chez **eux**
depuis des mois, que tout le monde savait être **son**
fiancé... Il s'attendrissait lui-même d'une pitié qu'il
eût voulu lui communiquer.

— Songe que c'est un coup épouvantable... sa **vie**
bouleversée, son avenir perdu.

Cécile eut une contraction de tous ses traits, **qui**
prouva combien elle était émue. M. Rivals lui prit **la**
main :

— Petite, je t'en supplie... ne te presse pas **de**
prendre une décision pareille... Attendons encore **un**
peu... Tu verras, tu réfléchiras.

Mais elle, avec une énergie tranquille :

— Non, grand-père, c'est impossible. Je tiens à ce qu'il soit instruit de mes sentiments au plus tôt... Je sais que je vais lui faire une grande peine ; mais plus nous attendrons, plus la peine sera grande. Chaque jour perdu ne fera que l'aggraver. Et puis je souffrirais trop à rester ainsi en face de lui. Je me sens incapable de ce mensonge, de cette trahison.

— Alors c'est son congé qu'il faut que je lui signifie ?... dit le docteur en se levant furieux... C'est bon ; ce sera fait. Mais, sacré tonnerre ! les femmes...

Elle le regarda d'un air si désespéré, avec une telle pâleur frémissante, qu'il s'arrêta net au milieu de sa colère.

— Mais non, mais non, fillette, je ne suis pas fâché... C'est seulement une minute... Après tout, ce qui arrive est bien plus de ma faute que de la tienne. Tu étais trop jeune. Je n'aurais pas dû... Ah ! vieux fou, vieux fou... Je ferai donc des bêtises jusqu'à la fin !

Le terrible, c'était d'écrire à Jack. Il essaya deux ou trois brouillons de lettres commençant toutes ainsi : « Jack, mon enfant, la petite ne veut plus. » Il ne trouvait pas un mot à ajouter. « La petite ne veut plus... » A la fin il se dit : « J'aime mieux lui parler...» Et pour se donner du temps, pour se préparer à cette pénible entrevue, il remit la visite de Jack de huit jours, avec cette vague espérance que Cécile changerait peut-être d'avis dans la semaine.

Il ne fut plus question de rien entre eux pendant ces huit jours. Mais, le samedi suivant, quand M. Rivals dit à sa petite-fille :

— Il viendra demain. Tu es toujours dans les mêmes idées ? Ta décision est irrévocable ?

— Irrévocable ! répondit-elle fermement, en laissant tomber l'une après l'autre, et de tout leur poids, les syllabes de ce mot anti-humain.

Jack arriva le dimanche de bonne heure, selon son habitude, et ne fit qu'un bond de la gare d'Evry à Etiolles. Son émotion était grande en franchissant le seuil, un seuil ami pourtant, et qui aurait dû le rassurer de tous ses bons accueils d'autrefois.

— Monsieur vous attend dans le jardin, lui dit la servante en venant lui ouvrir.

Et tout de suite, il eut froid au cœur, devina quelque désastre. La figure bouleversée du bon docteur acheva de l'épouvanter. Celui-ci, que quarante ans de stations anxieuses au chevet des malades avaient cependant aguerri au spectacle des souffrances humaines, était aussi tremblant, aussi troublé que Jack.

— Cécile n'est pas là ?...

Ce fut le premier mot du pauvre garçon.

— Non, mon ami, je l'ai laissée... là-bas... où nous étions. Elle y restera quelque temps.

— Longtemps ?

— Oui, très longtemps.

— C'est donc... C'est donc qu'elle ne veut plus de moi, monsieur Rivals ?

Le docteur ne répondit pas. Jack s'assit sur un banc pour ne pas tomber. C'était au fond du jardin. Autour de lui un temps doux et clair de novembre, la rosée blanche étendue sur le sol, cette gaze flottante voilant un soleil de la Saint-Martin, lui rappelaient la journée du Coudray, la vendange, le coteau dominant la Seine et leur premier balbutiement d'amour tombé ce jour-là dans la grande nature, comme le cri timide d'un oiseau qui prend son vol pour la première fois. Quel anniversaire !... Au bout d'un instant de silence, le docteur lui posa paternellement la main sur l'épaule :

— Jack, ne te désole pas trop... Elle peut encore changer d'idée... Elle est si jeune ! Ce n'est peut-être qu'un caprice.

— Non, monsieur Rivals, vous le savez bien, Cécile n'a pas de caprice... Ce serait trop horrible, un coup de couteau en plein dans le cœur pour un caprice... Mais non. Je suis sûr qu'elle a longuement réfléchi avant de prendre cette résolution, et qu'il a dû lui en coûter beaucoup. Elle savait ce que son amour était dans ma vie, et qu'en l'en arrachant, toute ma vie s'en irait avec. Si donc elle a fait cela, c'est qu'elle a cru de son devoir de le faire. Je devais m'y attendre. Est-ce que c'était possible, un bonheur si grand, à moi ! Si vous saviez combien de fois je me suis dit : C'est trop beau. Cela ne se fera pas... Eh bien, cela ne s'est pas fait. Voilà.

Un effort de sa volonté refoula le sanglot qui l'étouffait. Il se leva péniblement. M. Rivals lui prit les mains :

— Pardonne-moi, mon pauvre enfant... C'est moi qui suis coupable en tout ceci. Mais je croyais faire deux heureux.

— Non, monsieur Rivals, ne vous accusez pas. Ce qui arrive devait arriver. Cécile était trop au-dessus de moi pour pouvoir m'aimer. La pitié que je lui inspirais a pu lui faire illusion un moment, son bon cœur l'a égarée. A présent elle y voit plus clair, et la distance qui nous sépare lui fait peur. N'importe, écoutez bien ceci, mon cher ami, et répétez-le lui de ma part. Il y a une chose qui m'empêchera toujours de lui en vouloir, si dur que soit le coup dont elle m'accable.....

Il montra les champs, le ciel, tout l'horizon, d'un geste agrandi.

...L'an dernier, par une journée semblable, j'ai senti que j'aimerais Cécile, j'ai cru qu'elle pourrait m'aimer ; et j'ai commencé le plus heureux, le seul heureux temps de vie, une année pleine, incomparable, qui, maintenant que je la regarde, me semble résumer toute une existence. J'étais né ce jour-là, je meurs aujourd'hui. Mais cette époque bénie, cet oubli du mauvais destin à mon égard, c'est à Cécile et à vous que je l'ai dû. Je ne l'oublierai jamais.

Il retira doucement ses mains de l'étreinte frémissante du docteur.

— Tu pars, Jack?... tu ne déjeunes pas avec moi?...

— Non, merci, monsieur Rivals... Je ferais un trop triste convive.

Il traversa le jardin d'un pas ferme, franchit la porte et s'éloigna rapidement sans regarder en arrière. S'il s'était retourné, il aurait vu là-haut, au premier étage, sous la blancheur du rideau soulevé, sa bien-aimée aussi pâle, aussi tremblante que lui et qui pleurait en tendant les bras, mais sans songer à le retenir. Les jours suivants furent bien tristes chez les Rivals. La petite maison, égayée et rajeunie depuis des mois, reprit son morne visage des anciens jours, plus morne encore de toute la gaieté disparue. Le docteur, très troublé, épiait sa petite-fille, ses promenades solitaires dans le jardinet et ses longues stations dans la chambre de sa mère, rouverte maintenant et qu'elle semblait vouloir faire sienne par le droit du chagrin. Où Madeleine avait pleuré jadis, Cécile pleurait aujourd'hui, et le pauvre grand-père aurait pu s'y tromper en surprenant parfois un jeune visage penché là-haut, derrière la fenêtre, dans le silence et l'accablement d'une douleur inavouée... Est-ce qu'elle allait mourir celle-là aussi?.. Pourquoi?... Qu'est-ce qu'elle avait?... Si elle n'aimait plus Jack, comment expliquer cette tristesse, ce besoin de solitude, cette langueur que l'activité forcée de la ménagère ne parvenait pas à dissiper? Et si elle l'aimait encore, pourquoi l'avoir refusé? Il sentait bien, le bon docteur, qu'il y avait là quelque mys-

tère, un combat intérieur ; mais **au moindre mot, à**
la moindre question, Cécile le déroutait, lui échappait, comme si elle se fût sentie responsable seulement
vis-à-vis d'elle-même des décisions suprêmes de sa
conscience. Devant cette attitude inquiétante de sa
petite-fille, le brave homme en arriva à oublier la douleur de Jack ; il avait bien assez de la sienne à rumi-
ner, à raisonner, et le cabriolet qui l'emportait à toute
heure sur les routes, son vieux cheval, de plus en plus
indiscipliné, auraient pu raconter ses agitations, rien
qu'à sa façon bizarre de conduire.

Une nuit, on vint sonner à la maison pour un malade. C'était la vieille Salé qui attendait en se lamentant sur la route. Il paraît que cette fois « son houme
son pauv'houme se décidions à querver. » M. Rivals,
que son chagrin et son grand âge n'empêchaient pas
d'être toujours sur pied au premier signal, monta précipitamment d'Étiolles aux Aulnettes. Les Salé habi-
taient auprès de « *parva domus,* » un véritable trou
creusé en contre-bas du chemin, une chambre où l'on
descendait comme dans une cave, orde, sombre, mal
close, vrai gîte de paysans du temps de La Bruyère,
qui avait survécu à tous les châteaux environnants.
Pour plancher la terre battue, pour meubles un bahut
cassé, des escabeaux branlants, le tout éclairé par un
grand feu de bois volé, crépitant et rempli de séve. Ici
d'ailleurs, tout sentait le pillage, aussi bien les débris
de vieilles boiseries entassées contre les murs, que le

fusil posé dans l'angle de la cheminée, avec les pan-
neaux, les piéges et ces immenses *traînes* que les bra-
conniers jettent en automne sur les champs moissonnés,
à la façon des pêcheurs à l'épervier. Sur un grabat,
dans un coin sombre, parmi toute cette misère déshon-
nête, le vieux « quervait. » « Il quervait » de soixante
ans de braconnage, d'affûts de nuit dans les fossés,
dans la neige, les marécages, de courses ventre à
terre devant les chevaux des gendarmes. Une vie de
vieux lièvre malfaisant, encore heureux de finir dans
son terrier. En entrant, M. Rivals fut suffoqué par une
odeur d'aromates brûlés qui dominait toutes les puan-
teurs du bouge.

— Qu'est-ce que diable on a brûlé ici, mère Salé ?

La vieille se troubla, voulut mentir ; mais il ne lui
en laissa pas le temps :

— Il est donc venu chez vous, le voisin, l'empoisonneur ?

M. Rivals ne se trompait pas. Hirsch, en ces derniers
temps, était venu essayer sur ce misérable sa sinistre
médication des parfums. Les occasions de l'expéri-
menter devenaient rares pour lui. Les paysans se mé-
fiaient ; en outre, il était obligé de prendre de grandes
précautions, à cause du médecin d'Étiolles qui faisait
une guerre acharnée à sa médecine sans diplôme.
Deux fois déjà il avait été mandé au parquet de
Corbeil et menacé de peines sévères s'il continuait
à exercer. Mais le voisinage des Salé, l'humilité de

leur condition... Malgré sa peur des gendarmes, il s'é-
tait encore laissé tenter.

— Vite, vite, ouvrez la porte, la fenêtre... vous
voyez bien qu'il étouffe, ce malheureux !

La vieille se dépêchait d'exécuter les ordres du docteur, en marmottant :

— Ah ! mon pauv'houme, mon pauv'houme ! Il disions tant qu'ils nous le guéririons... Est-il possible
de tromper le monde comme ça !... Pauvre bête sauvage de paysan que je sommes.

Pendant que M. Rivals, penché vers le mourant,
épiait ce qu'il restait de force à son pouls insensible,
une voix caverneuse sortit de dessous les guenilles du
grabat :

— Dis-y, femme, tu as dit que tu y dirais.

La vieille continua à parler avec volubilité, à remuer
la bourrée dans le foyer. Mais le moribond recommença de sa voix épuisée :

— Dis-y, femme... dis-y, femme...

M. Rivals regarda la Salé, dont le visage brûlé de
vieille squaw avait pris une belle couleur de brique.
Elle s'approcha en balbutiant :

— Dame ! oui, ben sûr que c'est encore sa faute à ce
médecin d'à côté, si j'avons fait du chagrin à c'te
pauvre demoiselle qu'est si charitable.

— Quelle demoiselle ? De qui parlez-vous ? demanda
le docteur vivement, en lâchant le bras de son malade.

Elle hésitait. Mais la voix du braconnier, de plus en

plus faible et comme si elle venait de très loin, mur-
mura encore une fois :

— Dis-y... Je veux que tu y dises.

— Eh ben oui, là, j'y dis, fit la vieille résolûment.
Voilà ce que c'est, mon bon monsieur Rivals, ce guerdin-
là m'a donné vingt francs, — y a-t-il du vilain monde,
Jésus Seigneur ! — y m'a donné vingt francs pour si
je voulions raconter à mam'zelle Cécile toute l'histoire
de son papa et de sa maman.

— Coquine !... cria le vieux Rivals avec une colère
qui lui fit retrouver la force et l'élan de sa jeunesse.

Il avait pris l'horrible paysanne, la secouait bruta-
ment :

— Tu as osé faire cela?

— C'est pour les vingt francs, mon bon monsieur...
Si ce vilain houme ne m'avions pas donné vingt francs,
je serions morte plutôt que de parler... D'abord, aussi
vrai que v'là un chrétien qui va passer, je savions ren
de ren de c'te affaire-là ! C'est lui qui m'a tout raconté
pour que je le rapportions après.

— Ah ! le misérable, il m'avait bien dit qu'il se ven-
gerait... Mais qui donc a pu l'instruire et si bien guider sa vengeance?

Une plainte profonde, un de ces vagissements confus, comme l'homme en pousse quand il arrive au
monde ou qu'il en sort, rappela le médecin vers le
grabat du vieux. Maintenant qu'elle « y avait dit », le
père Salé se laissait mourir, et peut-être que ce seul

petit scrupule de conscience parmi tous ses crimes de
vieux vagabond, lui rendit plus facile le terrible passage. Jusqu'au matin, le docteur demeura penché sur
cette lente agonie, sur cet atome de vie que le jour
blanc frappant aux carreaux, allait emporter dans son
premier frisson. Il lui fallut un grand courage pour
rester là en face de ce mourant et de cette vieille ac-
croupie au foyer, qui n'osait ni lui parler, ni le regarder. Retenu par son devoir, il pensait ; et d'une idée à
une autre, essayait d'assembler les parties, encore
obscures pour lui, de cette infâme machination. Quand
tout fut fini, il s'en revint bien vite à Etiolles, non sans
avoir constaté que cet infâme Hirsch n'était plus à
« *Parva domus.* » Ah ! s'il l'avait tenu en ce moment,
il aurait retrouvé toutes ses violences de chirurgien de
bord devant ce lâche ennemi qui pour se venger de lui
s'était attaqué à sa petite-fille. En rentrant, il monta
droit chez Cécile. Personne. Le lit n'était même pas
défait. Un frisson le prit. Il courut à la « pharmacie. »
Personne encore. Seulement l'ancienne chambre de
Madeleine était ouverte, et là, parmi les reliques de la
chère morte, sur le prie-Dieu où s'étaient agenouillées
toutes ses peines, il trouva Cécile endormie, dans une
attitude affaissée, qui racontait une nuit entière de
prières et de larmes. Au pas du docteur elle ouvrit les
yeux :

— Grand-père !

— Ils te l'ont donc appris, les misérables, ce secret

que nous avions eu tant de peine à te cacher. O Dieu!
tant d'efforts, tant de soins pour t'éviter cette tristesse,
et puis qu'elle t'arrive par des étrangers, par des ennemis! Pauvre petite...

Elle avait caché sa tête sur son épaule :

— Ne me parle pas. Ne me dis rien. J'ai honte...

— Il faut que je parle, au contraire... Ah! si j'avais
pu me douter d'où venait la cause de ton refus! car
enfin c'est pour cela, n'est-ce pas, que tu n'as plus
voulu te marier?

— Oui.

— Mais pourquoi? explique-moi ta pensée.

— Je ne voulais pas avouer le déshonneur de ma
mère, et ma conscience me forçait à tout apprendre à
celui qui devait être mon mari... Il n'y avait qu'une
chose à faire, je l'ai faite.

— Ainsi, tu l'aimais, tu l'aimes encore?

— De toute mon âme. Et je crois bien que lui aussi
m'aimait assez pour ne pas rompre notre mariage ;
mais c'était à moi de lui épargner ce grand sacrifice.
On n'épouse pas une fille qui n'a pas de père, qui n'a
pas de nom, qui, si elle en avait un, porterait celui
d'un voleur et d'un faussaire.

— Tu te trompes, mon enfant. Jack était bien fier
et bien heureux de t'épouser ; et pourtant il connaissait ton histoire. C'est moi-même qui la lui avais
racontée.

— Est-ce possible ?

— Ah! méchante petite, si tu avais eu plus de confiance en moi, je t'aurais évité ce triple coup de poignard dont tu as frappé notre bonheur à tous trois.

— Ainsi Jack savait qui j'étais...

— J'avais cru devoir le prévenir, il y a un an, quand il m'a parlé de son amour.

— Et il voulait bien de moi encore?...

— Enfant!... Puisqu'il t'aimait... D'ailleurs vos destinées sont tellement semblables... Il n'a pas de père, lui non plus; et sa mère n'a jamais été mariée. La seule différence entre vous, c'est que ta mère à toi était une sainte, tandis que la sienne...

Alors, de même qu'il avait raconté à Jack l'histoire de Cécile, M. Rivals raconta à Cécile l'histoire de Jack, le long martyre de ce pauvre être si affectueux et si bon, l'abandon de son enfance, l'exil de sa jeunesse; et subitement, comme si tout ce passé, à mesure qu'il se le remémorait, lui faisait mieux comprendre le présent :

— Mais j'y pense, c'est elle... Le coup vient d'elle..., s'écria le docteur. Elle aura parlé devant Hirsch de votre mariage... Oui, oui, j'en suis sûr maintenant... C'est par cette folle que le drame, dont je t'avais si soigneusement garantie, est arrivé jusqu'à toi... C'était fatal. Un coup pareil, porté à ce pauvre garçon, ne pouvait lui venir que de sa mère.

Pendant qu'elle écoutait ces explications, Cécile était prise d'un violent désespoir en songeant qu'elle avait causé à Jack, déjà si malheureux, une peine effroyable et bien inutile. Elle aurait voulu lui demander pardon, s'humilier devant lui.

— Jack... Pauvre ami... répétait-elle avec des sanglots.

Et, mesurant à son propre chagrin la blessure qu'elle lui avait faite :

— Oh! comme il a dû souffrir.

— Et il souffre encore, va.

— Est-ce que tu as eu de ses nouvelles, .grand-père?

— Non, mais il pourrait venir lui-même t'en donner?... répondit le grand-père en souriant.

— Peut-être ne voudra-t-il plus revenir maintenant.

— Eh bien, allons le chercher... C'est dimanche aujourd'hui. Il n'est pas à l'atelier. Nous le trouverons et nous le ramènerons ici.. Veux-tu?

— Si je veux!

Quelques heures après, M. Rivals et sa petite-fille étaient en route pour Paris.

Comme ils venaient de partir, un homme couvert de sueur, courbé sous le poids d'une large hotte, s'arrêtait devant leur maison. Il regardait la petite porte verte, la plaque de cuivre sur laquelle il épelait péniblement : « SON...NET...TE DU MÉ...DE...CIN. »

— C'est là ! dit-il enfin, et il sonna en s'essuyant le front. La petite bonne arriva, mais voyant qu'elle avait affaire à un de ces dangereux forains qui courent la campagne, elle ne fit qu'entr'ouvrir la porte.

— Qui demandez-vous?

— Le monsieur d'ici...

— Il n'y est pas.

— Et la demoiselle?...

— Elle n'y est pas non plus.

— Quand reviendront-ils?

— Je ne sais pas.

La porte se referma brutalement.

— Bon Dieu... Bon Dieu... dit le camelot d'une voix rauque... Est-ce qu'on va le laisser mourir comme ça?

Et il restait là, debout, interdit, au milieu du chemin.

X

LE PARVIS NOTRE-DAME

Il y avait ce soir-là une grande réunion littéraire au quai des Augustins, à côté de l'Institut, chez le rédacteur en chef de la *Revue des Races futures*. Le ban et l'arrière-ban des Ratés se trouvaient convoqués à cette fête, donnée pour le retour de Charlotte, et que d'Argenton devait solenniser encore par la lecture de son grand poëme des *Ruptures*, enfin terminé. D'étranges circonstances avaient marqué l'éclosion de cette œuvre magistrale. Charlotte rentrée au bercail, comment continuer à déplorer l'absence de l'ingrate, à décrire les souffrances de l'amant abandonné? Il y avait là un écueil de ridicule ; et c'était vraiment dommage, jamais l'inspiration du poëte ne s'étant montrée plus abondante ni plus soutenue. Après quelques jours d'hésitation, il avait pris son parti bravement.

— Ma foi, tant pis!... Je continuerai... L'œuvre d'art ne doit pas être livrée au hasard des circonstances.

Et ç'avait été un spectacle du plus haut comique, ce poëte se lamentant du départ de sa maîtresse en présence de la maîtresse elle-même, qui s'entendait traiter

de « méchante », d' « infidèle », de « chère absente »,
et consignait toutes ces belles épithètes de sa propre
écriture sur un cahier noué de faveurs roses. Le poëme
fini, d'Argenton avait voulu le lire à sa bande, moins
par vanité d'artiste que par gloriole d'amant, pour apprendre à tous les Ratés que son esclave était revenue
et qu'il la tenait bien cette fois. Jamais le petit appartement du quatrième n'avait encore vu une soirée si
somptueuse, un luxe pareil de fleurs, de tentures, de
rafraîchissements ; jusqu'à la toilette de la chère
absente, toute blanche, semée de violettes pâles, qui se
trouvait bien en harmonie avec le rôle muet qu'elle
allait jouer pendant la lecture. On ne se serait pas
douté, en entrant là, que des embarras d'argent rôdaient sur toutes ces splendeurs, comme d'invisibles
toiles d'araignées tendues sur des ailes de papillons.
Rien de plus vrai pourtant. La *Revue* en était à ses
derniers jours, diminuait de format à chaque numéro,
et ne paraissait plus qu'à de lointains intervalles de
plus en plus intermittents. D'Argenton, après y avoir
englouti la moitié de son héritage, songeait à la
vendre. C'est même cette situation lamentable, jointe
à quelques « crises » habilement ménagées, qui avaient
pour toujours rendu à son « artiste » cette folle de
Charlotte. Il n'avait eu qu'à se poser devant elle
comme le grand homme vaincu, exténué, abandonné
de tous, doutant d'une étoile incertaine autrefois
entrevue, pour qu'elle lui fît des serments solennels :

— Maintenant je suis à toi... A toi pour toujours.

Au fond, ce d'Argenton n'était qu'un sot et un poseur ; mais on peut dire qu'il jouait de cette femme supérieurement et qu'il savait tirer de l'instrument banal des effets miraculeux. Si vous saviez de quels regards elle le couvait à cette soirée, comme elle le trouvait séduisant, maladif, génial, aussi beau que douze ans auparavant quand il lui était apparu sous les globes opalisés du salon Moronval, encore plus beau peut-être, car le milieu était différent, plus confortable, plus riche, et l'auréole de son poëte augmentée de nombreux rayons. Du reste le même entourage, le même personnel immuable. Voici Labassindre en velours vert-bouteille avec les bottes montantes de Faust, et le docteur Hirsch étoilé de taches chimiques, et Moronval en habit noir, blanc aux coutures, en cravate blanche, très noire aux plis, puis les « petits pays chauds, » l'éternel Egyptien à la peau tendue, le Japonais couleur safran, et le neveu de Berzelius, et l'homme qui a lu Proudhon. Voici tout le défilé grotesque, hâve, maigre, famélique, mais toujours plein d'illusions, avec des mains fiévreuses et de pauvres yeux sans cils, brûlés à contempler les astres. On dirait une troupe de pèlerins d'Orient en marche vers quelque Mecque inconnue dont la lampe d'or fuit tout le temps derrière l'horizon. Depuis douze ans que nous les connaissons, ces malheureux Ratés, quelques-uns sont tombés en route ; mais du pavé de Paris, il s'est levé d'autres fanatiques pour

remplacer les morts et resserrer les rangs. Rien ne les
décourage, ni les déceptions, ni les maladies, ni le
froid, ni la chaleur, ni la famine. Ils vont, ils se
hâtent. Ils n'arriveront jamais. Au milieu d'eux,
d'Argenton mieux nourri, bien vêtu, ressemblait à un
riche hadji cheminant parmi les pouilleux, avec son
harem, ses pipes, ses richesses. Et ce qui ajoutait à
son rayonnement, ce soir-là, c'était sa vanité satisfaite, la conscience sereine du triomphe.

Pendant la lecture du poëme, Charlotte, assise sur
le divan, dans une attitude qui voulait être indifférente, rougissait aux allusions qui passaient dans chaque strophe, entortillées de voiles transparents, comme
de mystérieuses coquettes enchantées d'être reconnues.
Tout autour, des femmes de Ratés se courbaient hum-
bles et flatteuses, et parmi elles la petite madame Moronval qui, assise, paraissait très-grande à cause de
l'incommensurable hauteur de son front et de son
menton, s'essuyait les yeux à chaque instant pour
montrer son émotion. Hypocrisie peu digne d'une
Moronval, née Decostère; mais la misère abat les
fiertés les plus hautes, et Moronval, placé vis-à-vis de
sa femme, la surveillait, menait la claque, donnait à
sa face simiesque mille expressions variées d'une admiration extraordinaire, tout en se rongeant les ongles
furieusement, ce qui était toujours le présage de quelque emprunt. Devant cette assistance prévenue, les
vers se déroulaient avec une lenteur et une mono-

tonie désespérantes, un mouvement de rouet dévidant un peloton interminable. Il y en avait, il y en avait. Cela se mêlait au pétillement du feu, au grésillement des lampes, au bruit du vent errant sur le balcon et se heurtant tout à coup aux vitres avec fureur, comme une certaine nuit. Mais Charlotte ne se trouvait pas ce soir dans ces dispositions inquiètes où l'esprit accueille les présages et les pressentiments. Elle était toute à son poëte, toute au drame qu'il débitait en scandant fortement ses vers. Le poëme contenait effectivement une partie très dramatique. Au dernier chant, d'Argenton supposait que la chère absente, revenue auprès de l'amant, se mourait des souffrances endurées loin de lui. Le poëte lui fermait les yeux en lui jurant un amour éternel :

> J'ai mis dans la tombe avec toi
> La meilleure part de moi-même,
> Ce qui te pleure et ce qui t'aime,

disait-il. Et c'était si touchant, cette grandeur d'âme de l'homme qui voulait bien oublier, et le sort funeste de cette malheureuse créature, que tout le monde sanglotait en écoutant, Charlotte encore plus fort que tout le monde ; car enfin c'était elle qui mourait là dedans, et ces choses-là vous attendrissent encore plus pour vous-mêmes que pour les autres.

Tout à coup, au passage pathétique, alors que d'Argenton promenait sur l'assemblée un regard satisfait, la porte du salon s'ouvrit subitement, et la bonne, une de ces bonnes familières, à rubans envolés, comme il y en a chez ces femmes-là, entra dans le salon d'un air effaré, en criant à sa maîtresse :

— Madame... madame...

On se leva :

— Quoi donc?... Qu'y a-t-il ?

— Il y a un homme...

— Un homme?

— Oui, un homme de mauvaise mine et très vilain qui demande à parler à madame. Je lui ai dit que madame n'y était pas, qu'on ne pouvait pas la voir. Alors il s'est assis sur une marche et il a dit qu'il attendrait.

— J'y vais... fit Charlotte très émue et comme si elle devinait de la part de qui venait ce messager.

Mais d'Argenton s'interposa vivement :

— Du tout... du tout...

Et, se tournant vers Labassindre, le plus vigoureux parmi les assistants :

— Va donc voir un peu ce que c'est que cet instrus.

— Voilà... voilà... *beûh!*... dit le chanteur, et il sortit en élargissant ses épaules.

D'Argenton, qui avait encore un hémistiche coupé en deux tout frétillant au bord des lèvres, se remit précipitamment devant la cheminée, prêt à reprendre la lecture interrompue. Mais la porte se rouvrit de nouveau pour laisser passer la tête et le bras de Labassindre qui appelait le poëte d'un geste. D'Argenton s'élança, furieux, dans l'antichambre :

— Qu'est-ce que c'est? voyons.

— Il paraît que Jack est très malade, lui dit le chanteur tout bas.

— Allons donc !... à d'autres !

— C'est ce pauvre diable qui l'affirme.

D'Argenton regarda le pauvre diable, laid, timide, dont la haute silhouette courbée sous la porte ne lui semblait pas inconnue.

— C'est vous qui venez de la part de ce monsieur?

— Non, je ne viens pas de sa part, répondit l'autre... Il est trop malade pour qu'on vienne de sa part... Voici trois semaines qu'il est couché, bien, bien mal.

— Qu'est-ce qu'il a?

— Il a quelque chose dans le poumon, que le médecin dit qu'il n'en a pas pour huit jours. Là-dessus nous avons pensé, ma femme et moi, qu'il fallait prévenir sa mère, et je suis venu.

— Qui êtes-vous?

— Je suis Bélisaire, Bel, comme elle m'appelait, la dame... Oh! elle me connaît bien, allez! et puis ma femme aussi.

— Eh bien, monsieur Bélisaire, fit le poëte d'un air goguenard... vous direz à celui qui vous envoie que le tour est bon, mais qu'il a déjà servi. Il faut qu'il en cherche un autre.

— Excusez! dit le camelot qui ne comprenait pas les « mots cruels. »

Mais d'Argenton avait déjà fermé la porte, laissant

Bélisaire stupéfait sur le palier, avec la vision d'un salon entr'aperçu là-bas au fond de l'appartement, rempli de monde et de lumières.

— Ce n'est rien... Quelqu'un qui se trompait, dit le poëte en rentrant; et pendant qu'il continuait sa lecture majestueusement, le camelot s'en allait à grands pas dans les rues noires, sous le grésil et la bise piquante, pressé de retourner vers Jack, vers le pauvre Camarade gisant à cette heure sur le mauvais lit de fer de sa mansarde...

Cela lui avait pris un jour qu'il revenait d'Etiolles. Il s'était couché sans rien dire; et depuis, la fièvre le secouait, la fièvre et un gros rhume, si grave que le médecin de l'usine prévenait ses amis qu'il y avait à craindre. Bélisaire aurait voulu avertir M. Rivals; mais Jack s'y était énergiquement refusé. Il n'était même sorti de son silence léthargique que cette fois, et une autre encore pour envoyer la porteuse de pain vendre sa montre et une bague qui lui venait de sa mère. C'est que l'argent était rare rue des Panoyaux. Toutes les économies de Jack avaient passé à l'achat du petit mobilier de Charonne, les tiroirs sonnaient le vide, et le ménage de Bélisaire se trouvait lui aussi tout à fait au dépourvu par suite de ses frais de noce et d'installation. N'importe! pour soigner ce malheureux abandonné, le camelot et sa femme s'étaient sentis capables de tous les sacrifices. Après avoir porté au Mont-de-Piété des matelas, des meubles, ils avaient engagé une cargaison de chapeaux de paille qu'il faudrait à tout prix retirer au printemps. Mais même ce sacrifice ne suffisait pas. Tout est si cher, le bois, les médicaments... Vraiment ils n'avaient pas eu de chance avec les Camarades. Le premier, un ivrogne paresseux et gourmand ; le second, la perfection même, devenant une lourde charge par le fait de sa maladie. Dans le voisinage, on leur conseillait de mettre Jack à l'hopital. « Il sera mieux que chez vous il ne vous coûtera plus rien. » Mais ils s'entêtaient avec un certain orgueil à garder leur ami auprès d'eux comme s'ils eussent manqué aux devoirs de l'association en le confiant à d'autres soins. Maintenant ils étaient à bout. Et la gravité du mal correspondant avec cette détresse imminente, il s'étaient décidés à prévenir Charlotte, « la belle madame, » comme disait la porteuse de pain d'une voix indignée. C'est elle qui avait envoyé son mari :

— Surtout ramène-la avec toi, pour être sûr qu'elle viendra... De revoir sa mère, cela lui fera du bien à ce malheureux. Il n'en parle jamais. Il est si fier.. Mais je parie bien qu'il y pense.

Bélisaire ne la ramenait pas. Aussi était-il désolé en revenant, et inquiet de l'accueil qu'il allait recevoir. Madame Bélisaire, son enfant endormi sur les genoux, causait à voix basse avec madame Levindré devant un feu maigre et triste, ce que le peuple appelle un « feu de veuve, » tout en écoutant vers l'alcôve

la respiration pénible de Jack et l'horrible toux qui
l'étranglait. On n'eût jamais reconnu dans cette pièce
démeublée et lugubre la mansarde claire, ouvrant sur
la cour, où le travail chantait dès le matin comme
une alouette parisienne. Plus de trace de livres ni d'é-
tudes. Rien qu'un pot de tisane fumant sur la cheminée, emplissant la chambre de cet air composé,
vague et lourd qui flotte autour de la maladie. Là
dedans des chuchotements, un bruit de pincettes, et
le pas de Bélisaire qui rentrait.

— Tout seul?... demanda la porteuse de pain.

Il raconta à voix basse qu'on ne l'avait pas laissé
voir la mère de Jack, que les grosses moustaches ne
lui avaient pas permis d'entrer.

— En voilà des gueux !... Mais tu n'as donc pas de
sang dans les veines... Je te reconnais bien là avec
tes peurs... Il fallait le pousser, entrer de force, et crier
à cette gueuse : Madame, votre enfant va mourir.

Quel magnifique regard de mère elle jeta à son petit
endormi sur ses genoux !

... Ah! mon pauvre Bélisaire, tu ne seras jamais
qu'une poule mouillée.

Le camelot baissait la tête. Il s'attendait bien à être
secoué en revenant, mais il n'était pas maître de sa
timidité, l'habitude de s'en aller sur les chemins et par
les rues avec une permission de forain, à la merci
des gendarmes et des sergents de ville, lui ayant
donné une humilité courbée, que toutes les vail-

lances de sa femme ne parvenaient pas à redresser.

— Si j'y étais allée, moi, je suis bien sûre que je l'aurais ramenée... disait la brave personne en serrant les poings.

— Laissez donc, ma chère, ripostait aigrement madame Levindré, vous ne savez pas ce que c'est que ces femmes-là.

Elle disait « ces femmes-là, » depuis que le départ d'Ida de Barancy lui avait ôté tout espoir pour sa machine à coudre ou la commandite de son mari. Celui-ci venait d'entrer aussi. Tous les soirs, avec cette facilité des clefs sur les portes adoptée dans les intérieurs pauvres, on voisinait chez le malade sous prétexte de prendre de ses nouvelles. En apprenant que la dame n'était pas venue, M. Levindré commença une longue tirade sur la Phryné moderne, honte de nos sociétés, et déroula une fois de plus son système politique qui débarrasserait le monde de toutes ces scories. Les autres écoutaient, la bouche ouverte, ce bavard somnolent et intarissable, pendant que le vent soufflait sur les tisons éteints et que la grosse toux de Jack résonnait sous ses draps.

— Ce n'est pas tout ça, dit madame Bélisaire, qui ne s'égarait jamais longtemps loin de son sujet. Qu'est-ce que nous allons faire? Nous ne pouvons pas laisser ce pauvre garçon s'en aller faute de soins.

Les Levindré opinèrent :

— Il faut faire ce que le médecin vous a dit. Il faut

le conduire au parvis Notre-Dame, au bureau central. Là, on lui donnera une carte d'entrée pour un hospice.

— Chut!... chut!... pas si fort... dit Bélisaire en leur montrant l'alcôve où le malade s'agitait dans la fièvre. Il y eut un moment de silence, pendant que les draps froissés faisaient crier leur grosse toile.

— Je suis sûr qu'il vous a entendus, ajouta le camelot d'un air fâché.

— Le beau malheur... Ce n'est ni votre frère, ni votre fils; et vous vous débarrasseriez joliment en le conduisant à l'hôpital.

— C'est le Camarade ! dit Bélisaire, en mettant dans sa façon de parler toute la fierté et le dévouement de son brave cœur naïf. Ce fut si émouvant que la porteuse de pain en devint toute rouge, et regarda son mari avec des yeux brillants de larmes. Les Levindré s'en allèrent en haussant les épaules; et quand ils furent partis, la chambre parut tout de suite moins dénuée et moins froide.

Jack avait entendu. Il entendait tout ce qu'on disait. Le plus souvent, depuis que cette rechute terrible de sa maladie de poitrine, jointe à la déception navrante de son amour, le tenait cloué dans son lit, il ne dormait pas, mais se détournait à dessein de la vie qui l'entourait, se renfermait dans un mutisme que la fièvre elle-même et ses hallucinations ne parvenaient pas à vaincre. Ses yeux, tournés vers le fond de l'alcôve, restaient grands ouverts tout le jour, et si la

muraille, la sombre muraille, ridée et lézardée comme
un visage de vieille femme, avait pu parler, elle aurait
raconté que dans ces yeux fixes de somnambule était
écrit en lettres de flamme : « Malheur complet... désespoir sans bornes... » Elle seule voyait cela; car le
malheureux ne se plaignait jamais. Il essayait même
de sourire à sa robuste garde-malade quand elle l'abreu-
vait de tisanes brûlantes et d'aimables encourage-
ments. C'est ainsi qu'il passait ces longues journées
solitaires où le bruit du travail venait le chercher
jusque dans sa mansarde pour lui faire maudire son
inaction forcée. Que n'était-il vaillant et fort comme
tant d'autres, afin de résister aux désespérances de
la vie?... Et encore pour qui travailler désormais!
Sa mère était partie, Cécile ne voulait plus de lui.
Ces deux figures de femmes le hantaient, ne le quit-
taient pas. Quand le sourire joyeusement banal et
indifférent de Charlotte avait disparu, le visage pur
de Cécile, que le mystère de son refus entourait
comme d'un voile, se dressait devant lui, et il restait
là anéanti, incapable d'un mot ou d'un geste, pendant
que les battements de ses tempes et de ses poignets,
sa respiration embarrassée, les accès de sa toux creuse
se scandaient à l'agitation environnante, au souffle
du vent et de la cheminée, au train des omnibus ébran-
lant le pavé, au bruit ronflant d'un métier dans la
mansarde voisine.

Le lendemain de cette conversation auprès du lit de

Jack, quand la porteuse de pain, en revenant de sa
tournée, son tablier blanc de farine, entra dans la
chambre pour avoir des nouvelles de la nuit, elle resta
stupéfaite de voir un grand spectre debout, tout habillé,
en train de discuter devant le feu avec Bélisaire :

— Qu'y a-t-il donc?... Comment! vous voilà debout!

— Il a voulu se lever, dit le camelot désolé. Il veut
aller au parvis Notre-Dame.

— Au parvis Notre-Dame!... Et pourquoi faire?...
Vous trouvez que nous ne vous soignons pas bien
ici? Qu'est-ce qu'il vous manque?

— Rien, rien, mes bons amis... Vous êtes deux
cœurs généreux et dévoués. Mais il m'est impossible
de rester ici plus longtemps. Je vous en prie, ne me
retenez pas. Il le faut.... Je le veux.

— Mais comment allez-vous faire, mon pauvre camarade, faible comme vous êtes?

— Oh! je suis un peu patraque. Mais quand il faut
marcher, on marche. Bélisaire me prêtera son bras.
Il m'a promené comme cela dans les rues de Nantes,
un jour que je n'étais pas aussi solide qu'aujourd'hui.

Devant une volonté aussi formelle, on ne pouvait
plus hésiter. Jack embrassa madame Bélisaire et descendit, soutenu par le camelot, après avoir jeté un
adieu muet et navré à ce petit logement, où il avait passé
de si belles heures, caressé de si beaux rêves, et qu'il
savait bien ne plus jamais revoir. A cette époque, le
bureau central était situé en face de Notre-Dame; un

monument carré, gris et triste d'aspect, élevé de quelques marches. Pour arriver jusque-là des hauteurs de
Ménilmontant, que la route leur sembla longue! On
s'arrêta souvent, sur les bornes, au coin des ponts,
mais sans de grands repos parce que le froid était vif.
Sous le ciel bas et lourd de décembre, le malade paraissait plus hâve, plus défiguré que dans son alcôve.
Ses cheveux étaient mouillés de sueur, tirés par l'effort de la marche; et tout tournait devant sa faiblesse,
les maisons noires, les ruisseaux, les figures des passants apitoyés par le couple lamentable que formaient
le camelot et son compagnon. Dans ce Paris brutal où
l'existence ressemble à un combat, on eût dit un blessé
tombé pendant l'action et qu'un camarade emmenait
sous la mitraille à l'ambulance, avant de revenir prendre sa part du danger.

Il était encore de bonne heure, quand ils arrivèrent
au bureau central. Pourtant la grande salle d'attente
se trouvait déjà remplie d'une foule depuis longtemps
assise sur des bancs de bois, autour d'un énorme poêle
pétillant et ronflant. Il régnait là une atmosphère
suffocante, lourde, somnolente, qui communiquait le
même accablement à toute l'assistance, aux malheureux arrivant sans transition du froid de la rue dans
cette étuve, aux employés écrivant au fond derrière un
vitrage, au garçon de salle chargeant le poêle d'un air
abattu. Quand Jack entra au bras de Bélisaire, tous les
regards se tournèrent vers lui, hargneux et inquiets.

« Allons, bon !... encore un... » semblaient-ils
dire. En effet, l'encombrement est si grand dans les
établissements hospitaliers, chaque lit de souffrance
est tellement envié, brigué, disputé. L'administration a beau faire des efforts considérables, la charité
a beau se multiplier, il a toujours plus de malades
que de place pour les recevoir. C'est qu'il s'y entend
à forger toutes sortes de maux, ce féroce Paris, à
en inventer d'étranges, d'imprévus, de compliqués,
avec l'aide du vice, de la misère et de toutes les com-
binaisons qu'amènent entre eux ces deux éléments de
souffrance. De nombreux spécimens de son savoir-
faire s'étalaient là, piteusement, sur les bancs sordides, dans cette salle du parvis. A mesure qu'ils entraient, on les séparait en deux catégories : d'un
côté, les blessés, ceux que les roues des usines, les en-
grenages des machines à vapeur, les acides des teintu-
reries estropient, aveuglent, défigurent : de l'autre, les
fiévreux, les anémiques, les phthisiques, des membres
grelottants, des yeux bandés, des toux diverses,
creuses, aiguës, qui semblaient s'attendre et partir ensemble comme les intruments d'un déchirant or-
chestre. Et quels haillons, quels souliers, quels chapeaux, quels cabas ! La loque dans ce qu'elle a de plus
désastreux, des déchirures obstruées de boue, des
franges baignées au ruisseau, la plupart de ces misérables étant venus à pied, en se traînant, comme Jack.
Tous attendaient avec une angoisse profonde l'examen

du médecin, qui devait leur faire ou non délivrer une carte d'entrée pour un hôpital. Aussi il fallait les entendre parler entre eux de leurs maladies, les exagérer à dessein, essayer de persuader à leurs voisins qu'ils étaient bien plus malades qu'eux. Jack écoutait ces conversations lugubres, assis entre un gros homme grêlé qui toussait violemment, et une malheureuse jeune femme, enveloppant d'un châle noir une ombre de corps, un visage étroit, dont le nez, les lèvres étaient si minces et si pâles, que les yeux seuls y paraissaient vivants, deux yeux égarées par la vision prochaine de la dernière heure. Une vieille en marmotte, un panier sous le bras, offrait des biscuits, des petits pains poussiéreux et durs à ces fiévreux, à ces mourants, repoussée de chacun et continuant sa tournée silencieuse. Enfin la porte s'ouvrit et un petit homme nerveux et sec parut.

Le médecin !

Un silence profond se fit aussitôt sur les bancs, où les toux redoublèrent, où les mines s'allongèrent en encore. Tout en se dégourdissant les doigts à la plaque du poêle, le docteur inspectait les malades autour de lui, de ce regard du savant, scrutateur et ferme, qui inquiète les ivrognes et les impurs. Ensuite il commença à faire le tour de la salle, suivi du garçon qui délivrait les billets d'entrée aux différents hôpitaux. Quelle joie pour ces malheureux quand on les déclarait bons pour l'hospice ! Quel désappointement, quelles suppli-

cations lorsqu'on leur signifiait qu'ils n'étaient **pas**
assez malades! L'examen était sommaire et un peu
brutal, parce qu'il y avait beaucoup de monde et que
les pauvres gens ne tarissaient par sur leurs maux, les
rattachant à toutes sortes d'histoires, d'anecdotes dont
le médecin n'avait que faire. On ne se figure pas l'ignorance, l'hébêtement, l'innocence de ce peuple, embarrassé même pour un nom, pour une adresse à donner,
ayant toujours peur de se compromêttre, et dont la
timidité divague ensuite sur des riens indifférents.

— Et vous madame, qu'est-ce que vous avez? demande le médecin à une femme flanquée d'un enfant
d'une douzaine d'années.

— Ce n'est pas moi, monsieur, c'est mon garçon.

— Eh bien! qu'est-ce qu'il a, votre garçon?... Al-
·lons, dépêchons-nous.

— Il est sourd, monsieur... Ça lui a pris, je vas
vous dire...

— Ah! il est sourd?... Et de quelle oreille?

— Des deux principalement, monsieur.

— Comment cela, principalement?

— Oui, monsieur... Voyons, Édouard, lève-toi quand
on te parle... De quelle oreille es-tu sourd?... dit-elle
au moutard, en le secouant pour le faire se lever.

Mais celui-ci garde un mutisme idiot.

— De quelle oreille es-tu sourd?... répète la mère
en criant.

Et devant l'ahurissement du pauvre infirme :

— Vous voyez, monsieur, c'est comme je vous le dis...
des deux principalement.

Plus loin, le médecin s'adresse au gros homme
grêlé voisin de Jack :

— Où souffrez-vous ?

— C'est la poitrine, monsieur... J'ai tout ça qui me
brûle.

— Ah ! la poitrine vous brûle... Est-ce que vous
ne boiriez pas un peu d'eau-de-vie, quelquefois.

— Oh ! jamais, monsieur... dit l'autre, indigné.

— Ah ! très bien, vous ne buvez pas d'eau-de-vie.
Et du vin, en buvez-vous ?

— Oui, monsieur, à ma suffisance.

— Et quelle est votre suffisance ?... Je pense que ce
doit être plusieurs litres ?

— Dame ! monsieur, ça dépend des jours.

— Oui, je comprends... Ainsi les jours de paye...

— Dame, les jours de paye, vous savez ben ce que
c'est... On est ensemble avec les amis.

— Oui, c'est cela, vous vous grisez les jours de
paye... Vous êtes maçon, payé tous les huit jours, vous
êtes ivre à rouler au moins quatre fois par mois...
Très bien. Votre langue !

L'ivrogne a beau protester, il faut qu'il avoue son
vice, il a affaire à un véritable juge d'instruction.
Quand il arriva devant Jack, le médecin l'examina avec
attention, lui demanda son âge, et s'il était depuis longtemps malade. Jack répondait avec effort, d'une voix

sifflante ; et tout le temps qu'il parlait, Bélisaire derrière lui clignait des yeux, avançait ses grosses lèvres.

— Voyons, levez-vous, mon garçon, dit le docteur en
appliquant son oreille sur les vêtements mouillés du
malade pour l'ausculter... Vous êtes donc venu à pied?

— Oui, monsieur.

— C'est extraordinaire, que vous ayez pu marcher
dans l'état où vous êtes... Il vous a fallu une fière
énergie. Mais je vous défends bien de recommencer.
On va vous mettre sur une civière.

Et se tournant vers l'employé qui écrivait les billets:
— Charité... Salle Saint-Jean-de-Dieu.

Puis, sans un mot de plus, il continua son inspec-
tion.

Parmi les mille visions rapides, confuses, qui passent devant vous dans le mouvement des rues de
Paris, qui se succèdent, s'effacent l'une par l'autre, en
savez-vous de plus navrantes que ces civières suspen-
dues, abritées d'un tendelet de coutil rayé, et dont
deux hommes, l'un devant, l'autre derrière, soutiennent le balancement ? Cela tient du lit et du linceul ; et
la forme aveugle, vaguement dessinée là-dessous, abandonnée aux secousses de la marche, vous fait rêver si-
nistrement. Des femmes se signent à cette vue, comme
au passage d'un corbillard. Parfois le brancard s'en va
seul, sur le trottoir déserté à son approche ; le plus
souvent une mère, une fille, une sœur, les yeux mouillés à cette humiliation suprême de la maladie indigente,

suivent ce chevet qui marche. C'est ainsi que Jack écoutait près de lui, à côté des porteurs, le pas inégal du brave camelot, qui de temps en temps lui prenait la main pour lui prouver qu'il n'était pas complétement délaissé. De secousse en secousse, tout somnolent et brisé, le malade arriva à la Charité, dans la salle Saint-Jean-de-Dieu, située au second étage au fond de la deuxième cour. Une salle triste, au plafond soutenu par des colonnes de fonte, et dont les fenêtres donnent d'un côté sur la cour sombre, de l'autre sur un jardin profond et humide; vingt lits pied contre pied, deux grands fauteuils près d'un énorme poêle, une table et un immense buffet couvert d'une plaque de marbre. Voilà l'endroit.

A l'entrée de Jack, cinq ou six fantômes en houppelandes brunes, coiffés de bonnets de coton, interrompirent une partie de dominos silencieuse pour regarder passer le nouveau venu. D'autres, qui se chauffaient, s'écartèrent à son approche. Rien qu'un angle clair dans la pièce immense, le petit bureau vitré où se tenait la Mère, et devant, un autel de la vierge, gracieux et frais, avec ses dentelles, ses fleurs fausses, ses flambeaux garnis de cire blanche, et sa madone en stuc dont les bras dans de longues manches flottantes s'écartaient de sa robe comme des ailes. La Mère vint au-devant de Jack, et d'une petite voix très haute et monotone, dont toute la résonnance semblait absorbée par la guimpe et le voile :

— Oh ! le pauvre enfant, comme il a l'air malade...
Vite, il faut le coucher... Nous n'avons pas de lit
mais le dernier là-bas sera bientôt vide. Celui qui
l'occupe est au plus mal. En attendant, nous allons
lui mettre un brancard.

Ce qu'elle appelait un brancard, c'était un lit de
sangle que l'infirmier rangea auprès de cette couche
qui devait être bientôt libre, mais d'où s'échappaient
des gémissements sourds, de longs soupirs rendus
plus lugubres par l'indifférence découragée avec laquelle chacun les écoutait. Cet homme allait mourir ;
mais Jack était trop malade lui-même, trop absorbé
pour se rendre compte de ce sinistre voisinage. Il
entendit à peine Bélisaire lui dire « au revoir » en
lui promettant de revenir le lendemain, puis un bruit
de marmites et d'assiettes occasionné par la distribution de la soupe, ensuite un chuchotement près de son
lit, où il était question d'un certain « onze bis » qu'on
disait très malade. C'était lui que l'on désignait ainsi.
Il ne s'appelait plus Jack, mais le « Onze bis » de la
salle Saint-Jean-de-Dieu. A défaut de sommeil, il se
sentait déjà engourdi, anéantie par sa grande fatigue,
quand une voix de femme, tranquille et claire, lui fit
faire ce brusque sursaut où s'envole le premier somme.

— La prière, messieurs !

Il entrevit vaguement près de l'autel l'ombre d'une
femme agenouillée dans les plis grossiers de la bure ;
mais il essaya en vain de suivre sa récitation très vive,

un peu chantante, et qui tombait de cette bouche ac-
coutumée à la prière, sans arrêts ni soupirs. Cependant
ces derniers mots arrivèrent à son oreille attentive :

« Protégez, ô mon Dieu ! mes amis, mes ennemis,
les prisonniers, les voyageurs, les malades et les ago-
nisants... »

Jack s'endormit alors d'un sommeil fiévreux, agité,
où les plaintes de l'agonie voisine se mêlaient pour lui
à des visions de prisonniers secouant leurs chaînes, et
de voyageurs cheminant sur une route sans fin.

..... Lui-même est un de ces voyageurs. Il s'en va
sur cette route qui ressemble à celle d'Etiolles, plus
longue, plus sinueuse et s'allongeant à chaque pas.
Cécile, sa mère le précèdent sans vouloir l'attendre ; et
il distingue entre les arbres le flottement de leurs
deux robes. Ce qui l'empêche de les joindre, ce sont
d'énormes machines rangées le long des fossés, effrayan-
tes, ronflantes, et dont les gueules ouvertes, les dards
fumants lui envoient un souffle embrasé. Raboteuses à
vapeur, scies à vapeur, elles sont toutes là, faisant aller
leurs bielles, leurs crocs, leurs pistons, dans un train
assourdissant de marteaux à la forge. Jack, tout tremblant, se décide à passer au milieu d'elles ; il est happé,
saisi, déchiré ; des lambeaux de sa chair sont emportés
avec ceux de sa blouse de travail, ses jambes brûlées
par de gros lingots en fusion, et tout son corps enveloppé de brasiers ardents dont l'enfer le pénètre jusqu'à la poitrine. Quelle lutte horrible pour sortir de

là, pour se réfugier dans la forêt de Senart, dont la
lisière borde cette route maudite... Et voici que, sous
la fraîcheur des grandes ramées, Jack, redevient tout
petit. Il a dix ans. Il rentre d'une de ses bonnes courses
avec le garde ; mais là-bas, au coin d'une allée, la
vieille Salé, le serpe au poing, le guette assise sur son
fagot. Il veut fuir ; la vieille s'élance après lui, lui
« donne une chasse » éperdue à travers l'immense forêt,
si sombre maintenant que la nuit descend sous les
arbres. Il court, il court... La vieille va plus vite que
lui... Il entend son pas qui se rapproche, le frottement
de son fagot dans la garenne, sa respiration haletante.
Elle le saisit enfin, lutte avec lui, le renverse, puis de
tout son poids s'assied sur la poitrine de l'enfant
qu'elle écrase avec sa bourrée épineuse...

Jack se réveilla en sursaut. Il reconnut la grande
salle éclairée de veilleuses, ces lits alignés, ces souffles
oppressés, ces toux déchirant le silence. Il ne rêvait
donc plus ; et pourtant il sentait la même pesanteur
en travers de son corps, quelque chose de froid, de
lourd, d'inerte, de sinistre, que les infirmiers accourus
à ses cris se hâtèrent d'enlever, de remettre dans le lit
voisin en tirant les rideaux tout autour avec un lugubre grincement.

XI

ELLE NE VIENDRA PAS

— En voilà un dormeur... Allons, le onze *bis*, réveillons-nous... C'est la visite.

Jack ouvre les yeux, et la première chose qui le frappe, ce sont les draperies immobiles tombant jusqu'à terre autour du lit voisin.

— Eh bien! mon garçon, il paraît que vous avez eu une fameuse alerte cette nuit... Ce malheureux qui est tombé sur votre brancard en s'agitant... Ça a dû vous faire une fière peur... Voyons, dressez-vous un peu qu'on vous voie... Oh! oh! comme nous sommes faible!

Celui qui parle ainsi est un homme de trente-cinq à quarante ans, avec une calotte de velours, un grand tablier blanc remontant en pointe sur la poitrine, la barbe blonde, l'œil fin et même un peu railleur. Il tâte le malade, lui adresse quelques questions :

— Quel est votre métier?

— Mécanicien.

— Est-ce que vous buvez ?

— Je buvais... je ne bois plus.

Puis un silence un peu long.

— Quelle vie avez-vous donc menée, mon pauvre garçon?

Le médecin n'en dit pas plus, de peur d'effrayer son malade ; mais Jack a surpris dans sa physionomie la même curiosité douloureuse, le même intérêt sympathique qui l'ont accueilli la veille au parvis Notre-Dame. Les internes entourent le lit. Le chef de service leur explique les symptômes qu'il a observés sur le malade. Très intéressants, paraît-il, et très alarmants ces symptômes. A tour de rôle, les élèves viennent s'assurer des observations du maître, Jack tend son dos à toutes ces oreilles curieuses, et, enfin, au milieu des mots « inspiration, expiration, râles sibilants, craquements au sommet et à la base, phthisie aiguë, » il comprend que son état est très grave, si grave qu'après que le médecin a dicté son ordonnance à un interne, la sœur s'approche de son lit, et, doucement, discrètement, lui demande s'il a une famille à Paris, quelqu'un à prévenir, s'il attend des visites aujourd'hui dimanche. Sa famille? tenez, la voilà. Ce sont ces deux êtres, un homme et une femme, qui se tiennent au pied du lit sans oser avancer, deux figures du peuple, un peu communes et bonnes, qui lui sourient. Il n'a pas d'autres parents que ceux-là, pas d'autres amis. Ce sont les seuls qui ne lui aient jamais fait de mal.

—Eh bien ! comment que ça va?... Ça va-t-il un petit peu mieux ? demande Bélisaire, à qui l'on a appris que le camarade était perdu, et qui cache sa grande envie de pleurer sous un air tout à fait joyeux. Madame Bélisaire pose sur la planchette, près de Jack, deux belles oranges qu'elle a apportées ; puis après qu'elle lui a donné des nouvelles de l'enfant à grosse tête, elle s'assied en visite dans la ruelle avec son mari qui ne souffle mot. Jack ne parle pas non plus. Il a les yeux ouverts et fixes. A quoi pense-t-il?... Il n'y a qu'une mère pour le deviner.

— Dites donc, Jack, lui demande tout à coup madame Bélisaire, si j'allais chercher votre maman ?

Son regard éteint s'allume et fixe en souriant la brave femme... Oui, c'est bien cela qu'il veut. A présent qu'il sait qu'il va mourir, il oublie tout ce que sa mère lui a fait. Il a besoin de l'avoir là, de se serrer contre elle. Et déjà madame Bélisaire s'élance ; mais le camelot la retient, et tout bas un conciliabule animé a lieu au pied du lit. Le mari ne veut pas que sa femme aille là-bas. Il sait qu'elle est en colère contre « la belle madame, » qu'elle déteste l'homme aux moustaches, et que si on ne la laisse pas entrer, elle va crier, tempêter, qui sait? peut-être se faire mettre au poste. La peur du poste joue décidément un grand rôle dans la vie de Bélisaire. La porteuse de pain, elle, connaît la timidité du camelot, sa facilité à se laisser éconduire.

— Non, non, sois tranquille, cette fois je la ramè-

nerai, dit-il à la fin avec une confiance énergique qu'il
parvient à communiquer à sa compagne ; et il part. Il
arrive rapidement au quai des Augustins; mais il est
encore moins heureux cette fois que la veille.

— Où allez-vous ?... lui demande le concierge qui
l'arrête au bas de l'escalier.

— Chez M. d'Argenton.

— C'est vous qui êtes venu hier soir ?

— Parfaitement, répond Bélisaire dans l'innocence
de son âme.

— Eh bien, c'est inutile que vous montiez, il n'y a
personne... Ils sont à la campagne, et ils ne revien-
dront pas de sitôt.

A la campagne, par un temps pareil, avec ce froid,
cet air de neige ! Cela paraît invraisemblable à Bélisaire. En vain, il insiste, en vain il raconte que l'enfant de la dame est bien malade, à l'hôpital. Le
concierge fait son profit de l'histoire, mais il ne laisse
pas l'infortuné messager franchir seulement le paillasson du bas de l'escalier. Voilà Bélisaire encore une
fois dans la rue, désespéré. Tout à coup il lui vient une
idée sublime. Jack ne lui a jamais raconté ce qui
s'était passé entre les Rivals et lui; il a dit seulement
que son mariage était rompu. Mais à Indret déjà, et à
Paris depuis qu'ils vivent ensemble, il a été souvent
question entre eux de la bonté du vieux médecin. Si
Bélisaire allait le chercher pour mettre au lit de mort
du pauvre Camarade une sympathie, un visage aimé.

C'est dit. Il va passer à la maison, prendre sa balle sur son dos, car il ne voyage jamais sans elle, et le voilà parti, grelottant et courbé, sur la grande route d'Étiolles où Jack l'a rencontré pour la première fois. Hélas ! nous avons vu ce qui l'attendait au bout de cette longue marche.

Pendant ce temps, madame Bélisaire, toujours au chevet de leur ami, ne sais plus que penser de cette absence prolongée, ni comment calmer l'inquiétude du malade que l'idée de revoir sa mère entretient dans une grande agitation. Ce qui l'augmente encore, cette agitation, c'est la foule que le dimanche amène devant les lits de l'hôpital. Depuis la rue, depuis le bas de l'escalier, on entend un brouhaha, un piétinement que les cours sonores, les couloirs prolongent et font plus distincts. A tout moment, la porte s'ouvre, et Jack guette l'entrée des visiteurs. Ce sont des ouvriers, des petits bourgeois proprement vêtus, qui circulent dans les ruelles, causent avec les malades qu'ils sont venus voir, les encouragent, essayent de les faire sourire avec une anecdote, un souvenir de famille, une rencontre de la rue. Souvent les voix sont étranglées de larmes, si les yeux s'efforcent d'être secs. Il y a des mots maladroits, des silences embarrassants, tout ce qui se met de gêne, de sous-entendus, en travers de la parole, quand elle tombe d'une bouche bien portante sur l'oreiller froissé d'un mourant. Vaguement Jack écoute ce murmure doux des voix, au-dessus

duquel flottent des aromes d'oranges. Mais quel désappointement à chaque nouvelle visite, quand après
s'être dressé à l'aide du petit bâton pendu à une corde
au-dessus de ses mains, il voit que ce n'est pas encore
sa mère, et retombe plus affaissé, plus désespéré que
jamais. Comme pour tous ceux qui vont mourir, le
peu de vie qui lui reste, ce fil ténu qui va s'amincis-
sant, trop fragile pour le rattacher aux années robustes
de la jeunesse, le ramène aux premières heures de son
existence. Il redevient enfant. Ce n'est plus le mécanicien Jack, c'est le petit Jack (par un k), le filleul de lord Peambock, le blondin tout en velours
d'Ida de Barancy, qui attend sa mère...

Personne.

Et pourtant il en vient du monde, des femmes, des
enfants, des tout petits qui s'arrêtent surpris en voyant
la maigreur du père, sa capote de convalescent, et
poussent des cris d'admiration, que la religieuse a
beaucoup de peine à calmer, devant les merveilles de
son petit autel. Mais la mère de Jack ne vient pas.
La porteuse de pain est à bout d'éloquence. Elle a
tout invoqué, la maladie de d'Argenton, le dimanche
qui encourage aux promenades ; maintenant elle ne
sais plus que dire, et pour se donner une contenance,
elle a étalé un mouchoir de couleur sur ses genoux et
pèle lentement ses oranges.

— Elle ne viendra pas... dit Jack, comme il disait
autre fois dans la petite maison de Charonne. Seule-

ment sa voix est plus crispée que ce soir-là et trouve, quoique faible, des accents de colère. « Je suis sûr qu'elle ne viendra pas. »

Et le malheureux ferme les yeux dans une suprême lassitude ; mais c'est pour méditer sur d'autres chagrins, pour ramasser dans son esprit tous les débris de son amour, pour appeler « Cécile... Cécile, » sans que ce cri franchisse sa bouche muette. La religieuse s'est approchée, en l'entendant gémir, et demande tout bas à madame Bélisaire dont la large face est toute luisante de larmes :

— Qu'est-ce qu'il a, ce cher enfant?... on dirait qu'il souffre davantage?

— C'est sa mère, ma sœur, sa mère qui n'arrive pas... Il l'attend... ça le ronge, ce pauvre petit.

— Il faudrait la prévenir bien vite.

— Mon mari y est allé. Mais voyez-vous, c'est une belle madame. Faut croire qu'elle a peur de salir sa robe dans l'hospice...

Tout à coup elle se lève avec un élan de colère.

— Pleure pas, m'ami, dit-elle à Jack comme si elle parlait à son petit garcon, je vas te la chercher, ta maman.

Jack a bien entendu qu'elle partait, mais il continue à répéter d'une voix rauque, les yeux toujours fixés sur la porte :

— Elle ne viendra pas... elle ne viendra pas...

La sœur essaye de lui dire quelques mots :

— Allons, mon enfant, calmez-vous...

Alors il se dresse, terrible, et pris d'une sorte de délire :

— Je vous dis qu'elle ne voudra pas venir... Vous
ne la connaissez pas ; c'est une mauvaise mère... Tout
ce qu'il y a eu de tristesse dans ma vie m'est venu
d'elle. Mon cœur n'est qu'une plaie de tous les coups
qu'elle lui a portés... Quand l'autre a fait semblant
d'être malade, elle a couru à lui tout de suite, elle n'a
plus voulu le quitter... Moi, je meurs, et elle ne vient
pas... Oh! la méchante, la méchante, la mauvaise
mère! C'est elle qui m'a tué, et elle ne veut pas me
voir mourir!

Epuisé par cet effort, Jack laisse retomber sa tête
sur l'oreiller, et la religieuse reste penchée vers lui à
le consoler, à l'apaiser, pendant que la journée d'hiver,
rapide et sombre, finit, s'éteint lugubrement dans un
crépuscule jaunâtre chargé de neige.

Charlotte et d'Argenton descendaient de voiture au
quai des Augustins. Ils revenaient du concert populaire, en grande tenue, fourrures, gants clairs, velours
et dentelles. Elle rayonnait. Pensez qu'elle venait de
se montrer en public avec son poëte, et de se montrer
jolie comme elle l'était ce jour-là, le teint avivé par
le froid piquant, emmitouflée de ce luxe de l'hiver où
la beauté de la femme prend l'aspect précieux, brillant,
d'un bijou protégé par les ouates douillettes de l'écrin.
Une femme du peuple, grande, robuste, qui montait

la garde devant la porte, s'élança sur son passage :

— Madame, madame... Il faut venir tout de suite.

— Madame Bélisaire !... fit Charlotte en pâlissant.

— Votre enfant est bien malade... Il vous demande... Venez.

— Ah çà, mais c'est une persécution, dit d'Argenton. Laissez-nous passer... Si ce monsieur est malade, nous lui enverrons notre médecin.

— Il en a des médecins, et plus qu'il ne lui en faut' puisqu'il est à l'hôpital.

— A l'hôpital.

— Oui, c'est là qu'il est pour le moment ; mais pas pour longtemps, je vous en préviens... Si vous voulez le voir, il faut vous dépêcher.

— Venez, venez, Charlotte, c'est un affreux mensonge... Il y a quelque guet-apens là-dessous... disait le poëte en essayant de l'entraîner vers l'escalier.

— Madame, votre enfant va mourir... Ah ! Dieu de Dieu, qu'il y ait des mères comme ça !

— Charlotte n'y tint plus :

— Conduisez-moi, dit-elle.

Et les deux femmes prirent leur course sur le quai, laissant d'Argenton stupéfait et furieux, convaincu que c'était un tour que son ennemi lui jouait.

Au moment où la porteuse de pain avait quitté l'hôpital, deux personnes y entraient, pressées, inquiètes, dans le tumulte de la foule qui commençait à se retirer : une jeune fille et un vieillard.

— Où est-il?... où est-il?...

Une figure divine se pencha sur le lit de Jack :

— Jack, c'est moi... c'est Cécile.

C'est elle, c'est bien elle. Voilà son visage pur, pâli
par les veilles et les larmes ; et cette main qu'il tient dans
la sienne, c'est cette petite main bénie qui lui a fait tant
de bien jadis, et qui pourtant l'a conduit un peu où il
est ; car le destin a parfois de ces cruautés de vous frapper de loin par les meilleurs, par les plus chers. Le malade ouvre et ferme les yeux pour s'assurer qu'il ne
rêve pas. Cécile est toujours là. Il entend sa voix d'or.
Elle lui parle, lui demande pardon, explique pourquoi elle lui a fait tant de peine ... Ah ! si elle avait
pu se douter que leurs destinées étaient si pareilles...
A mesure qu'elle parlait, un grand calme descendait
dans le cœur de Jack, succédant à la colère, à l'amertume, à la souffrance.

— Ainsi, vous m'aimez toujours, bien sûr ?

— Je n'ai jamais aimé que vous, Jack... Je n'aimerai
jamais que vous.

Chuchoté dans l'alcôve banale, qui avait déjà vu
tant de morts lugubres, ce mot « Aimer » prenait une
douceur extraordinaire, comme si quelque colombe
égarée se fût réfugiée, battant des ailes, aux plis de ces
rideaux d'hospice,

— Que vous êtes bonne d'être venue, Cécile ! Maintenant je ne me plains plus. Cela ne me fait plus rien
de mourir, là, près de vous, réconcilié.

— Mourir! qui est-ce qui parle de mourir? disait le père Rivals de sa plus grosse voix... N'aie pas peur, mon fils, nous te tirerons de là. Tu n'as déjà plus la même mine qu'à notre arrivée.

Depuis un moment, en effet, il était transfiguré par cette montée de flamme, cette lueur de couchant que les existences ou les astres qui descendent projettent autour d'eux dans un dernier et splendide effort. Il gardait la main de Cécile serrée contre sa joue, s'y reposait avec amour, disait des choses tout bas :

— Tout ce qui me manquait dans la vie, vous me l'avez donné. Vous aurez été tout pour moi : mon amie, ma sœur, ma femme, ma mère.

Mais son exaltation fit bientôt place à une torpeur inerte, cette rougeur fébrile à de livides défaillances. Tous les ravages du mal se creusèrent alors sur ses traits légèrement crispés par la difficulté d'une respiration sifflante. Cécile jetait à son père des regards épouvantés, la salle se remplissait d'ombre, et le cœur des assistants se serrait à l'approche de quelque chose de plus lugubre, de plus mystérieux que la nuit. Tout à coup Jack essaya de se dresser, les yeux grands ouverts :

— Écoutez... écoutez... quelqu'un monte... Elle vient.

On entendait le vent d'hiver dans les escaliers, les derniers murmures d'une foule qui se disperse, et de lointains roulements vers la rue. Il tendit l'oreille un

instant, prononça quelques paroles embarrassées ; puis
sa tête retomba et ses yeux se fermèrent encore. Il ne
se trompait pas pourtant. Deux femmes montaient
l'escalier en courant. On les avait laissées entrer,
quoique l'heure des visites fût passée. Il est des cas
où les consignes abaissent toutes leurs barrières. Arrivée à la porte de la salle Saint-Jean, après ces cours,
ces étages franchis d'un pas rapide, Charlotte s'arrêta :

— J'ai peur... dit-elle.

— Allons, allons, il le faut... fit l'autre... Ah ! tenez,
les femmes comme vous, ça ne devrait pas avoir
d'enfants.

Et elle la poussa brutalement devant elle. Oh ! la
grande pièce nue, les veilleuses allumées, tous ces
fantômes à genoux, l'ombre des rideaux projetée, la
mère vit cela d'un coup d'œil, puis là-bas tout au
fond un lit, deux hommes penchés, et Cécile Rivals,
debout aussi pâle qu'une morte, aussi pâle que celui
dont elle soutenait la tête sur sa main appuyée.

— Jack ! mon enfant !

M. Rivals se retourna.

— Chut ! fit-il.

On écoutait. Il y eut un murmure à peine distinct
un petit sifflement plaintif, ensuite un grand soupir.

Charlotte s'approcha, défaillante et craintive. C'était
son Jack, ce visage inerte, ces mains étendues, ce corps
immobile où son regard éperdu cherchait l'illusion
d'un souffle.

Le docteur se pencha :

— Jack, mon ami, c'est ta mère... Elle est venue.

Et elle, la malheureuse, les bras en avant, prête à s'élancer :

— Jack... c'est moi... Je suis là.

Pas un mouvement.

La mère eut un cri d'épouvante :

— Mort?

— Non... dit le vieux Rivals d'une voix farouche... Non... DÉLIVRÉ!

FIN DU SECOND ET DERNIER VOLUME

TABLE DES MATIÈRES

DU SECOND VOLUME

DEUXIÈME PARTIE

(Suite)

IV. La dot de Zénaïde. 1
V. L'Ivresse 8
VI. La Mauvaise Nouvelle. 32
VII. Un Colon pour Mettray. 54
VIII. La Chambre de chauffe 87
IX. Le Retour 109

TROISIÈME PARTIE

I. Cécile 135
II. Convalescence. 161
III. Le Malheur des Rivals 176
IV. Le Camarade. 195
V. Jack en ménage. 221
VI. La Noce de Bélisaire 238
VII. Ida s'ennuie 263
VIII. Lequel des deux. 283
IX. La Petite ne veut plus 303
X. Le Parvis Notre-Dame. 323
XI. Elle ne viendra pas 347

FIN DE LA TABLE DU SECOND ET DERNIER VOLUME

F. Aureau. — Imprimerie de Lagny.

Lightning Source UK Ltd.
Milton Keynes UK
UKHW05f0206300818
327976UK00012B/474/P

9 780265 167540